précipitations

sophie weverbergh

précipitations

roman

verticales

© Éditions Gallimard, janvier 2022.

« On dirait parfois
que nous sommes au centre de la fête.
Cependant
au centre de la fête il n'y a personne.
Au centre de la fête c'est le vide
Mais au centre du vide il y a une autre fête. »

Roberto Juarroz
Douzième poésie verticale

1

Avant de partir, le clown frotte la semelle de sa chaussure sur la dalle en pierre bleue, il hésite sur le seuil puis m'embrasse sur la bouche et ses lèvres sont sèches et brûlantes, elles me griffent comme du papier de verre et je pense qu'il est fiévreux et qu'il ferait mieux de garder le lit et moi. Il tend une main hésitante vers mon ventre — À tantôt mon amour ? Il me pose cette question. Comme si je pouvais disparaître. Comme si j'étais réellement susceptible de disparaître d'ici la fin du jour avec notre fils sous le bras, dans mon *état* — À tantôt ? La même question, ramassée, ramenée à l'essentiel du message ; c'est que l'amour compte moins que la présence dans le temps. Ses yeux sont levés vers les miens ; des yeux noisette et doré au pourtour de l'iris mais malgré tout ordinaires et faibles et tristes ce matin comme la lueur de l'aube. Dans l'attente d'une réponse qui ne vient pas, il enroule à son index une mèche de mes cheveux et tire dessus pour m'attirer vers lui. Machinalement, je résiste. Je tords la nuque vers l'arrière, ma peau se tend sur mes tempes et la mèche libérée retombe dans mon cou.

Le clown bat en retraite, il descend les marches du perron
à reculons, vacille un instant et manque de tomber à la
renverse. Quand il atteint le trottoir et y retrouve un semblant d'équilibre, je rassemble les pans de mon peignoir
puis referme la porte et son ombre se déforme et s'ame-
nuise derrière la vitre en verre bosselé. Je reste quelques
minutes dans le hall faiblement éclairé, adossée contre le
mur patiné de faux marbre; et j'écoute. C'est-à-dire, non:
j'entends. Comme tous les matins alors qu'il vient de partir et de me laisser seule, j'entends ce mélange de chuintement-grattement – *chrchrchr* – bruit blanc qui m'emplit
l'oreille gauche et dont j'ignore encore s'il est le fruit d'une
activité cérébrale ou le bruit d'un ailleurs, proche, lointain. Le son sinue dans le cylindre de mon conduit auditif
et bute contre mon tympan. Et de surprendre ce frottement persistant, j'imagine une rate lovée à l'intérieur du
mur, au creux d'une brique qui abriterait une portée entière
de ratons roses et nus, gesticulant, aiguisant leurs griffes
neuves contre les parois du terrier. Ainsi ce *chrchrchr* quasi
imperceptible constituerait la preuve irréfutable qu'ici, au
fond, je ne suis pas seule. Alors j'attends. Et j'entends. Et
quand enfin le silence revient dans la maison et mon oreille,
je tourne les talons et m'en vais d'un pas las, alourdi par ma
panse autant que mes pensées, jusqu'à mon refuge, mon
trou à rat, mon trou *à moi*, ma cuisine; une pièce rectangulaire – mais on en voit rarement d'autre forme dans les maisons traditionnelles, les pièces courbes sont incommodes à
meubler et je soupçonne qu'elles rendraient folles les ménagères les plus tenaces – cellule exiguë recouverte au sol de

PRÉCIPITATIONS

carreaux de ciment aux arabesques blanches et noires formant un tapis de fleurs comme je les aime ; géométriques, sans odeur et à l'épreuve du temps.

J'entre dans cette cuisine quand le premier ding-dong retentit – c'est réglé comme du papier à musique, ces choses de la vie. Entre huit heures et huit heures et demie, ça cogne au clocher, sans discontinuer, ça cogne à toute volée, tous les matins du monde, même le week-end, surtout le dimanche avant la messe. Ça cogne et les villageoises violentées, les ménagères ensommeillées, les fourbues, les abattues, les épuisées, toutes sont forcées de se redresser et de s'extirper du lit pour préparer enfants et café ; chose que je fais moi-même ce matin puisque le clown parti, je suis seule à pouvoir le faire. Je presse du bout du doigt le sigle *on / off* de notre Philips d'occasion, le bouton clignote et verdit, le moteur vrombit, les grains de café sont aspirés dans un siphon pour y être moulus et un liquide dont la couleur progresse du beige clair vers le noir absolu se déverse en fumant dans ma tasse.

Un jour sur deux, je me brûle la langue. Ce matin, je redouble de prudence. Je souffle à la surface du café en veillant à ne pas éclabousser mon peignoir. Je souffle et si ténue soit-elle, mon expiration provoque des remous, des vaguelettes, la formation de cercles qui vont s'élargissant du centre vers le rebord de ma tasse. Pas n'importe quelle tasse cependant – celle dont je me sers tous les matins depuis dix ans, qui m'a été offerte pour mon anniversaire par un ami retrouvé mort d'un infarctus (on a supposé) dans le lit de sa

PRÉCIPITATIONS

maîtresse (supposée aussi). Objet usuel ayant acquis le statut de survivance et que je manipule avec la déférence précautionneuse (peut-être même un peu superstitieuse) qu'on réserve aux reliques.

En me regardant déballer la tasse qu'il venait de m'offrir, mon ami m'avait recommandé ce soir-là de ne jamais la passer au lave-vaisselle sous peine d'abîmer la photographie qu'il avait choisie pour la décorer : un portrait de mon père du temps où mon père ne savait déjà plus qu'il souffrait d'Alzheimer.

Cette image lisse et douce m'a déplu dès que je l'ai aperçue. J'ai détesté chaque détail du visage émacié, des cheveux fins et clairsemés à la barbe trop bien taillée pour être celle de mon père. J'ai détesté le front luisant et creusé de sillons, j'ai détesté les yeux renfoncés, leur sclère jaunâtre, le regard opacifié par la folie bien plus que par la cataracte. J'ai tout détesté de cette photographie qui en dix ans ne s'est pas abîmée – pas même légèrement usée, délavée ou craquelée. Forcément, je respecte les morts et les fous, et je n'ai pas de lave-vaisselle.

Les mains pressées sur le visage d'un homme qui lui ressemble mais qui n'est pas papa, j'aborde l'opération de refroidissement de mon grand café noir. Je souffle et la mousse de lait frémit et se déchire comme l'écume. Des ondes parfaitement rondes surgissent et s'élargissent à la surface du liquide et leur mouvement excentrique allié à l'odeur du café m'hypnotise, je rêvasse, je m'enfonce – dans

12

PRÉCIPITATIONS

mon rêve, je suis assise au creux d'une barque (c'est plutôt un coffret, un berceau, une coque dont je serais le cerneau) qui dérive sur un étang entouré d'arbres plantés en rangs serrés. Il y a autour de moi des érables poussés en bouquet, des aulnes, des hêtres étonnamment vivants et des saules qui forment un dôme au-dessus de mon corps – sorte de chapiteau désert où m'abriter.

Mon embarcation ballotte au gré de courants invisibles et pénètre sous la houppe d'un hêtre pleureur ; je n'en ai jamais vu d'aussi triste. L'eau qui m'entoure est noire, goudronneuse ; elle brille comme de l'huile. Dans un fourré, un oiseau pousse son cri d'alarme – *huit, huit, huit* – et ce cri progresse avec le vent, crescendo. À travers le feuillage du hêtre majestueux – qui, je le soupçonne, est de bois précieux et le gardien en ces lieux – je constate que le ciel tourne à l'orage. Au creux de mon corps étranger, à la fois lesté et sans consistance, le songe menace de tourner. Je pourrais lutter sans doute, opposer une résistance à ce pourrissement de tous mes sens mais je choisis de me laisser aller. Au-dessus de mon visage, des nuages s'assemblent et forment une panse striée de rouge et d'or – lézardes dont la fréquence et l'intensité laissent présager que la bedaine amassée est sur le point de crever. Des oiseaux s'envolent et plombent le ciel d'un soleil noir remuant constamment. J'ai le tournis. Quand la pluie se met à tomber dru. Des eaux sales s'accumulent au fond de mon bateau-berceau et je voudrais écoper mais mes jambes et mes bras demeurent paralysés. À la surface de l'étang, des cercles se forment s'élargissent et se brisent et se forment s'élargissent et se brisent. Et la barquette se met à tanguer. Mollement d'abord puis de plus en plus fort. Ça secoue mais je n'ai pas peur. Je ne tente rien tant il est évident que la situation m'échappe. Les mains plaquées et comme agglomérées aux rebords de mon embarcation, j'observe le monde – les arbres, le ciel et l'eau – tournoyer. Les hêtres se penchent au-dessus de ma tête et dans leurs feuillages noirs et touffus, le vent passe bruisse siffle comme s'il voulait me prévenir d'un danger ou me chasser d'ici. La coque où je repose louvoie vers un trou qui tournoie lui-même au centre de la surface noire – et j'ai la nausée mais je ne crains rien. Au moment de sombrer dans le trou creusé en entonnoir vers le sol de l'étang, je m'étonne seulement que l'eau soit si chaude.

Ma tasse réinventée en sept ou huit morceaux gît entre mes pieds dans une mare de café froid. Je glisse mon gros orteil dans l'anse encore d'un seul tenant et songe que cette anse indemne est une sacrée chance, qu'il ne faut pas se fier aux apparences, que je pourrais recoller les morceaux, demander au clown de passer un peu d'or aux jointures du collage, le clown est un artiste après tout, il a restauré des sculptures et des stèles, il arrondit nos fins de mois en redorant à la feuille les inscriptions passées des monuments aux morts, pourquoi les cicatrices de ma tasse n'auraient-elles pas droit, elles aussi, à l'un de ces fins feuillets carrés d'or vingt-quatre carats?

2

Marie.

Le prénom s'affiche en petites lettres noires. Je les vois scintiller, minuscules et vibrantes, et j'entends les sonneries qui se détachent une à une dans le silence de ma cuisine mais je ne décroche pas.

Je déteste le téléphone.

Ses irruptions intempestives.

De mon père taiseux, j'ai hérité l'incapacité d'entretenir la conversation. Je ne suis pas douée pour bavarder et l'absence physique d'interlocuteur n'arrange rien. Le combiné plaqué à l'oreille, les yeux plissés, la bouche pincée, j'ai l'air d'une imbécile. Alors quand Marie m'appelle ce matin, je l'ignore. J'enferme l'appareil dans mes paumes pour en étouffer la sonnerie et j'attends, sachant que Marie m'attend elle aussi quelque part – au tournant ; au volant de sa voiture. Une Audi noire, neuve, véhicule de société dont elle fit grand bruit, la fière, lorsqu'on lui confia.

Tout entière à son travail – commerciale pour une entreprise spécialisée dans la vente de poisons et autres pièges contre les nuisibles, raticides, insecticides, trappes à rongeurs, antimoustiques, aérosols antipuces –, Marie dispose de peu de temps pour se rappeler aux autres, aussi profite-t-elle des autoroutes interminables qui la mènent du point A au point B de son existence routinière pour joindre son monde sur son portable. Au milieu de nulle part, elle se rappelle à moi – à moi qui ne décroche pas. Et quand bien même je ferais l'effort d'accepter cette *communication*, Marie ne communiquerait pas. Marie ne discute pas. Marie ne dialogue pas. Marie ne bavarde pas. C'est plus fort qu'elle : Marie marchande. Elle mène nos entretiens du ton qu'elle emploierait pour refourguer un lot de pièges à taupes au locataire du douzième qui ne disposerait même pas d'un mètre carré de pelouse.

Alors oui je préfère l'ignorer.

— Roule, ma poule.

J'enfonce le téléphone dans ma poche (veillant à ne pas décrocher en effectuant la manœuvre) et m'en retourne à ma corvée, songeant que si c'est important, si ça concerne *nos* enfants, Marie me laissera un message.

UN ORDRE — C'est Marie. Rappelle-moi.

UNE SÉCHERESSE — C'est Marie. Si tu pouvais pour une fois me rappeler sans traîner.

UN COUP BAS — Je vais te dire comme on dit aux gosses de quatorze ans, Pétra : à quoi te sert d'avoir un téléphone si tu ne décroches pas ?

J'écouterai ça plus tard.

PRÉCIPITATIONS

Pour l'heure – 8 h 30-9 heures –, c'est la vaisselle. Corvée parmi les corvées. Corvée couronnée entre toutes. Comme toute ménagère qui se respecte, je commence la vaisselle par son rangement. Durant des années, maman me l'a répété : vaisselle bien rangée vaisselle à moitié terminée. Cette étape préliminaire est millimétrée : j'aligne les verres sur le plan de travail moucheté (imitation Tarn, bon marché), les verres à moutarde des enfants, leurs gobelets Minnie Donald Mickey et les verres à pied. Derrière eux, je range les tasses, les bols et les assiettes empilées. J'entasse les couverts dans une passoire et agence les casseroles, les poêles et les plats à l'extrémité du plan de travail et les petits dans les grands si possible. Quand tout est à sa place, je fais reluire les parois de l'évier — Miroir, miroir, dis-moi qui est la plus belle ce matin pour faire la vaisselle – et j'y dépose trois gouttes d'un savon translucide dans un fond d'eau très chaude.

Quand j'ai lavé et rincé les verres et les tasses à café, je m'attaque aux bols des enfants et à leurs tasses, à eux. Leurs tasses à cacao. C'est là que ça se corse : tout ce que touchent les enfants est sale et gras. Je les ai observés, ces petits. Et sincèrement je ne comprends pas. Des doigts si frêles pourtant si gras, tant de crasse amassée sous des ongles si ras. C'est impossible. Impensable. Alors sans y penser, je gratte avec mes ongles les morceaux séchés de céréales. J'insiste avec le côté rouge de mon éponge à récurer sinon je ne m'en sors pas. Quand les bols sont retournés sur le plan d'égouttage, c'est au tour des assiettes. Un lourd paquet d'assiettes. Il y a toujours plus d'assiettes que de personnes

PRÉCIPITATIONS

assises à table parce que le clown aime mitonner des plats compliqués nécessitant l'emploi d'assiettes et de couverts *de service*. Les assiettes – comment vous dire? – c'est un assaut. Faut y aller, donner de l'huile de coude. D'autant qu'on se sert quotidiennement d'un service en terre cuite hérité de son père (à lui) – la couche émaillée de cette antiquité est usée et la saleté s'incruste dans chaque microfissure de chaque assiette, petite ou grande. Si on a fait un repas relativement liquide passe encore. Mais si c'était le soir du fromage et même si je suis passée maître dans l'art de gratter les croûtes, c'est le carnage. Bref. Lorsqu'elles brillent, j'empile les assiettes et me prépare à affronter les couverts : l'incroyable amoncellement de couverts. J'ai beau refaire les comptes, mathématiquement ça ne tient pas. Je lave deux à trois paires de fourchettes-couteaux par personne et par jour. C'est infernal. Fastidieux. Je déteste ça – les sortir un à un de l'eau triste et tiède où ils macèrent, les dégraisser avec le côté doux de l'éponge, insister avec le côté métallique, les rincer et leur faire de la place sur le plan d'égouttage encombré, envisager d'essuyer les assiettes et les verres, ne pas trouver d'essuie de vaisselle propre et me résigner à me servir d'une taie d'oreiller.

Et quand j'ai fait tout ça, forcément, tout est à refaire. C'est la charge. Les plats, les poêles (imitation Tefal), le choc des casseroles soigneusement fermées qui attendent depuis des jours qu'on les libère de leurs restes macérés. La grosse artillerie, autant dire. Pour mener cette bataille, je procède dans un ordre établi : je vide l'évier, le décrasse, le reremplis d'eau très chaude et y dépose une double dose

PRÉCIPITATIONS

de savon de vaisselle vert – le liquide vert est plus agressif et plus dégraissant que les autres, c'est un fait éprouvé.

Quand l'évier est paré, j'y plonge la casserole la moins amochée, la petite mignonne, celle qui ne mange pas de pain. Je maintiens la jolie sous l'eau, l'attaque au tampon Jex et le tour est joué, ma victoire rapidement assurée. Mais l'encombrant suivant s'avance sur la ligne sans tarder. Aujourd'hui, c'est une poêle défigurée par des années d'âpres cuissons. Une poêle qui s'est battue, une poêle qui n'en peut plus mais qu'on ne veut pas jeter. Pour m'éviter d'avoir à gratter son fond déjà râpé, le clown l'a remplie d'eau pour faire mollir durant la nuit les restes calcinés d'un collier d'agneau. La graisse a figé et m'évoque la banquise, le permafrost, un archipel d'icebergs à la dérive. C'est répugnant. Ça pue le mouton – j'ai détesté cette odeur sitôt franchie la porte de l'abattoir clandestin où mon père avait coutume de faire tuer trois agneaux chaque année. Les plaques de graisse vibrent et se fendillent et la banquise amollie finit de fondre dans l'évier. Trois gouttes de dégraissant et dix coups d'éponge plus tard, la pauvre poêle est aussi propre qu'elle peut espérer l'être à son âge. Et les manches de mon peignoir dégueulasses. Maman me dit souvent de revêtir une robe-tablier pour faire le sale boulot. Mais ces robes bleues, boutonnées par le devant, c'est laid, la fin de tout, je ne peux m'y résoudre – ma robe de chambre finira à la machine quand la vaisselle qui n'en finit pas sera derrière moi. Derrière moi, je les surprends qui m'épient et patientent ; le wok et son couvercle, une cocotte gigantesque que le clown utilise quand lui prend l'envie de

19

PRÉCIPITATIONS

mijoter de la bolognaise pour les deux mois à venir, une casserole à moules, une plaque de cuisson où traînent quatre ailes de poulet sinistrées, des couverts à salade et une cruche remplie de blancs d'œuf que je conservais pour la pâtisserie et dont je n'ai évidemment rien fait.

Un quart d'heure plus tard, je vois le bout du tunnel.

Reste la petite casserole à moules et la cruche à blancs d'œuf – de la bibine. Quelques moulinets et le plan de travail reluira comme au premier jour. Fière de moi, je fais du zèle. Je me retrousse les manches – les manches grasses de mon peignoir gris – et ouvre la porte du frigo comme j'ouvrirais celles de l'enfer. Les sourcils froncés, le front barré de cette ride du lion qui fait de moi une fille faussement sévère, éternellement soucieuse, j'évalue la situation et inventorie les misères. Du bac à fromages au bac à légumes (inspectant chaque étage), j'exhume un morceau de brie, un sachet de roquette fanée (bien que non entamé), des Gervais périmés, une saucisse desséchée et une boîte à couvercle vert (imitation Tupperware) où finissent de moisir les macaronis quatre fromages de la semaine dernière.

Je jette la bouffe à la poubelle en pestant contre *ceux-là* qui laissent pourrir la situation (la salade, les pâtes, le fromage, les saucisses) en attendant que *je* m'en occupe – *je* ne m'appelle pas Marie.

Je ne suis pas la bonniche, bon sang.

Quand le frigo est déblayé, je brandis le pschitt *ultra-dégraissant pour toutes les surfaces sales* et m'attaque aux traînées qui maculent depuis au moins trois semaines les

PRÉCIPITATIONS

parois du bac à légumes – la gamine a renversé le bocal de betteraves rouges et n'a pas pensé à nettoyer. Les enfants ne pensent jamais à nettoyer, ce n'est pas dans leur nature. Les enfants ont autre chose à penser.

Moi, je ne pense plus – je me plains.

Je me plains mais en vérité, j'aime bien la vaisselle. Ou plutôt, non. Je ne l'aime pas mais l'estime à sa juste valeur, je l'envisage pour ce qu'elle est au commencement de ma journée et de mon histoire – un moment important. Fondateur. Une sorte de Genèse, si vous voulez.

Au commencement était la Vaisselle.

Car c'est par une vaisselle que tout a commencé dans cette cuisine éclairée par une ampoule qui pend nue au centre du plafond peint en rose.

L'ampoule d'aujourd'hui est neuve. Je la change régulièrement, je la remplace avant qu'elle ait eu le temps de s'user, se souiller, grisailler, vieillir, grésiller, péter et me plonger dans une obscurité subite, complète. Imméritée. Mon ampoule de trois jours brille et déverse autour d'elle une lumière silencieuse et banale. Un éclairage qui donne aux choses une mine blafarde, un peu cadavérique c'est vrai, mais coutumière et rassurante.

Quand j'ai déboulé au bord de cet évier il y a trois ans, c'était une autre affaire – un autre bruit, une tout autre lumière. Ce soir-là, un globe opaque et couvert de chiures projetait sur les lieux un éclairage dont j'aurais pu imaginer qu'il était tamisé s'il n'avait pas été triste. Et inquiétant. Un frigo (un modèle Smeg des années 50, inutilement envahis-

PRÉCIPITATIONS

sant) toussotait et se disputait la place avec une trancheuse
prétentieuse et la machine à moudre le café. Un crâne de
bouc – un vrai crâne, en os, depuis longtemps débarrassé
de sa chair ; ses cornes recourbées noircies et rongées par le
soleil et la pluie – était suspendu au-dessus de l'évier ; un
bac large et peu profond comme on n'en fait plus.

Quand je m'en suis approchée, j'ai constaté qu'il était
ébréché et crasseux.

Et curieusement cette vision m'a apaisée. Livré à lui-
même depuis un bon moment, le bac bourré d'assiettes
d'emballages de barquettes et de restes agglomérés de nour-
riture ne m'a pas rebutée. Au contraire. Cette crasse – l'état
des choses en cet instant précis – m'a rassérénée : il y avait
de la vie là, sous mes yeux, sous mes doigts ; je la voyais qui
grouillait, frétillait, fermentait. Si rien n'arrivait au monde
sans qu'il y ait une cause ou une raison suffisante, cette
crasse constituerait ma raison. La saleté me suffirait. Je resterais au bord de cet évier parce qu'il était sale et que je
pourrais y instaurer la propreté.

Ici, pensais-je alors, j'allais enfin servir à quelque chose.
Je pourrais m'occuper de la poussière et de la pourriture.
Je ne serais plus superflue, c'en serait fini de mon inutilité
– crasseuse aussi. Ici, je ferais une croix sur mes piétine-
ments, mes ratages, mes erreurs, mes errements de bonne
à rien. Ici, j'allais ranger, ranger, ranger. J'allais entretenir.
Je ferais le ménage. Sans me ménager. J'allais laver, lus-
trer, cocher, je me mettrais debout sur des escabelles pour
détruire les toiles d'araignées. Je me mettrais à genoux pour

PRÉCIPITATIONS

briquer le plancher et à plat ventre pour inspecter le dessous des lits, des tapis, des buffets. Ici, je remettrais chaque chose à sa place et finirais certainement par y trouver la mienne.

*

Dans la poche de mon peignoir, précisément où il doit être (bien au chaud, bien rangé), mon téléphone se remet à vibrer. Oh Marie, je décrocherais volontiers, mais vois-tu j'ai les mains pleines de verres que je m'en vais aligner dans l'armoire en coin. Pas besoin de vérifier. Je sais que c'est toi qui rappelles, pimprenelle. Ma main au feu que tu insistes ce matin pour me faire garder tes marmots ce soir. Tu as toujours une bonne excuse qui te contraint de me confier tes petits un soir de plus et la plupart du temps un lundi soir ; un soir de grande fatigue. Un problème au boulot, un pépin mon lapin, un grain de sable, une urgence, un impondérable.

— Si ça te convient, Pétra, je récupérerai les enfants demain après l'école.

Et si ça ne convient pas, c'est le même prix. Alors ce matin, à l'heure de la vaisselle, j'imagine le monde sans Marie. Et dans ce monde sans Marie – cependant pas très différent du nôtre, car ni elle ni moi (en dépit de nos masses additionnées) ne pesons dans la balance – le clown me rencontre, il rougit et pâlit à ma vue, un trouble s'élève dans son âme éperdue, ses yeux ne me voient plus, il ne peut plus parler. Il me parle pourtant, il m'approche mal- gré tout, il m'approche malgré toutes – c'est moi moi

moi et nulle autre. C'est avec moi et non elle qu'il vit à Bruxelles, dans une soupente du Cimetière d'Ixelles et c'est la misère, la bohème, vous ne pouvez pas comprendre. C'est avec moi qu'il poursuit ses études et les chimères propres à notre âge – nous avons vingt ans et sommes promis à un brillant avenir, lui sculpte la pierre d'après modèle vivant, je trace des mots bringuebalants. Nous refaisons le monde, l'apprenons, l'arpentons sans relâche. Amoureux. Arrogants. Quelques mois après l'obtention du diplôme – il est graveur, moi gratte-papier – il me fait sa demande. Et c'est le Grand Soir. Le plus beau soir dans la plus belle auberge de la plus belle Bruxelles. On met les petits plats dans les grands. Le clown m'a apporté un anneau d'argent, il m'offre du lilas et du vin blanc, du vin comme je n'en ai jamais bu, du vin d'un très grand cru.

Victime de mes rêveries et ma dyspraxie maladives, un verre à pied m'échappe – c'était couru d'avance. Le pauvre vieux atterrit dans une déflagration cristalline. Bien sûr, cet accident me chagrine. Je devrais balayer-aspirer les éclats disséminés mais je n'ai ni la patience de débusquer le balai (j'ignore s'il est rangé à la buanderie, dans le garage, à la cave, au grenier) ni le courage de promener mon aspirateur à cette heure.

Je rassemble les éclats dans mes paumes et maladroite me pique le bout du doigt comme Aurore au rouet. Ooooh je n'ai pas mal. Je ne geins pas, ce n'est pas du tout mon genre. Je reste de marbre, observe à l'extrémité de mon index une goutte de sang qui perle et souille de rouge mon peignoir gris souris — Une robe rouge, c'est exactement ce qu'il me faudrait, susurré-je en suçotant mon doigt. Une robe de ce rouge sang que j'aime tant, composé précisément de 52,16 % de rouge, 2,35 % de bleu et 2,35 % de vert. Une robe longue dans laquelle on me verrait venir de loin, assortie d'un châle vert tissé de fils d'or. Vêtue et coiffée à la manière d'une fille du Sud, mes cheveux noirs tressés, la natte épinglée en couronne sur mon front et piquée de fleurs blanches. *Petit poisson rouge, peut-on traverser la mer rouge à condition d'avoir duuuuu?*

Un mariage, c'est pas la mer à boire, merde.

Mais le clown ne veut plus en entendre parler.

Quand je lui parle mariage, il me serine Marie-Marie-Marie. Me ressert cette histoire que je connais par cœur. Leur union, je la sais sur le bout de mon doigt qui saigne. Dans ces moments de ressassement, les souvenirs du clown vont et viennent au gré d'un courant d'arrachement. Un ressac qui évoque la pulsation d'un cœur vaillant et évolue doucement vers la tachycardie.

Le grand dérèglement.

La première vague de souvenances charrie la toute première image – ronde, lisse, dure ; un petit caillou blanc que je me prends dans les dents. Sur cette image figure une Marie aux cheveux courts et noirs, assise sur le muret en béton d'une cour de récréation circulaire. Tout part de là, voyez : du muret où la fillette assise, genoux serrés, s'amuse avec le corps mutilé d'une araignée à laquelle elle arrache les pattes l'une après l'autre. La petite a quatre ans, le clown en a cinq. Ils sont en maternelle – dans la même école, mais pas dans la même classe. Ils grandissent côte à côte et sont amenés à se croiser sans cesse au patelin ; au bassin de natation, à la boucherie, au bac à sable, au kiosque à journaux, à la salle de fête, dans la salle d'attente chez le médecin et à l'église le dimanche matin. Le clown garde à l'œil cette fillette peu liante dont il s'imagine qu'elle est une sorte d'étoile – filante, distante, brillante et froide. Glaciale. Petite-Marie-étoile-polaire. Avec la deuxième vague affluent des réminiscences adolescentes qu'on pourrait comparer aux photos instantanées des années 80 – déferlante de clichés carrés imprimés sur du papier au grain un peu trop prononcé. Somme d'images mal contrastées, mal cadrées, mal fichues mais attachantes. Marie a quatorze ans. Le clown en a quinze. Ils fréquentent le même collège et les mêmes trois cafés de village. L'Embuscade. Le Dante. L'Arrêt du temps. Ils ont des amis communs. Ils se connaissent sans être amis. À cette époque, les cheveux de Marie sont rouges et coupés au carré, ceux du clown châtains et plus longs qu'ils ne le seront jamais. Sur l'image centrale de cette rêverie adolescente, Marie est assise genoux serrés contre un radiateur du troisième étage de l'École des sœurs. Le visage enfoui dans son sac à dos Eastpak, elle pleure. Elle crise plutôt. Le clown qui pénètre dans le couloir pour rejoindre le laboratoire de chimie découvre cette Marie-éplorée et pense que c'est *le moment ou jamais*. L'occasion de lui parler. De se faire remarquer par cette fille qui l'a longuement intrigué. Il approche d'un pas lent, mesuré. Parvenu à sa hauteur, il s'accroupit, lui glisse un mot à l'oreille et une main sous la masse raide de ses cheveux – les mains du clown

PRÉCIPITATIONS

font des miracles, je suis bien placée pour le savoir. Marie
renifle, elle dresse la tête, pousse une série de petits bruits
– *pff, han, oh, hum* – puis lui explique qu'elle a raté coup sur
coup trois interros de géo. Le clown lui propose de l'aider à
réviser. Marie accepte sans se faire prier. L'histoire se noue
donc dans ce couloir clair-obscur sur un mensonge pieux
– le clown n'est pas l'expert en capitales mondiales qu'il
prétend être pour appâter sa proie – et se poursuit dans
une chambrette. Autour d'un lit (celui de Marie) et d'en-
jeux capiteux, les amoureux gravitent, jouissent, mûrissent.
Bientôt ils sont majeurs et quittent parents, copains, cam-
pagne. Ils s'installent, comme on dit. Emménagent à la
ville pour leurs plus belles années – les années bruxelloises.
Marie a dix-neuf ans. Le clown en a vingt. Ils vivent dans
une soupente du Cimetière d'Ixelles qu'ils surnomment la
Maison du Bonheur. Marie fait des études de commerce
à l'Institut Solvay, et certains soirs un peu de cuisine. Le
clown est inscrit en sculpture à la Cambre – il s'y croit, il
est fier. C'est une époque bordélique. Mais c'est la grande
vie. Une vie de misère, une vie d'amis et, de jour comme
de nuit, de musique de bière et de lumière. La dernière
vague de souvenirs afflue dans un raclement de gorge – la
voix du clown se précipite ; comme du verre, elle se brise en
morceaux qui crissent quand je leur marche dessus. Cette
dernière vague se lève devant moi comme un écran géant
structuré en trois parties ; à la fois triptyque et tsunami.
À droite s'affiche l'image bruyante d'une cérémonie : Marie
se tient avec d'autres étudiants sur l'estrade d'un auditoire,
elle porte une cape orange et ses cheveux corbeau sont

dissimulés sous une toque noire. Assis sur un strapontin, au premier rang, le clown applaudit sa Marie-diplômée. À gauche se trame l'aménagement d'un appartement spacieux mais délabré. Le clown restaure des plafonds auxquels il pend des lustres tandis que sa Marie-arrondie repeint les murs d'un bureau pour en faire une chambrette de bébé. En plein centre – image d'Épinal, tout en dorures et vantardise – se dresse une église sévère, braquée vers le ciel comme un doigt qui l'accuse.

Bravant cette image, la voix du clown paraît soudain très triste.

— Le Grand Jeu, murmure-t-il.

L'Église avec un grand É. La robe blanche chinée au Vieux Marché et le smoking cendré et le chignon et les anglaises et les boucles dans la nuque de la mariée — Nous te ferons des boucles d'or, incrustées d'argent – les traditions respectées, les mères les voisines les cousines pomponnées comme jamais, la montée des marches au parvis puis la marche nuptiale, l'entrée de Marie au bras du père, les témoins, les amis émus rassemblés, les sourires et les yeux embués, leurs mains jointes et leurs pensées, et l'émotion, les promesses, la musique et les chants, *Le Cantique des Cantiques* et les cierges et l'encens, la voix de l'abbé en réverbérations concentriques sous la voûte, les prières, les répons, les échos et enfin la question, que dis-je : THE QUESTION, monsieur, voulez-vous prendre madame et madame prendre monsieur ; et oui, *ils ont dit oui je veux bien oui*, l'échange des vœux et celui des anneaux, deux anneaux en or gravés d'une date (fatidique, sauraient-ils

PRÉCIPITATIONS

dix ans plus tard) et ornés des mêmes initiales. Et les voilà
bagués, ferrés, le pigeon fier de sa colombe, prêt à lui faire
franchir le seuil du pigeonnier pimpant – ignorant qu'elle
aurait un jour une garçonnière, sa grâce – et les voilà unis
pour le meilleur et ignorant du pire, les voilà liés, pieds et
poings entravés, qui descendent la travée centrale, la somp-
tueuse allée pavée d'une église qui ne sera jamais plus somp-
tueuse ni heureuse – la prochaine fois, ce sera l'enterrement
d'un père – et les voilà aspergés de riz et de pétales de rose
et les voilà qui posent pour la postérité sous les applaudissements qui pleuvent et les hourras et les bravos! Les
grands mots sont lâchés, les oiseaux de paix libérés – l'oiseau de malheur agite sa baguette dans un coin mais nous
feignons de l'ignorer, magie noire, mauvaise fée, Oooooooh
Carabosse, tu n'es pas invitée! – le bouquet de la mariée
est lancé, la voiture fleurie est avancée et les voilà qui
s'avancent au-devant de leur vie et que vivent les mariés!

Avec sa Marie-divorcée, le clown a deux enfants.
Un fils, Arthur. Et une fille, Alice. Deux prénoms en *A*
car du temps de leur jeunesse, le clown et son frère – Sol
de leur nom de famille – se sont fait une promesse, la seule
jamais tenue: tous deux doteraient leurs rejetons de prénoms en *A* de sorte que leur progéniture porte les mêmes
initiales: A. S.
Ce jeu d'enfants (et bien qu'il ait déjà sa paire d'A.S.) le
clown a accepté d'en refaire avec moi, *contre moi*, une infi-
nité de parties. Manque de chance (j'étais pourtant débu-
tante): j'ai joué longtemps pour du beurre — N'obtenez

PRÉCIPITATIONS

aucun rejeton, placez votre jeton sur la case *Attendre prochaine ovulation*, ne passez pas par la case *Félicitations*. Ce fut long. Vingt mois de ventre vide avant de remporter enfin un premier fils ; Alban – blond comme les blés, *blanc comme un cierge de Pâques*. Ma seconde grossesse (qui me fait ce matin cette bosse que je ne peux plus dissimuler sous mon peignoir) m'est littéralement tombée dessus. Comme si mon corps avait compris le truc. L'emboîtement. La mécanique des fluides. Moins de deux ans après ce premier fils, j'ai su que j'en aurais un deuxième.

Oh si j'avais pu choisir pour mon ventre et ses fruits, j'aurais fait comme Marie. J'aurais fait tout pareil – au moins *aussi bien* qu'elle – un petit mâle puis une petite femelle. Dans cet ordre. Un fils pour assurer la pérennité de la lignée et pour en faire un homme et la fierté de son père. Ensuite une fille. Pour en faire ce qu'on pourra et faire de moi l'égale de la première mère, sainte Marie mère du premier fils et de la première fille. Marie première en tout, première petite amie, première maîtresse, unique épouse. Marie. La première peur, la première tromperie, puis le premier divorce. Marie. Et moi. Marie *puis* moi. Moi qui cours derrière, qui cours toujours, bonne deuxième, bien brave, je moyenne, j'avance comme je peux, je fais de mon mieux, je souffle, je salive, je râle, les joues rouges, bouche ouverte, je joue à l'arraché, je prends ce qu'il reste à prendre de place et de rôles – abonnée aux seconds, disais-je – dans une distribution élaborée bien avant moi. Je joue des coudes, je pousse, je m'impose, je fais le ménage, s'il faut je brutalise un peu, je me fais violence. Sans avoir l'air d'y toucher,

PRÉCIPITATIONS

j'écarte ce qui me fait obstruction dans la vie de mon aimé, je me la joue solo, jalouse envers et contre tous, je vire les vieux amis, la clique, la petite bande, j'arrache le bouchon de sa bonde et je vide l'eau du bain – mais je ne jette pas les bébés avec. Évidemment non. Je ne peux pas.

Ces deux-là – premiers bébés de la première union – n'étaient pas heureux de me voir débarquer mais avec eux, comment faire autrement, je compose — DO DO SOL SOL LA LA SOL, *à vous dirais-je belle-maman, ce qui cause mon tourment?*

Je me suis glissée dans ma peau de belle-mère comme dans un plastron en peau de mouton – ça piquait, ça puait le chien mouillé mais je m'y suis habituée. Je suis entrée dans ce vêtement mal ajusté et les enfants m'y ont aidée, ils m'y ont même *forcée* quand ça coinçait, quand ça craquait aux emmanchures.

Des déchirures, il y en a eu. Cette peau de marâtre comptant parmi mes mues plus fragiles, il y en aura toujours. Mais pour chaque craquelure, les enfants ont cherché des façons de cicatriser ma peau abîmée. Tout y est passé. Mots bleus sifflotés. Pieux mensonges persiflés. Déclarations d'amour aimantées sur la porte du frigo – *je t'aime, Pétra, Pétra tu es ma fleur, t'es la meilleure, mon héroïne, t'es dans mon cœur, Pétra.* Du rose sur les murs. Une overdose de rose. Des cœurs et des cadeaux inouïs, décalés – galets décorés, robe taillée à même le sac-poubelle, eau de toilette maison (mélange d'eau de vaisselle et de pétales écrasés).

PRÉCIPITATIONS

Mention spéciale pour ces dessins – j'en ai reçu tous les jours – sur lesquels le clown était invariablement filiforme et moi ronde, constituée de deux boules superposées ; l'une énorme pour figurer mon corps, l'autre petite pour me faire une tête (de chou) – et agrémentée en ma boulette supérieure de trois cheveux bourbeux. En échange de ces douceurs étalées comme des onguents sur ma peau fissurée, les petits étrangers attendaient de moi que je m'occupe d'eux. C'était logique. Dans l'ordre des choses. Tant et si bien que j'ai imaginé que *ça* viendrait tout seul – *finger in the nose*, j'allais m'occuper sans le moindre problème de ces petits *strangers in the night*. Erreur. Grossière erreur. Très vite, j'ai dû constater que *ça* n'était pas inné, que rien n'était véritablement spontané là-dedans (et la nuit encore moins). L'éducation, les pipis, les habits, l'hygiène, le bain, les bobos, le b.a.-ba. Il m'a fallu tout apprendre. De A à Z. Jusqu'aux mots, cette sorte de jargon, cet idiolecte maternant dont j'ignorais tout. Tous ces mots à dire le matin et le soir et en toutes circonstances. Les mots rassurants. Raisonnables. Les mots réconfortants à murmurer pour un oui pour un non – pour un cauchemar, un bonbon, un hoquet, un chagrin, une angine, une otite, un jouet, un collier brisé et ses perles éparpillées, une écharde, une arête dans la luette, un pipi dans la culotte, une bagarre, un mauvais coup, un mauvais point au bulletin. L'événement le plus insignifiant devait être déballé, discutaillé, décortiqué sur l'autel du langage. Moi qui d'ordinaire parlais peu, j'ai dû apprendre à leur parler de tout et à leur parler d'eux, surtout.

32

PRÉCIPITATIONS

*

Presque un an après mon arrivée sur le territoire d'Alice et d'Arthur – dans les traces de leur mère, le lit et les bras de leur père – ma peau a commencé de se dessécher. Les enfants se bousculaient dans mes mollets comme des chiots inquiets, ils me léchaient, me sniffaient, essayaient de me faire culbuter, de me distraire, de m'inonder de leur gaieté. Mais rien n'y faisait. Je n'avais plus envie de jouer. J'étais déshydratée. Sèche. Rêche. Privée de suc. À court de sève. Cloîtrée dans une sorte d'aridité – sans pulpe, sans larmes, sans mots. Sans rien.

Un jour particulièrement désertique, ma belle-fille est rentrée de l'école, les joues rouges et la voix chevrotante.

— C'est un GRAND JOUR, a-t-elle clamé.

Comme toujours, elle a laissé tomber son blouson à l'endroit même où elle venait de l'enlever. Sa veste en jeans (une affreuseté dernier cri mais hors de prix achetée par Marie chez Orchestra) s'est échouée comme un détritus derrière la porte d'entrée.

En temps normal, je ne me serais pas fâchée pour si peu – je me serais abaissée, j'aurais ramassé, j'aurais suspendu la veste de la petite à la patère puis me serais pendue au cou du père et l'aurais embrassé ; je suis là pour ça.

Mais ce jour-là, la vision du vêtement abandonné m'a particulièrement contrariée.

— Range. Tes. Affaires. Alice.

J'ai grogné.

PRÉCIPITATIONS

J'aurais crié sur la fillette s'il n'y avait eu son frère pour rattraper le coup.

Arthur s'est précipité pour ramasser la veste de sa petite sœur et la pendre au portemanteau par-dessus la sienne. Le clown, lui, n'en portait pas. Ni veste. Ni manteau. Ni blouson. Il n'en porte jamais. C'est un homme fort et qui n'a jamais froid – ou qui s'échine à me le faire croire. Même en hiver, quand il travaille au cimetière, qu'il y retaille les caractères effacés à la surface de la pierre pour faire renaître l'identité de personnes depuis longtemps effacées de la surface de la terre, cet homme part travailler dans son chandail à grosses mailles. Il ne veut rien d'autre que ce vieux pull à col roulé. Il prétend que les autres vêtements l'empêchent de bouger, d'effectuer les gestes de sa gravure en liberté – un manteau, ça l'engonce, ça le gêne. J'ai essayé de l'infléchir et lui ai offert des vestes souples et amples qu'il n'a pas daigné essayer.

Certains matins, quand il gèle à pierre fendre et qu'il part travailler, il m'arrive de chantonner. *N'oublie pas de te couvrir, dehors il fait si froid, c'est un peu à cause de moi.* Quand je lui chante ces mots-là, le clown fait demi-tour. Il m'enlace, me couvre de ses bras et d'une petite voix – si enfantine qu'elle détonne sinuant hors de son corps si fort – murmure que rien n'est *à cause de moi*, que tout est grâce et qu'il lui tarde de revenir s'assurer ce soir qu'il n'a pas rêvé, non, que je suis bien restée – au bord de la fenêtre, au fond de notre lit ou non loin de l'évier – guettant son retour et m'inquiétant de ne pas le voir revenir à l'heure. Le clown craint toujours de ne pas me retrouver à ma place. Il ne fait

34

pourtant aucun doute que, depuis la naissance de notre premier bébé, je me suis assagie.

Rangée.

Soit.

Ce jour-là, quand il est revenu à la maison, j'y étais et j'étais ronchon. D'une bien méchante humeur. Je n'avais pas envie de l'embrasser et me suis dégagée de son étreinte prétextant que mes mains étaient sales, qu'elles puaient la vaisselle et que cette vaisselle je devais la finir et que j'en avais marre, que j'en avais plus qu'assez et que d'ailleurs je cassais beaucoup.

Je soliloquais.

Les enfants et leur père me regardaient et me suivaient à travers la maison mais ne m'écoutaient pas – ils connaissaient mes histoires de vaisselle sur le bout des doigts.

Parvenus dans la cuisine bordélique, tous se sont ébroués autour de moi (sans considération pour ma mauvaise humeur) : le clown a ouvert une bouteille et s'est servi un verre de rouge, Arthur a farfouillé dans l'armoire à biscuits et engouffré une gaufre en deux bouchées. Seule Alice est restée étrangement calme, quasi immobile, un peu en retrait, trop sage pour être vraie. Je m'apprêtais à lui demander ce qu'elle mijotait quand la finaude m'a devancée.

— C'est la fête des mères, elle a balancé.

Je m'attendais à tout sauf à ça.

J'aurais pu tout imaginer sauf ça – la gamine a articulé *fête des mères* et j'ai pensé *what the fuck ?*. Sonnée par cette annonce farfelue, j'ai plongé mes mains dans l'eau et entrechoqué les couverts, espérant faire beaucoup beaucoup de bruit.

PRÉCIPITATIONS

— C'est la fête des mères-euh, c'est la fête des mères-euh!
Alice bêlait. Et j'aurais voulu la faire taire. Je ne sais ce
qui m'a retenue de lui balancer les méchancetés qui me brû-
laient les lèvres.

— La fête des mères? Mais que veux-tu que ça me fasse,
farfadet? Je ne suis pas ta mère. Je ne suis la mère de personne, c'est pas ma fête à moi.

Alice l'ignorait bien sûr, mais mon statut de nullipare
me torturait. J'étais nulle, nulle, nulle. Ça faisait presque
treize mois que je partageais la vie et le lit de son père et
nous tentions de nous reproduire mais ça ne marchait pas.
Quelque chose ne tournait pas rond dans mon ventre qui
refusait de s'arrondir et qui pourtant s'alourdissait – panse
pesante (pensante qui sait) lestée de petits cailloux blancs.
Tous les mois, je saignais et maudissais ces caillots. Monstrueuses menstrues. À chaque instant de chaque écoule-
ment de ce sang tiède, plus sale et plus avilissant que l'eau
de vaisselle – à chaque enfant de chaque femme qui accouchait (et Dieu sait qu'il en gravitait autour de moi de ces
comètes, énormes jeunes mamans), j'en bavais. J'enviais
à en crever ces gros ventres quand le mien était seulement gras. J'enviais ces utérus nidifiés, ces entrailles gon-
flées de gamètes et de fruits bientôt mûrs. J'en salivais.
J'en mourais d'envie. Nuit et jour confrontée aux *enfants
des autres*, je souffrais pour le mien. Le mien qui ne vivait
pas. Le mien qui ne me *venait* pas — Laissez venir à moi
tous les petits enfants. J'ouvrais grands mes bras, je priais.
Je criais. Je créais. Je sculptais dans la glaise mon enfant
invenu, invisible et pourtant si réel. Tapi dans un recoin

36

PRÉCIPITATIONS

de ma folie, petit garçon obscur. Ses yeux foncés, rieurs et graves, ses joues rebondies, ses cheveux noirs et ondulés et sa bouche fine, fraise écrasée au centre d'un visage ovale et mat, bébé-méditerranée, angelot potelé et sage tout droit tombé d'une toile du Caravage. De cet enfant non né, je savais tout. Alors quand ma belle-fille (bien née celle-là, bien vivante), frêle assemblage de bras et jambes d'un blanc laiteux où affleuraient des veines bleuâtres, candide enfant à peau de rousse – à ce point différente de l'enfant que je me façonnais qu'il faut imaginer qu'elle le faisait exprès, la rosse – quand elle s'est avancée vers moi armée de ce qu'elle avait de plus vrai (son innocence, sa morve, sa superbe), lorsque la follette ignorant tout de ma dinguerie m'a annoncé que c'était la fête des mères (c'est-à-dire de *Marie*), j'ai eu envie de l'encastrer. Jeter dans les cordes ce poids plume.

— Hors catégorie, hors de ma vue, minus!

Bien sûr, je me suis abstenue.

Je n'ai rien dit ni fait – enfin si: j'ai souri de toutes mes dents, *pour mieux te dévorer, ma belle-enfant.*

— Vous serez chez maman dimanche. En attendant, vous pouvez l'appeler avec le téléphone de papa.

— On l'a déjà eue au téléphone, a crachoté Arthur.

— Alors que puis-je pour vous?

J'ai respiré. J'ai retroussé mes manches. J'ai replongé les mains dans l'eau et me suis escrimée à rendre sa transparence au plat qui avait mal vécu la cuisson du poulet maïs de la veille. Du coin de l'œil, je voyais Alice qui dansottait et se tordait les mains en se peignant des airs de martyr.

— Que se passe-t-il, chérie? Tu dois faire pipi?

PRÉCIPITATIONS

Titillé par ma repartie, le farfadet a ouvert son cartable et en a extirpé un objet menu – petit paquet informe – petit pot de beurre ? *Dis-moi petit pot de beurre quand te dépetitpotdebeurreras-tu ?*

— La dame de la garderie – tu sais, celle avec des yeux de poisson – elle a expliqué qu'on allait préparer les cadeaux des mamans alors j'ai parlé de toi, Pétra. J'ai dit qu'est-ce qu'on fait pour celle qui vit avec nous chez papa ? Elle s'occupe de nous une semaine sur deux, on peut préparer un deuxième cadeau ?

— Tu as préparé un cadeau pour moi ?

— *On* a préparé, a rectifié Arthur.

Surprise, j'ai lâché le plat en pyrex qui est tombé dans l'évier et s'y est brisé sec et net. Dernier survivant d'un ensemble de trois plats à mettre au four – de la collection « Cocotte volaille » – que ma mère nous avait offert au Noël dernier.

— Bon, bon, bon les enfants. On ne va pas en faire tout un plat.

Encouragée par ma blague idiote, j'ai sorti mes mains de l'eau brunâtre qui les détenait, je les ai frottées à l'arrière de ma jupe et les ai posées sur le présent des enfants – incapable pour le moment d'entrevoir mon avenir.

J'ai tourné autour du pot. J'hésitais un petit peu. J'ignorais comment faire : c'était ma première *fête des belles-mères*. Fallait-il arracher le papier en vitesse ou prendre le temps, chercher des gestes et des mots éloquents ?

Arthur se bouffait les ongles.

Alice sautillait d'impatience.

PRÉCIPITATIONS

— T'inquiète pas pour ce plat, papa le recollera!

— Un deux trois, Pétra, on y va!

Puisque je n'avais d'autre choix, j'ai attrapé un coin du paquet et j'ai tiré.

Et je le jure: jamais papier d'emballage ne fit si grand bruit à la déchirure – une déchirure telle que j'ai pensé qu'elle se produisait dans ma propre tête. Un *chrchrchrchr* si long qu'il m'a fait frissonner. J'ai palpé l'objet toujours dissimulé et mes mains se sont mises à trembler. Et quand je l'ai libéré de son emballage, c'est mon cœur qui s'est emballé. L'objet qui me remplissait les paumes (et à ma grande surprise une partie de mes creux, je me sentais mieux) était d'une laideur insondable – si laid, il en devenait étonnant.

C'était un petit oreiller carré, duveteux, orné en son centre d'un animal à quatre pattes, doté lui-même d'une crinière dorée et sur le haut du crâne (pile entre les deux yeux) d'une excroissance apte à nourrir les commentaires de n'importe quel psychanalyste de n'importe quelle mouvance. Aux pieds de l'animal (enfin, c'était plutôt un *monstre*), le gamin – ça ne pouvait être que lui, le farfadet ne savait pas écrire – avait tracé des mots qui (je l'espérais sincèrement) lui avaient été dictés par un adulte.

En attendant mes commentaires (c'est-à-dire mes compliments), Arthur a ramassé le papier échoué à mes pieds et entrepris d'en faire des boulettes qu'il catapultait aux quatre coins de la cuisine. Alice, elle, trépignait. Alice glapissait. Il fallait en finir. Le clown sirotait un deuxième verre de rouge, adossé dans l'embrasure de la porte, les yeux posés sur moi (mais ne me voyant pas), le genou gauche replié, le pied nonchalamment posé contre le chambranle. Il souriait. Tout ce cirque avait l'air de lui plaire. Je lui ai lancé un regard désespéré qui disait *ne reste pas là, c'est tes gosses, viens m'aider*. Mais ça n'a pas marché. D'un naturel pourtant secourable, le père m'a signifié d'un coup de menton que je n'avais qu'à me démerder avec la marmaille.

Foutue pour foutue, je me suis lancée.

— C'est. Merci les enfants. Joli, joli.

— C'est moi qui l'ai dessinée, s'est vantée Alice.

Elle pointait du doigt la créature rose et or dont elle semblait si fière.

— Il est très réussi ton petit poney!

— C'est pas un poney.

— Ah?

— C'est une licorne.

— Je suis bête, Alice. Bien sûr que c'est une licorne.

— Elle est belle?

— Très. Et ça tombe bien. Il me manquait justement un oreiller.

— C'est pas un oreiller, Pétra, c'est un petit coussin.

— Un petit coussin, très bien. Je peux quand même dormir dessus?

— Tu vas pas abîmer la peinture?

Arthur s'est approché et a désigné les lettres tracées à la peinture sur soie.

— Je ferai attention. Croix de bois croix de fer si je mens je vais en enfer.

PRÉCIPITATIONS

Rassurés par cette première promesse (probablement la seule jamais tenue), les enfants ont proposé que nous allions installer *leur* cadeau sur *mon* lit. Sorte de cérémonie d'intronisation de belle-mère, j'imagine. Nous sommes partis en procession vers la chambre parentale – prénuptiale, j'en rêvais – Alice en tête de cortège, Arthur et moi en rang derrière elle ; le petit coussin posé bien à plat sur les paumes lisses et blanches de la demoiselle.

Pour peu, j'y aurais vu briller les alliances.

Le soir même, j'ai observé la chose en rêvassant. Objet de décoration entraperçu au rayon Loisirs créatifs de la pépinière du coin (dans laquelle le clown avait coutume de me traîner pour y acheter des tapis de fleurs, assortiments de graines à ensemencer dans la terre meuble dont je jalousais la fertilité). Ce carré d'un rose iridescent, orné en son centre d'une licorne à la crinière dorée, n'appartenait pas à la catégorie des choses susceptibles de me toucher. Exception faite des livres, les *choses* – je veux dire les objets tridimensionnels, réels, en dur – me touchent peu (ou alors trop durement précisément). Point de snobisme là-dedans ; je ne suis pas matérielle voilà tout. Comme tout le monde, bien sûr, je garde une affection idiote pour les *machins* et les *trucs* de l'enfance : ma première clarinette dans son étui velours, des albums photo, le lecteur Fisherprice sur lequel j'écoutais *Moby Dick, Michel Strogoff, Le joueur de flûte de Hamelin*. Des histoires de garçons, déplorait maman – et une boîte à chaussures contenant ma correspondance d'adolescence

PRÉCIPITATIONS

(des lettres rassemblées et ficelées par paquets de dix, toutes envoyées par des garçons). C'est plus ou moins tout ce à quoi je tiens. Les *choses* que je citerais en réponse à la fameuse question — Si votre maison prend feu, que sauvez-vous en premier lieu?

Qu'emportez-vous sur une île déserte?

Jamais je n'ai acheté une bougie parfumée – safran, pomme caramélisée, plaisirs d'été – pour neutraliser l'odeur de la fumée. J'évite les fleurs et les plantes vertes parce que je les laisse crever. Les tableaux trouvent rarement grâce à mes yeux. Et c'est pareil pour les figurines, les lutins, les pierrots, les Pinocchio, les statuettes, les fées dénudées et les angelots potelés (nus aussi), les poules et les grenouilles en raki, les jouets à remonter, les luminaires, les plafonniers, les toupies, les plumiers, les assiettes décorées de moineaux, de marines, d'ouvriers aux moissons, les brocs, les soupières et les théières (et les british et les japonisantes), les boîtes à biscuits à l'effigie des rois du siècle dernier, le Bosh, le val Saint-Lambert et les œufs Fabergé, les cigales en fer forgé, les chevaux en bronze, au galop ou cabrés, les bonbonnières bourrées de dragées qu'on n'oserait plus croquer, les horloges de tout temps arrêtées, les massacres et les bêtes empaillées, les peaux de mouton, brutes ou tannées, les fourrures et les fauteuils Louis XIII et Louis XVI et les divans et les tapis d'Orient, le mobilier en bois sculpté, le marbre, le verre soufflé, l'Art déco et l'Art nouveau, les plateaux, les cuillères en argent et les vaisseliers, les coiffeuses,

PRÉCIPITATIONS

les miroirs, les psychés et les baignoires sur pied, les ustensiles de cuisine, le linge de lit, les soieries, les pierres précieuses, les statues, les bouddhas et les Shiva, les bustes moulés, les plâtres, le carrare et la terracotta, les vases et les vasques, les icônes, les marionnettes et les masques. Les belles choses m'indiffèrent — Aucun goût, dit ma mère. Et cette lubie récente qui entend peupler le monde de licornes m'épouvante.

Les licornes sont épouvantables.

Monstrueuses.

La gamine rêvait-elle de m'encorner?

Était-ce là une frustration freudienne?

Ce coussin sur lequel on m'interdisait de poser la tête par crainte que j'abîme les lettres tracées à la peinture sur soie (qui se craquelait un peu déjà), ça voulait dire quoi? Que signifiait ce petit cadeau ce grand jour? Était-ce un pourparler, du flan, un marché, un mensonge, un cap, un piège, une obligation, une adoption (mais plénière ou partielle?) ou tout ça à la fois?

Et Marie, tiens. La maman. Que recevait-elle pour sa fête, la maman? La maman et la belle-mère – putain d'une nouvelle ère – étaient-elles célébrées de la même manière? Recevaient-elles des cadeaux similaires ou bien existait-il une sorte de hiérarchie; oboles de premier choix pour les mères et brols de seconde zone pour les secondes femmes des pères?

Je n'en savais foutre rien et j'ai laissé tomber: à terre les questions, à terre les réponses supposées. Par la fenêtre de la chambre – donnant sur le parvis de l'église et son vieux cerisier – j'ai constaté que la nuit tombait, elle aussi. Entre ici et nulle part, une chatte poussait le douloureux vagissement qui l'amènerait à s'accoupler à l'un ou l'autre matou alerté.

Petite femelle qui se tairait bientôt, j'en étais sûre.

Le clown prenait un bain – il s'y endormirait et s'y éveillerait trop tard dans une eau devenue triste et froide mais je n'avais pas le courage de me sortir du lit pour aller l'en tirer. Les enfants dormaient – du moins, ils se taisaient. Tout se taisait enfin. Jusqu'à la chienne, une bâtarde jaune au museau écrasé qui se retenait de ronfler. Un silence chuintant prenait possession de la maison – long *chrchrchr* qui m'esquintait les oreilles.

Sentant poindre la migraine, j'ai abandonné : le clown, Marie, les ruines de leur histoire, leurs petits. J'ai baissé les armes et avant que d'abaisser les paupières, ai relu les quelques mots d'Arthur : insectes noirâtres gesticulant sur fond rose, pattes de mouche biscornues et hésitantes (à mon image en somme) étrangement dédiées *À la plus utile des belles-mamans.*

3

Mon index ne saigne plus, c'était une toute petite piqûre. Je n'ai pas tourné de l'œil. Je ne me suis pas endormie pour les siècles des siècles ni même jusqu'aux aurores.

Je ne suis pas une princesse.

Je n'attends pas mon prince.

Le clown rentre à 20 heures.

Il est midi.

La vaisselle est finie, j'ai fait les choses *jusqu'au bout*, comme ma mère me l'a appris : j'ai nettoyé *mon* plan de travail, récuré *mes* taques de cuisson, passé l'éponge sur les rebords de *mon* évier et sur le meuble carrelé dans lequel il est encastré, j'ai rangé *mes* assiettes dans la gueule de l'immense vaisselier, chacune bien à plat sur *sa* pile respective – les vertes en plastique, les bleues en céramique – puis j'ai rangé *mes* gobelets, *mon* beurrier, *mon* presse-fruit, *mes* couverts, *mes* mugs, *mes* verres et *mes* bocaux, *mes* casseroles et *mes* petits plats dans les grands. Et puis j'ai attendu, au centre de *ma* cuisine toute propre. Je suis restée là un bon moment, pas bien droite cependant, mal rangée, la tête inclinée vers la gauche, les jambes croisées, les bras croisés aussi, les mains fripées d'avoir trempé trop longtemps; j'ai attendu que quelque chose m'arrive, que quelque chose survienne. Pour patienter, j'ai repassé le début de cette matinée par le menu – comment j'ai nettoyé, comment je me suis coupée, comment j'ai survécu. Enfin comme rien ne m'arrivait, strictement rien, je me suis décidée: de la poche de mon peignoir, j'ai extirpé mon téléphone, tapoté le 5 000 au clavier et approché le haut-parleur de mon oreille gauche (la plus sensible) – craignant je ne sais quoi, le pire sans doute.

Immédiatement après la voix électronique – Vous avez |UN| nouveau message – surgit la voix de Marie. Une voix qui vient de loin. Presque spectrale. Ainsi suis-je confirmée dans mes suppositions initiales: la vilaine me téléphone en voiture. Son iPhone accroché au tableau de bord de l'Audi, loin de sa bouche; elle mugit, ma Marie, elle articule e|xa|gé|ré|ment.

— Pétra? Pétra! Oh, j'oubliais. Tu décroches jamais. Bon. C'est Marie. Je. Écoute. Figure-toi. J'ai reçu des places pour le Blue Circus. Le cirque. Pour mercredi prochain. Mer|cre|di pro|chain. Des places offertes par mon boulot. Gratuites. Les enfants seront chez vous ce jour-là. Alors si ça te convient, si t'as envie, enfin je ne force personne. Je viendrai vous chercher vers midi mer|cre|di|disse. Alice et Arthur, Alban et toi. On va à Tubize. Dix minutes en voiture. Fais-moi savoir si c'est oui. Et prépare un rehausseur pour le petit.

Après le dernier mot, ça grésille, ça crachote. Fin de

PRÉCIPITATIONS

transmission. Bruit blanc surgi du fond d'on ne sait quelle mémoire. Marie tend la main vers le téléphone, l'atteint, coupe la communication. Et OFF. Le silence revient dans mon oreille et ma cuisine, et je suis là, j'attends encore, mal droite, la tête dodelinant, les bras ballants, l'appareil serré dans la main gauche. Et je m'en veux. Vraiment. Je regrette. Je soupçonnais Marie de m'appeler pour me confier *ses* mioches pendant *son* tour de garde et la voilà qui m'invite gentiment – gentiment? – au cirque.

Je ne peux m'empêcher de réécouter deux ou trois fois le message pour être certaine de ne pas avoir rêvé. De ne pas délirer. De ne pas tout inventer. Mais non. Elle est bien *là*, dans la boîte (pas seulement dans ma tête tourneboulée). La voix de Marie résonne dans la messagerie. Une voix bien réelle – quoique déformée, faussée par la distance et les fréquences. Mercredi dix, elle précise. Ça me laisse exactement six jours pour me préparer. Six jours entiers avant d'affronter cette sortie *en famille*.

Six jours ça paraît long mais le temps de dire ouf, tictac tictac boum, bien sûr qu'on y sera vite. De même que cette journée à peine commencée sera bientôt terminée. Misère. Le temps m'échappe et fuit – il passe, je coule. Il est déjà 11 heures. La cloche de l'église a sonné et je n'ai rien avancé. J'ai fini la vaisselle, certes, je l'ai rangée – mais je n'ai rien rangé d'autre. Or le rangement, ça concerne toutes les choses, dans toutes les pièces de la maison. D'ici la fin de la matinée, il faudrait que je mette de l'ordre dans le salon-salle à manger, dans les chambres, les lits, la salle de jeux,

PRÉCIPITATIONS

la salle de bains – enfin partout où les enfants sont passés.
Alice, Arthur, Alban. Les enfants du bois joli qui sont passés par ici. Qui repasseront par là. Les enfants seraient des
furets. Pourquoi pas ? La comparaison n'est pas mesquine.
Des furets. Des souris. Des ratons. Enfin des petites bêtes
gesticulantes et bordéliques qui trottinent à quatre pattes
dans l'herbe bleue, les sous-bois, mes jambes molles. Des
bestioles qui galopent, que j'attrape comme je peux – *catch
me if you can*, c'est un jeu – et que je montre à ce monsieur
qui n'en dit rien ou pas grand-chose parce qu'il n'y a rien à
dire de ces petites bêtes et pas grand-chose à en faire sinon
les surveiller, les protéger du danger (une fenêtre, une voiture, un escalier), les plonger dans l'eau lorsqu'elles se sont
se souillées, puis les vêtir, les nourrir, les écouter, les mettre
à dormir, les éveiller, les nourrir, les remettre à tremper, les
revêtir, les amener à l'école, leur parler, leur apprendre à
compter, lire et écrire et surtout les distraire, les gâter, les
pourrir, les aimer.

Oh, je me demande ce qu'ils diront, père et gosses,
lorsque je leur apprendrai tout à l'heure que je les emmène
au cirque – enfin que Marie nous y emmène – la semaine
prochaine.

Pour sûr, le clown ne dira pas grand-chose.

Le clown n'a jamais été bavard. Un clown ça parle
peu, vous savez, ça n'a pas besoin de parler pour se faire
entendre. Au moment zéro de notre histoire (précédant de
peu son point de basculement), il ne m'a pas adressé plus
d'une vingtaine de mots. *Vous ne pensez pas quitter la fête*

PRÉCIPITATIONS

quand j'arrive, il m'a dit. Puis *Restez. Vous ne voudriez pas rater mon numéro.*

Si je compte bien, ça m'en fait dix-huit.

Dix-huit mots en considérant le *j* apostrophe.

Sur un site de numérologie, j'ai lu cette interprétation qui en vaut bien une autre : le nombre 18 apporte dans votre vie les énergies et les vibrations des chiffres 1 et 8. Le chiffre 1 représente la finalité, le nouveau départ et le progrès tandis que le chiffre 8 est le nombre du karma, la loi universelle. Mon karma est plutôt mauvais – ça ne fait aucun mystère – mais il faut croire que j'étais en veine le jour de notre rencontre. Ce clown m'a dit *Restez* et moi qui désirais partir – fuir la fête au moment même où lui la rejoignait – je n'ai plus pu bouger.

C'était le dimanche suivant le 22 novembre.

Comme chaque année ce dimanche-là, je fêtais la Sainte-Cécile avec mes amis musiciens de la Royale Harmonie de Virginal. Virginal, c'est le nom mensonger du village d'où je viens. Village-ventre qui n'a jamais été ni virginal ni vierge ni même simplement pastoral (quoique symphonique). Village âpre et rugueux, percé aux pâtures par le canal de Bruxelles – lugubre et gris, il n'est pas rare d'y croiser un pénichier égaré – hérissé ci et là d'usines modestes, grises aussi, papeteries et verreries autrefois grouillantes, aujourd'hui rouillées. Virginal, son incinérateur et ses hautes cheminées, ses moulins endormis et ses grappes de fermettes isolées. Virginal qui fait des mines d'enfant abandonné, conglomérat d'habitations aux visages morveux et croûteux et peuplées d'ouvriers crottés – main-d'œuvre bon marché obéissant à

PRÉCIPITATIONS

quelque puissant, *blancs gilets*, ingénieurs, patrons, notaires et notables logés du bon côté du canal frontalier ; dans les bâtisses à colonnades, les maisons de maître et les petits châteaux de la Châtaigneraie.

Serré autour d'une église, d'un couvent (transformé en école secondaire puis en appartements loués à des gens de la ville) et d'un café, Le Central, qui n'est au centre de rien, qui règne au centre du vide, Virginal est un lieu oublié, inutile ; on pourrait rayer ce hameau de la carte, il ne manquerait à personne, pas même à ceux qui y vivent. Par chance, les bons à rien naissent ici une trompette ou un cor à la bouche. Et cette musique, ça sauve tout. Du matin au soir des plus longues journées et hiver comme été, les rues de mon village résonnent. Avant d'apprendre à parler, les marmots font des gammes, ils fredonnent des airs – toujours les mêmes, séculaires, retenus d'oreille, repris sans partition et souvent sans finesse. *Dans la ruelle, résonne, résonne, dans la ruelle résonne le cor, résonne, résonne le cor.*

Qui naît à Virginal joue d'un instrument – c'est ainsi. Par chez moi, la musique est une règle, un ordre (et social et moral) auquel on n'échappe pas. J'ai donc fait comme tout le monde : à six ans, je suis entrée à l'école de solfège. J'y ai appris à lire et à chanter. À huit ans, je me suis fourré une clarinette dans la bouche, j'ai appris à pincer les lèvres et à souffler. À dix ans – ayant acquis quelques noires et mes lettres de noblesse – je me suis assise parmi les autres musiciens le dimanche matin. Et j'ai appris à écouter. À Virginal, la répétition du dimanche à 10 heures c'est la grand-messe, le chef de la Royale Harmonie un messie et

PRÉCIPITATIONS

les musiciens ses disciples. Et dans cet embrouillamini de musique – accords, silences, grincements, justesse, faussetés, dissonances – la Sainte-Cécile (fête parmi les fêtes) constitue un point d'orgue. Une suspension passagère du tempo.

C'est dans ce moment hors du temps que le clown est entré dans ma vie. Il a poussé la porte de la salle polyvalente à l'instant même où je la poussais, moi aussi, pour en sortir.

— Vous ne pensez pas quitter la fête quand j'arrive.

Il a parlé sans même m'avoir vue.

Il s'est exprimé d'une voix si ordinaire qu'elle en devenait intransigeante. C'était une de ces voix banales qui ne tolèrent pas le refus. Elle m'a clouée sur place (comme une lapine dans la lumière des phares) et je suis restée à la fête parmi la foule que je voulais quitter.

Il était à peu près 18 heures.

J'avais passé la moitié de la journée accoudée au « buffet » – une porte en sapin posée sur des tréteaux, recouverte de cette nappe en papier éternellement tachée et garnie d'une boustifaille qu'on espérait fidèle au terroir wallon.

J'avais mangé une tranche de rosbif, une tranche de pâté, une tranche de tête pressée, une tranche de mousse orangée (de la truite saumonée), puis un assortiment de crasses, des ballekes, des minifricadelles, du saucisson, des dés de gouda, du cervelas, des œufs mayo, de la salade de patates (des cornes de gâte) et une grosse part de tarte au fromage. J'avais noyé tout ça dans un litre et demi d'une sangria traîtresse préparée par mon amie Veerle (clarinettiste, elle aussi, premier pupitre). Les fruits marinent dans le vin et

51

PRÉCIPITATIONS

le cognac depuis quarante-huit heures, se vantait la vilaine. Des fraises, des mûres, du raisin du jardin! Allez Pétra, t'en boiras bien une dernière. Rien de tel qu'une sangria maison pour déglacer tout ça. Vas-y, Pétra, Dé|gla|ce-toi!

Quand le clown est entré dans cette salle (et ma vie), j'étais on ne peut plus *déglacée*. Liquéfiée. En nage. Il a poussé la porte derrière laquelle je me trouvais, il m'a aperçue et m'a ordonné de rester et moi, coite, moite, mal droite, je n'ai pas pu répliquer. J'avais le vertige et la nausée. De petits conglomérats acides et gras me remontaient dans la gorge, charriés par une lampée de sangria devenue tiède et aigre. Je me sentais mal. Je me sentais seule. Sale. Saoule. Et je ne comprenais rien à ce que je voyais: la figure qui faisait face à la mienne (la sienne, autoritaire, tutélaire immédiatement) était couverte de blanc. Peinture ou maquillage de scène étalé à la truelle, pâte farineuse parsemée de grumeaux, cimentage qui abolissait les traits du visage. Ses sourcils disparaissaient sous l'enduit, le gauche redessiné en noir, allongé, épaissi et très arqué au-dessus de son implantation réelle. Ses yeux brun et doré au pourtour de l'iris – mais ordinaires et ni graves ni rieurs, seulement durs – étaient soulignés d'un trait de khôl, ses paupières ombrées de rouge, ses lèvres rétrécies façon geisha, sanguines et arrondies au centre de la bouche, dans l'axe du nez et des crêtes philtrales. Des canines élimées – mais éclatantes, capables de dépecer la petite rate qui passait par là – apparaissaient entre ses lèvres fines. Sa barbe était soigneusement nattée. Sa tête coiffée d'un chapeau

52

PRÉCIPITATIONS

crème en forme de demi-coquille d'œuf qui lui allongeait le crâne de façon inquiétante, comme s'il était celui d'un monstre hydrocéphale.

En tout autre temps, j'aurais manifesté mon étonnement et ma terreur – je suis coulrophobe, je crains les clowns, les blancs plus encore que les augustes – en ricanant. Pour l'heure – on frappait la demi-heure au clocher de Saint-Pierre – je me suis contentée de me taire et d'attendre, espérant sincèrement que l'individu disparaisse sans faire de vagues. Pour éviter d'avoir à affronter plus longtemps son faciès d'une blancheur écœurante, j'ai baissé les yeux vers son cou, son très long cou, sa pomme d'Adam – caillou rond et remuant que j'ai imaginé coincer entre mes dents. L'image de la morsure infligée à sa gorge m'a rassérénée.

J'ai respiré par petites goulées et j'ai fait mine de bouger, d'avancer, de contourner ce clown-alien pour passer la porte et m'en aller cuver.

— Restez, il a ordonné. Vous ne voudriez pas rater mon numéro.

Il m'a retenue sans vraiment me toucher, il m'a repoussée et m'est passé à côté comme on le fait avec un insecte dont on se débarrasse mais qu'on ne veut pas tuer.

Je l'ai regardé s'avancer parmi mes amis musiciens et j'ai songé que le chef nous avait comme chaque année concocté une surprise de fin de soirée.

De Sainte-Cécile en Sainte-Cécile, nous avions eu droit au strip-teaseur, aux drag-queens, au cracheur de feu, au jongleur, au magicien, au sculpteur de ballons, à l'équili-

PRÉCIPITATIONS

briste, au conteur, aux acrobates, au chanteur, même à l'hyp-
notiseur. Cette année, nous aurions droit à un clown blanc
vêtu de bleu — *Blue velvet, he wore blue velvet, bluer than
velvet was the night.*

*

Il n'y a qu'une manière efficace de plier ce petit pantalon de pyjama bleu : l'étaler sur le lit, en superposer les
deux jambes, en replier l'entrejambe pour former une ligne
droite, plier en deux et à l'horizontale les jambes superposées et terminer la manœuvre en pliant le tout en trois
parties rigoureusement égales. Si on accomplit les gestes
comme il faut – selon la méthode Marie Kondo – le vêtement doit présenter la forme d'un rectangle parfait. C'est-
à-dire d'un quadrilatère dont les côtés consécutifs sont
perpendiculaires et les angles droits.

J'ai beau savoir tout ça – j'aime les mathématiques, je
rêverais d'une vie géométrique (quoique non euclidienne,
libérée du plan) – ça ne marche pas. Au mieux, le pantalon forme un petit tas parmi mille autres petits tas que je
finis par bourrer dans les armoires. Pas la peine d'y aller par
quatre chemins : je déteste le linge.

Laver, plier, repasser, ranger.

Laver, plier, repasser, ranger.

Entre toutes, c'est la corvée qui me donne le plus de fil à
retordre. En triant nos habits (puisqu'il faut d'abord sépa-
rer le blanc du noir et des couleurs), je me rejoue parfois la
scène du lavoir de *L'Assommoir.* Évidemment, c'est moins

PRÉCIPITATIONS

rocambolesque. Moins dramatique aussi. Je suis seule avec
mon tas de loques ici – je n'ai pas d'amie à qui me confes-
ser entre deux baquets, pas de salope ennemie à asperger
et fesser. Mais tout de même, triant et appréciant le linge
dégoûtant des petits – les bodys d'Alban maculés de compote et de lait caillé, les pantalons déchirés d'Arthur, les
culottes suspectes d'Alice – il m'arrive de monter sur mes
grands chevaux — Ces gueux d'enfants, ma parole! Ça a
de la suie au derrière.

Ce matin je n'ai pas envie de jouer les lavandières en
colère. Je plie le linge mécaniquement. Je ne suis pas à ce que
je fais et mes rectangles sont plus approximatifs que jamais.
Je m'en contrefous. J'ai la tête ailleurs. Toutes les deux ou
trois minutes, je plonge la main dans la poche gauche de
mon peignoir pour m'assurer que mon téléphone y est bien
rangé. Bien caché. J'ai cette manie de perdre mes affaires. Je
les dépose dans un recoin de la maison et les y oublie tant
et si bien qu'elles disparaissent (sinon du monde, au moins
de ma mémoire, mais ça revient au même). Je suis prudente aujourd'hui. Je vérifie. Je ne peux risquer d'égarer le
téléphone qui renferme le message de Marie. Ce message,
c'est tout ce que j'ai à l'esprit. Je l'ai réécouté trois ou quatre
fois déjà. Et pour m'empêcher de le réécouter sans arrêt, je
me fixe des objectifs : je pourrai le repasser *si et seulement si*
– condition suffisante et nécessaire – les chemises échiquetées
du clown sont impeccablement pliées. Soit cette proposition équivalente : (*message* → *chemises*) ∧ (*chemises* → *message*)
((*message* implique *chemises*) et (*chemises* implique *message*)).

PRÉCIPITATIONS

Le pliage d'une chemise façon Kondo s'effectue en cinq
étapes. D'abord la poser bien à plat, ses manches écartées
et sa face boutonneuse contre le drap. Ensuite ramener ses
deux côtés vers le milieu (suivant une ligne imaginaire tracée au centre exact du vêtement). Rabattre les manches
vers le bas, le long du pli extérieur. Plier la chemise en deux
(suivant un axe horizontal) de sorte à obtenir un rectangle
qu'on plie lui-même en trois parties. À l'issue de cet enchaî-
nement, le vêtement doit former une petite brique. Et si (*et
seulement si*) l'ensemble des manœuvres est correctement
effectué, cette briquette doit pouvoir tenir sans support sur
sa tranche.

Alignées sur le lit, mes briquettes font la mauvaise tête.
J'ai beau m'entraîner, visionner des tutos, m'appliquer au
moment de passer à l'action, les chemises du clown ont l'air
d'avoir été roulées-boulées par une enfant de quatre ans.

Je suis obligée de l'admettre, ce matin. Les seules briques
qui tiennent sur leur tranche dans cette chambre sont les
livres que j'empile par dizaines sur la cheminée et les tables
de chevet et qui attendent seulement d'être époussetés,
sachant pertinemment qu'ils ne seront pas lus.

Les Japonais ont un mot pour désigner cette manie qui
consiste à accumuler des livres dont on sait qu'on ne les lira
pas – ils parlent de *tsundoku* et de *tsundokuka* pour qualifier
la maison remplie de livres qu'on ne lit pas.

Je souffre donc de *tsundoku*.

Et Je vis dans une *tsundokuka*.

Et sincèrement j'ignore comment ça s'est passé: je suis
entrée dans la maison du clown – elle était vaste, construite

56

PRÉCIPITATIONS

sur des centaines de mètres carrés, elle était belle quoique délabrée, elle avait du cachet et elle était si vieille que je pourrais tout m'y inventer – et TCHAK! J'étais à peine installée dans cette maison que mes livres se sont refermés. Le temps de sursauter et de pousser un cri de souris, le temps des livres avait comme qui dirait disparu, je ne sais où, je ne sais comment, j'étais devenue une ménagère, je m'*affairais* (souvent indifférente) et les occasions et les raisons de lire (et ma raison tout court) s'étaient recouvertes de poussière.

Une ménagère vêtue d'un cache-misère ne pouvait plus traîner dans ses romans, traînant les pieds, le ventre dans la poussière, elle s'en allait torcher ses jeunes enfants. Ah les mémés, ah les mémés, ah les ménagères, leurs bibliothèques se sont figées, n'en parlons plus, ah les mémés, ah les mémés, ah les ménagères, leurs grandes espérances ont rapetissé, tout est perdu.

Je ne lis ni n'écris plus, c'est comme ça, ce n'est pas grave; je me contente du *tsundoku* et de beaucoup de musique. Je chantonne constamment – entendre ma propre voix me rassure et fait taire toutes les autres. Je m'agenouille et frotte le plancher en fredonnant *sur le plancher une araignée se tricotait des bottes.* Cette musiquette quasi constante me permet de dompter l'araignée violoniste qui galope et tisse sa toile dans mes greniers. Et c'est aussi ce qui me lie (avant même les marmots) au clown et à Marie. Puisque c'est une fête de musiciens qui – il y a un peu plus de trois ans – nous a réunis. Tous les trois.

Ce dimanche de novembre, j'ai regardé s'éloigner le clown blanc vêtu de bleu. J'ai pensé que je pouvais quitter cette fête sur-le-champ, que je n'étais ni sa femme ni son enfant, que je ne le serais jamais, que je ne lui devais rien – sûrement pas obéissance. *Restez*, il avait ordonné. Oh certes, sa voix était incroyablement ordinaire (peut-être trop pour être réelle et sincère). Cette voix me séduisait et m'envoûtait par sa banalité. Mais quoi ? Je n'allais tout de même pas obéir à un clown blanc quand bien même j'aimais l'impeccable blancheur de sa voix. *Vous ne voudriez pas rater mon numéro.* Pour qui se prenait-il ? Ce clown ignorait tout de ce que je pouvais vouloir (rater). Moi-même, j'ignorais tout de ce que je pouvais vouloir (rater). Une seule chose était sûre, j'avais bu beaucoup de sangria.

Je devais me sortir de là.

J'ai fermé les yeux et j'ai respiré. J'ai inspiré beaucoup d'air par le nez, j'ai bloqué, j'ai compté jusqu'à quatre et j'ai soupiré. Et j'ai fait ça quatre fois – quatre respirations parfaitement quadrillées, bouffées mathématiques qui m'ont peu à peu réoxygénée. Mes mains ne tremblaient plus, le plafond et le sol se sont stabilisés ; je pouvais à nouveau marcher. Je m'apprêtais à braquer et m'échapper quand la porte d'entrée s'est ouverte à nouveau.

TCHAK !

La lourde porte a claqué dans mon dos.

La bouffée d'air qui s'est engouffrée dans le sas d'entrée était suffocante. Irrespirable. Sans l'ombre d'une hésitation, j'ai identifié la charge du patchouli (ma mère en porte depuis des années – *Eden Eden* de Cacharel, lourd, étourdissant). Mais il y avait autre chose, une note plus agressive qui me faisait dans la gorge l'effet du poil à gratter. Du poivre peut-être. De la menthe poivrée. C'était désagréable. Irritant. Avant de comprendre ce qui m'arrivait, je me suis mise à tousser, tousser, tousser. Une autre personne est entrée, que je n'ai pas vue, qui ne m'a pas plus remarquée et qui m'a percutée de plein fouet. J'aurais voulu gémir, hurler, pleurer, m'excuser, dire un mot, mais je n'ai rien fait. Enfin si ; entre deux quintes de toux, j'ai tâché de sourire à la femme qui transportait ici cette fragrance asphyxiante. Elle ne souriait pas, elle. Elle m'observait. Elle attendait que je me ressaisisse. Quand enfin j'ai cessé d'aboyer, elle s'est présentée d'une voix contrite ou lasse ou peut-être seulement triste — Navrée, elle a murmuré. Je suis la femme du clown.

C'est ainsi que j'ai *rencontré* Marie.

Cette *femme de clown* a exercé sur moi une fascination immédiate. S'il n'y avait eu que le clown blanc et l'ordre édicté de sa voix ordinaire, j'aurais pu fuir encore. Mais cette femme était arrivée immédiatement après lui. Elle m'avait fait comprendre que le clown était son *mari* et curieusement, d'une manière très inattendue, l'idée de leur mariage m'a fait mourir d'envie.

Au commencement était la jalousie.

*

Le linge plié et rangé dans nos armoires, j'ignore quoi faire de mes deux mains. Je les plonge l'une et l'autre dans les poches de mon peignoir et sans le vouloir vraiment en sors mon GSM ; ancien modèle de chez Huawei muni

PRÉCIPITATIONS

d'une coque rouge (quasi neuve celle-là) qui me permet de repérer la chose de loin puisque je l'égare au minimum trois fois par jour. Il paraît qu'une personne qui perd souvent ses affaires manifeste ce faisant un besoin inconscient de chasser des pensées torturantes traumatisantes négatives. *Du dernier décan, je suis native, je lis des romans, je suis négative, poussée par le temps sur quelque rive, me suis cassé les dents, trop émotive, la trentaine finissant, je suis sur le qui-vive, je rêve d'une marmaille admirative et d'une histoire gravée pour longtemps dans les mémoires vives.*

Chantonnant, très mécaniquement, je pianote le numéro du clown qui décroche à la première sonnerie.

— Allô, ma chérie?

— Marie m'a invitée au cirque.

— Quoi?

— Je vais au cirque mercredi prochain. Marie m'a invitée.

— Tu n'es pas obligée d'accepter.

— Pour quelle raison refuserais-je d'emmener nos enfants rire au cirque?

— Tu n'aimes pas Marie et tu as peur des clowns; ça fait deux bonnes raisons.

— Je n'ai rien contre Marie. J'aurais pu m'en faire une amie si elle n'avait pas été ta première femme. Enfin ton *unique* femme.

— S'il te plaît, Pétra. Je n'ai pas envie de parler de *ça*.

— Pourquoi?

— Parce que je suis au cimetière, je travaille.

— Et moi je suis à la maison et je ne fous rien.

— Je n'ai pas dit ça.

— Tu ne dis jamais rien.

Confirmant ma sentence, le clown garde le silence.

C'est moi qui relance.

— T'es où ?

— Lobbes.

— C'est où Lobbes ?

— Du côté de Binche.

— T'en as pour longtemps ?

— Deux trois jours. C'est un caveau double, la pierre bleue est érodée, les inscriptions illisibles. Je dois tout retailler.

— C'est quoi l'inscription ?

— Comme toujours, des noms, des dates.

— Tu peux me dire les noms ?

— Pourquoi ?

— J'ai envie de connaître le nom des morts dont tu t'occupes aujourd'hui.

— Ida Hérin et Hector Tisserand.

— Tisserand comme un tisserand ?

— Oui.

— C'est un joli nom.

— Long. Neuf lettres à retailler en caractères biseautés.

— Tu rentres quand ?

— 17 heures. Le temps de passer chercher les petits à la garderie.

— J'irai les chercher *à l'heure des mamans*.

— Tu es sûre ?

— Oui. J'irai chercher les enfants moi-même.

PRÉCIPITATIONS

Je raccroche sans lui laisser l'occasion de discuter ou me dissuader.

Plantée au milieu de ma cuisine, je l'imagine, lui, planté dans ce cimetière de quelques milliers d'âmes lobbaines – cimetière tout ce qu'il y a de plus banal, abandonné comme le sont les lieux de désolation au printemps et en été.

Le soleil tape et notre conversation l'inquiète – mais de l'un ni de l'autre, il ne peut s'abriter ou se défaire. Il se repasse les quelques mots que nous avons échangés – cette histoire de cirque, cette sortie programmée avec Marie et mon envie subite (et suspecte celle-là) de quitter la maison pour aller chercher les enfants à l'école. C'est trop d'inattendu pour une dizaine de phrases d'apparence anodine – il le sait mais ne peut rien faire sinon reprendre en main son burin et tailler les huit lettres composant le nom D'IDA HÉRIN.

4

Jamais je ne vais à la grille de l'école à l'heure où les autres mamans s'y agglutinent.

Cet attroupement m'angoisse terriblement. Pourtant ce mercredi, je veux me prouver que je suis capable d'y aller. Que je peux me mélanger aux autres femmes – bavardes, bravaches, bien mises, inébranlables – sans risquer de m'effondrer. Bien sûr, il ne m'arrivera rien. Que pourrait-il m'arriver? Sans réfléchir ni chercher davantage à identifier la mouche qui m'a piquée (ou la petite araignée), je me débarrasse de mon peignoir et de ma *robe* de nuit – une chemise du clown à carreaux rouges et noirs, en flanelle, si douce, je pourrais ne jamais la quitter – et l'échange contre un chemisier capable d'accueillir mon gros ventre sans menacer de craquer les coutures. Je saute dans un jeans à franges et enfile mes huaraches. Dans le hall, je déplie la poussette où Alban s'installera d'ici une demi-heure. Et dans le panier de rangement du bolide balance un paquet de mouchoirs, des lingettes parfumées, une bouteille d'eau et un assortiment de biscuits à émietter – des petits-beurre, des spéculoos, des Betterfood. Quand l'école est finie, les enfants meurent de faim. Ça ne rate pas. De vrais petits crevards. À l'heure de la sortie, il leur faut impérativement quelque chose à se fourrer dans la bouche sans quoi ils ouvrent sur le monde des yeux angoissés et se mettent à grailler en se tapant le ventre (ou se tapant par terre) pour s'attirer la pitié des autres mamans – forcément mille fois meilleures que la leur. Rien n'est plus pénible à gérer qu'un de ces petits êtres au ventre criant famine. Je m'assure donc que mon lot de munitions suffira à leur bourrer la bouche et leur ôter tout prétexte à nous faire remarquer.

J'enfonce mon téléphone dans la poche gauche de mon pantalon, ferme la porte et enjoins à la vieille chienne de jouer les gardiennes. Puis je m'en vais. Tête baissée, les mains agrippées au gouvernail de la poussette tout-terrain, maniant l'engin par-devant mon gros corps comme s'il s'agissait d'un bouclier capable de le cacher et le protéger dans son entier. À peine ai-je mis le nez dans l'audehors aveuglant du mois de mai que je regrette la fraîcheur et l'obscurité de mon terrier. Mais c'est immédiatement trop tard pour faire demi-tour. Alors je me tasse. Profil bas, je file à travers la place du Centenaire très fréquentée à l'heure où l'école du village s'apprête à libérer pour bonne conduite sa petite centaine de prisonniers.

— On dit plus bonjour à c't'heure?

C'est Paul qui m'apostrophe de sa voix de fumeur n'ayant jamais songé à arrêter.

— Pardon Paul, j't'avais pas vu.

Paul est beaucoup trop gentil pour souligner l'énormité

PRÉCIPITATIONS

de mon mensonge – bien sûr, je l'ai vu de mes yeux vu. Personne ne peut prétendre ignorer cet être long noueux et tordu comme une liane, vêtu d'un gilet mauve réfléchissant et planté à l'une ou l'autre extrémité du passage piéton qu'il fait traverser aux heures de grande affluence.

— Qué nouvelles?

Il pointe vers mon ventre un doigt jauni par des années de nicotine.

— Rien de spécial : c'est toujours un garçon.

J'espérais qu'il esquisse un sourire mais ma blague tombe à plat. Elle est si lourde qu'elle creuse même un léger cratère à la surface du macadam.

Je me concentre sur la régularité des lignes piétonnes pour éviter d'avoir à affronter la mine renfrognée de l'homme qui me fait traverser et me souviens (mais c'est immédiatement trop tard) qu'un jour où j'étais seule à piétiner sur la place, Paul m'avait confié son désir non comblé de gamin.

Le ciel était tapissé de nuages qui tournoyaient et nous protégeaient des yeux et des oreilles du Dieu méchant auquel il croyait tant. D'une voix aussi noire que le firmament, il m'avait évoqué une pommeraie familiale, immense, un père mort (immense), une mère demeurée seule (et si petite) et l'obligation pour lui d'abattre le travail de plusieurs hommes. Un frère ou un fils auraient été d'un grand secours mais il n'avait que paires de sœurs et de filles et les vivait comme une malédiction. J'avais été si perturbée par l'évidente misogynie de ses propos que je n'avais pas été capable de compatir. Ni même simplement de comprendre de quoi il me parlait. Mais aujourd'hui que le ciel nous

65

PRÉCIPITATIONS

inflige son bleu tapageur et parfait et que remue en moi un mâle embryonnaire (non moins tapageur et parfait) je voudrais me confier, murmurer au gardien de la paix que je me sens flouée, dépossédée, comme amputée de cette fille que je n'aurai jamais – foutu membre fantôme.

— Comment vont les filles, Paul?

— Comme il faut; ça file droit.

— Et bien. Je vais filer moi aussi – et droit j'espère.

— Où c'est que tu vas en courant comme ça?

— Je vais chercher les enfants moi-même aujourd'hui.

— T'es pas à l'avance.

— Je l'ai jamais été.

Cette fois, Paul sourit – alors que cette fois ce n'est pas une blague.

C'est une vérité: quoi que je fasse, j'ai une guerre de retard sur tout et tout le monde. Effectivement, ce matin, les autres mamans me dépassent. Conductrices et piétonnes, elles me doublent. Elles me contournent sans me parler ni me voir. Elles s'avancent sur la chaussée et le trottoir sans m'adresser un regard. J'ai le sentiment que ces femmes me transpercent. Qu'elles me passent à travers comme si j'étais constituée uniquement d'électricité ou de lumière. N'était-ce la matière du fœtus immiscé dans mes viscères, je pourrais croire que je suis une onde, un photon, un fantôme – il m'est souvent arrivé de penser que je pouvais être ma propre désincarnation et me hanter moi-même, oui, être pour moi (moi moi moi et nulle autre) la plus redoutable des revenantes; morte-vivante, reniée par moi-même, abandonnée par moi-même, crashée, bousillée,

PRÉCIPITATIONS

brûlée, oubliée. Assoiffée d'une vengeance que je m'infligerais constamment à moi-même.

Je fixe mes sombres pensées et avec elles le dos des femmes qui ondulent au-devant. Je me promets de ne pas les perdre de vue. Je presse le pas dans les ruelles pavées d'un porphyre mille fois centenaire. Fredonne pour me donner du rythme *un kilomètre à pied, ça use, ça use.* Longe sans les regarder les maisons tout usées de la rue Faubourg. Habitations modestes aux fenêtres invariablement garnies de tentures en dentelle. Parfaits rectangles blancs protégeant de mon regard affamé l'intimité de ceux qui vivent là – non loin de moi, mais parfaitement inatteignables. La petite école n'est plus très loin maintenant – elle constitue un objectif que je peux atteindre, tout en haut de cette côte à 12 %. J'en devine les contours à vingt trente cinquante mètres de ce bosquet de pins (des pins assez anciens pour s'élever à vingt trente cinquante mètres du sol) – dès qu'il ne s'agit plus d'abstractions pures, mathématiques, les distances m'échappent. Le temps, les longueurs, les hauteurs, c'est une plaie, je suis toujours trop près ou trop loin des autres. Pas à pas néanmoins, je m'approche à une distance respectable de la communauté agglomérée à la grille de l'école primaire – un bâtiment préfabriqué et trapu mal nommé Les Hirondelles.

À deux pas des maquerelles qui pépient négligemment, je constate que le groupe est composé d'une large majorité de vieilles vêtues de robes-tabliers fleuries boutonnées par le devant. Étonnantes grand-mères (mères-grand, je préfère). Femmes avancées en âge mais dont les visages rayonnent

PRÉCIPITATIONS

de bonne santé (visages rougeauds de conte de fées), figures aux joues pleines, encadrées de cheveux blancs et étincelant d'une jeunesse retrouvée – ou jamais quittée, qu'en sais-je ? Il se pourrait que les sorcières ne vieillissent jamais tandis que les princesses usent leur vie à manquer leur jeunesse *dix kilomètres à pied, ça use, ça use.* D'accord. Je suis une princesse usée mais arrivée pile à l'heure. Fière de mon exploit, mon ventre érigé en passe-droit, je m'enfonce jusqu'au cou dans le tas de retraitées.

— Comment vas-tu, mon enfant ?

La femme qui s'enquiert de mon état a quarante ans de plus que moi. Au bas mot. Comme ses semblables, elle arbore un buste épais (pas gros mais indéniablement fort, doté de mamelles généreuses) par-dessus des mollets maigres et osseux et des pieds minuscules chaussés de souliers à brides et semelles plates.

— Dites-nous, c'est pour quand ?

Elle retrousse son nez trompette et pose une main calleuse sur mon ventre sans s'inquiéter de savoir si ça me gêne. Cette main menue mais non moins intrusive, je l'observe qui caresse ma panse et attend patiemment ma réponse.

— J'accouche dans moins d'un mois, grand-mère.

La main poursuit sa caresse et d'autres mains s'approchent et pétrissent ma bosse. Toucher le ventre d'une femme enceinte porte chance, dit-on – les bienheureuses ne s'en privent pas. Lorsqu'une main s'est rassasiée, une autre main prend la relève. Et d'entre toutes ces menottes (dextres et senestres) jaillissent des voix chevrotantes qui me paraissent contrefaites et sinistres.

PRÉCIPITATIONS

— Du temps de ma jeunesse à moi, je vous parle de ça ça fait bien soixante ans mon enfant, on accouchait chez soi.

— On y mourait aussi parfois, à l'maison ; dans la salle de devant, la grande salle, la *belle salle*, la pièce la mieux meublée dans laquelle on remisait les femmes en travail et les mortes en repos. L'accouchement à domicile, c'était notre lot à toutes.

— La voisine venait aider, la sage-femme quand on avait de la chance.

Les voix se superposent et je suis incapable d'identifier leur provenance. Je ne distingue qu'une somme de bouches s'ouvrant sur des gencives édentées ou parées de dents blanches et dorées dont la fausseté ne fait aucun doute.

La voix qui mène la danse – forte et un peu nasillarde – est crachée par une gueule plus largement ouverte que les autres.

— Pour mon sixième, dit cette grenouille à grande bouche, j'ai accouché à l'hôpital. À la maternité. Et alors là, le confort, l'outillage ! Oh. Pas de péridurale, pas encore, mais des forceps. Et des ventouses. Quand le *spécialiste* – un jeunot débarqué de la ville – quand le petit docteur m'a parlé d'une ventouse, j'ai vu celle qui traînait sous l'évier de la cuisine, son manche en bois, sa tête maculée de petits bouts de papier WC. Cette vision. Je vous assure que j'ai poussé. Je l'ai expulsé, ce petit dernier. Ex|pul|sé. Il est sorti tout d'une traque, il a glissé hors de moi, rose et nu comme un rat !

Les femmes éclatent de rire.

Ou plutôt non, elles ricanent.

J'ignore ce qui provoque ce semblant d'hilarité chez mes

interlocutrices ; l'idée du bébé rose échappé des entrailles de sa génitrice comme un rat. Ou ma mine déconfite. Mes joues rougies par la peur. Je voudrais quitter l'assemblée de bobonnes babillant mais elles m'encerclent, les babeluttes, elles m'enserrent et me retiennent dans l'écrin de leurs bedons rebondis.

— C'est alors que ça commence, mon enfant.

— Les choses sérieuses. Les *affaires* d'après la naissance.

— Les *affres*, on vous dirait bien.

— Le crâne du bébé.

— Son crâne déformé, allongé de manière inquiétante.

— Comme s'il était celui d'un monstre hydrocéphale.

— Petit monstre cyanosé qui pleure à peine et refuse de marcher.

— Saviez-vous que les bébés marchent quand ils naissent ?

— Aussi vrai qu'on vous le dit, mon enfant : ils marchent !

— Pas tous. Mon sixième, lui, ne marchait pas, reprend la voix forte, plus mordante que les autres. Celui-là refusait de marcher, il refusait de téter, il refusait de dormir – cet enfant est né dans le refus et il est resté coincé dedans, une sorte de *phase du non* éternelle si vous voulez.

Pour lutter contre l'augmentation progressive (mais avérée) du niveau sonore, je coince ma queue-de-cheval contre mon oreille gauche. J'espère que ce faible rempart suffira à protéger mon tympan jusqu'à ce que la marmaille m'arrive et me sorte in extremis de ce pétrin de ventres mous.

— Les enfants gardent leur caractère. Du moment où ils sortent du ventre au moment où ils entrent en terre, c'est du pareil au même. On ne les change pas.

PRÉCIPITATIONS

— Ma deuxième, Julie, elle est née en siège. Par son cul. Eh bien y a jamais que son cul qu'a compté dans sa vie.

Le rire mauvais s'élève à nouveau.

Les dents fausses (néanmoins tranchantes) claquent au creux de mon cou. Les mots s'entrechoquent et s'alignent en d'interminables épouvantables ribambelles.

— Les enfants, c'est quelque chose.

— Ils vous tombent dessus et vous n'êtes plus la même.

— Croyez-en notre vieille expérience, madame.

— La maternité, ça vous change une femme.

— Ça vous la révèle.

— Ça vous la précise.

— Ça vous la tétanise aussi.

— Du moment où j'ai été mère, j'ai eu peur.

— Peur de mal faire.

— Peur de faire mal.

— C'est l'inconnu, voyez-vous.

— Le grand saut vers l'autre, *cet autre*, si proche et pourtant si lointain.

Je serre les dents et prie pour qu'arrive l'heure de la sortie. Il ne peut plus tarder ce moment où viendront à moi les visages bien connus d'Alban, Alice, Arthur.

— Me croirez-vous si je vous dis qu'on ne connaît pas son enfant, petite ?

— Il est couché dans son berceau ou recroquevillé sur votre ventre et c'est votre bébé, bien sûr c'est le vôtre, mais il vous est étranger avant même que le cordon par le père ait été coupé.

— Parfaitement, mon enfant. Vous regardez *votre* bébé

71

PRÉCIPITATIONS

et ce petit étranger vous regarde du fond de ses yeux blancs, durs comme des œufs d'araignée. Vous le veillez. Vous le changez. Vous le nourrissez. Vous le caressez. Vous le touchez. Il vous touche profondément. Et vous l'aimez. Mais lui ne vous aime pas. On vous dit ça, madame, c'est pas pour vous faire peur. Vous verrez quand vous y serez. Les enfants. La fin, du vin, de la jeunesse.

Le DONG de midi et demi retentit et ponctue le discours pontifiant. Satisfaite par cet effet impromptu, la grand-mère en chef ébroue la chair de son ventre et fait un pas de côté. Sans se consulter, les autres bedaines l'imitent et s'écartent pour me permettre de respirer.

D'un coup, le ciel et la terre qui avaient cessé d'exister reparaissent – l'un bleu et immuable, l'autre ronde. Bleue aussi. Habitable. Je n'ai plus si peur. La vie reprend son cours. Les portes de l'école s'entrouvrent à toute volée et je me dis que j'y suis parvenue finalement – bravant la menace des commères amassées – je suis restée (mère-belle-mère) à ma place.

5

S'il y a une chose qui me sidère chez ces enfants, c'est la placidité avec laquelle ils accueillent l'inhabituel. Moi qui suis sensible à la moindre perturbation de ma routine ménagère, je pensais (j'espérais sincèrement) que ma présence à la grille à l'heure dite *des mamans* les étonnerait et leur serait une source de joie et j'en suis pour mes frais. Sitôt relâchés par leur institutrice – Madame Isabelle pour Alban, Madame Judith pour Alice – les blondinets me rejoignent et me considèrent d'un œil morne, presque suspicieux.

— Comment ça se fait que t'es là? me demande Alban.

— C'est pas chouette que maman soit venue, mon chéri?

— Papa a un problème ou quoi? s'inquiète Alice.

— Aucun problème. J'avais envie de venir vous chercher aujourd'hui. C'est pas chouette?

— Si, si.

Alice consent du bout des lèvres.

— Si c'est tout l'effet que ça vous fait, je peux vous

laisser à la garderie et demander à votre père de venir vous chercher à 17 heures comme prévu.

— Nan, ça va Pétra. C'est *vraiment* chouette que tu sois là.

— Et votre grand frère?

— Il est pas encore sorti. Les grands, ils sortent après.

La gamine me répond d'un ton hargneux et m'adresse un regard qui laisse entendre *si tu venais nous chercher plus souvent à l'école, tu le saurais.* Je fais semblant de ne pas remarquer son agressivité. Et change de sujet.

— J'ai une surprise pour vous.

Au mot «*surprise*», Alice m'encoigne un sourire – grimace éphémère, aplatie sitôt qu'elle a paru.

— Une surprise?

— Oui. Mais je ne vous dirai rien avant qu'Arthur nous ait rejoints.

— Moi a faim.

Aux trois mots tendus comme un piège par mon fils qui prend place dans son siège, je réponds en fourrageant énergiquement dans le panier de la poussette. Je prends soin d'effectuer des gestes amples et les ponctue de bruits discrets – néanmoins distincts – destinés à me faire remarquer. Je veux qu'elles se retournent, les vieilles peaux, les peaux-rouges. Je veux qu'elles voient de quel bois je me chauffe. Je veux que, mères et grand-mères, elles constatent que j'assure. Alors je fais durer. Je fouille plus que nécessaire et couronne mon petit manège par l'apparition triomphale du paquet de petits-beurre dont Alban s'empare d'une main éberluée. Alice, qui n'est pas dupe, me dévisage bouche bée

PRÉCIPITATIONS

– l'air de me demander *tu viens nous chercher à l'école et tu nous apportes à bouffer, mais qu'est-ce que c'est que ce coup fourré, Pétra?*

J'aurais voulu savourer ce moment mais c'est déjà passé. Le paquet de biscuits est oublié – et bonne ou mauvaise nourricière, je passe inaperçue.

— Ah, Pétra! Arthur est là-bas.

— Où?

— À côté de Gianfranco. Tu vois?

Je vois.

J'ai repéré Arthur mais ne me sens plus ni l'envie ni la force de traverser la courette pour aller l'y récupérer, de l'autre côté. Tout au bord d'un mur d'enceinte (muret construit en briques creuses – moins creuses que moi) sur lequel une petite fille écrase ses deux mains en hurlant *Un deux trois soleil!*

— S'il te plaît, ma chérie. Va chercher ton frère. Alban et moi on vous attend à la grille, on bouge pas d'ici.

— Et après tu nous dis la surprise?

— Et après, je vous dis la surprise.

Alice s'élance dans la cour de récréation minuscule – mais pour elle, ce carré bétonné est immense. Elle s'y pétrifie avec d'autres lorsque retentit le cri-couperet: *Un deux trois soleil!* Les enfants qui bougent (même s'ils tremblotent imperceptiblement) sont éliminés, évacués, tenus d'aller se planter les pieds dans la rigole. Les autres se maintiennent parfaitement immobiles. Quand la meneuse – petite brunette à deux tresses – se détourne vers le mur, les jambes et les bras se délient. Alice bondit comme un cabri. Sautille à la marelle tracée à la peinture sur le sol – *Un deux trois soleil!.* Se pétrifie entre terre et ciel. Patiente. Attentive. Puis se remet à courir. Zigzague parmi les enfants qui attendent leurs parents. Rejoint enfin son grand frère, attire son attention en lui tirant la manche, lui adresse un mot (sans doute un ordre) et d'un geste nous désigne, mon fils et moi, qui demeurons à la grille. Arthur ne discute pas, il soulève son impossible cartable, se l'écrase sur le dos, empoche la main de sa sœur dans la sienne et s'élance avec elle. Mais *Un deux trois soleil!.* Les deux enfants s'immobilisent d'un même corps – siamois formant un tout inapprochable. Puis se remettent à courir de soleil en soleil. Et me reviennent – essoufflés, piétinant, sautillant de gauche à droite pour éviter les petites et grandes personnes qui se lancent à l'assaut des voitures et des trottoirs.

— Attendez un peu, dis-je quand ils parviennent à ma hauteur. On va les laisser s'éloigner, les vieilles.

— C'est vrai. Que t'as. Une surprise? détache Arthur dans un halètement douloureux.

— C'est vrai.

— C'est quoi?

— C'est plus marrant si je vous fais deviner.

— Alors tu nous donnes un indice!

— Piste.

— Piste?

— Oui Alice : piste.

— Piste est un indice?

— Oui.

— Facile! On va au ski!

PRÉCIPITATIONS

— J'ai jamais skié de ma vie, chérie. Enfin si. Mais j'avais dix ans et j'étais lamentable. Je déteste la neige. Cette eau dure. Blanche. Gelée. Glacée. Je te l'ai dit mille fois : l'eau n'est jamais assez chaude.

À la façon dont elle louche vers moi, la fillette confirme mes soupçons : quelque chose chez sa belle-mère ne tourne pas rond.

— En route, mauvaise troupe !

Reprenant mes esprits, je manœuvre mon bolide tout-terrain sur le trottoir approximatif (c'est davantage un bas-côté ou un talus qu'un accotement). Les deux grands s'arriment fermement aux montants de la charrette où trône leur petit frère et nous descendons la côte en direction de la Place du Centenaire où Paul nous fera traverser le passage piéton en sens inverse.

D'habitude, Arthur s'élance à toutes jambes dans la longue descente et je dois lui hurler de faire attention à ses lacets, de ralentir, de nous attendre « aux sapins ». Aujourd'hui, le bonhomme demeure à mes côtés, sérieux comme un pape, sa main déjà grande crispée au carrosse du roitelet.

Il réfléchit.

— Piste, piste, piste. Qu'est-ce que ça peut être ?

— Une piste de danse, essaie Alice.

— Non. Mais on se rapproche !

— C'est chaud, Pétra ?

— Tiède, ma chérie.

— Donne-nous un autre indice !

C'est mon tour de cogiter.

PRÉCIPITATIONS

Si je leur sers clown, acrobate, lion, trapéziste, éléphant, chapiteau, les petits malins trouveront immédiatement. Et j'ai envie de faire durer le plaisir.

— Zavatta!

Je crie.

— Quoi?

— Grock!

— Tu peux pas donner des indices qu'on comprend pas!

Alice se révolte.

— Fratellini.

Je surenchéris.

— C'est n'importe quoi.

Elle crie aussi.

— POVOV!

— Quoi?

— PAPA.

Ce mot-là leur cloue le bec.

— Papa?

— Oui. Papa.

— Papa est un indice?

— Oui. Au même titre que Zavatta, Grock, Fratellini et Popov.

— Mais c'est quoi?

— C'est *qui*.

— Ah. C'est des gens?

— Oui, c'est des gens.

Alice me lance un regard agacé et suppliant.

— Qu'est-ce que papa vient faire là-dedans?

78

PRÉCIPITATIONS

— Je vais vous aider un peu : que faisait papa pour gagner des sous quand je l'ai rencontré ?

— Comment ça ?

— Répondez à la question. Que faisait papa pour gagner des sous ?

— Papa, il est graveur, marmonne la petite fille.

Un chat se faufile entre nos jambes quand nous nous approchons du passage piéton. Un matou noir, trapu et estropié (son oreille gauche et sa queue sont amputées) qui surgit sur la route sans prendre garde aux voitures. Heureusement, Paul est là qui veille au grain et de sa longue main tavelée fait s'immobiliser une Chrysler Voyager pour lui livrer le passage. L'animal amoché s'enfuit sans demander son reste. Et nous nous avançons après lui. Arthur fait des pas de souris. Alice sautille de ligne blanche en ligne blanche et nous recommande de faire pareil – parce qu'entre les lignes, prévient-elle, c'est des sables mouvants. Je me prêterais au jeu bien volontiers s'il n'y avait la poussette.

Et Paul.

— Les enfants, on dit merci à Paul de nous faire traverser.

— Merci Paul...

Ils obéissent d'une voix éteinte.

— M'avez l'air en forme, les jeunes.

— Ils râlent, Paul.

— Pétra elle fait des devinettes qu'on comprend pas.

— Ah ?

En deux enjambées, l'homme nous rejoint sur le trottoir et se range du côté des enfants.

PRÉCIPITATIONS

Nous sommes groupés en face du presbytère dont les fenêtres sont pourvues comme les autres de tentures en dentelle – et j'imagine le curé vêtu de son éternelle chemise à col romain (impeccablement repassée et mise en plis), posté là-derrière, observant notre attroupement et cherchant à saisir les motifs du conciliabule que nous tenons à deux pas de la maison du Seigneur.

D'un air décidé, décisif même, Paul se campe sur ses jambes largement écartées, passe ses pouces dans le ceinturon qui retient son long pantalon, fronce les sourcils et de sa lèvre supérieure s'en va toucher le bout de son nez couperosé. Il fait semblant de s'intéresser à notre histoire de devinette mais j'imagine qu'il cherche surtout à passer le temps, tailler une bavette avant qu'arrivent d'autres enfants, d'autres mères et d'autres voitures.

— Expliquez-moi ça, adons.

Sa voix (plus douce et plus complice que d'ordinaire, on sent que Paul fait un effort) se veut encourageante.

— En fait Pétra veut nous faire deviner la surprise. Mais ses indices, on les comprend pas.

— Et c'est quoi les indices de Pétra ?

— Zavapa Glock Frapellini Popov Papa.

Paul éclate de rire, découvrant sa mâchoire édentée où quelques chicots isolés rivalisent en authenticité avec six dents dorées – prothèses dont l'heureux propriétaire aime à rappeler régulièrement qu'elles sont composées pour trois quarts d'or massif (et pour le quart restant de nickel et d'argent) et constituent un patrimoine au même titre que la pommeraie. Ces dents sont incluses à son testament et

80

PRÉCIPITATIONS

devront (devant notaire) être léguées à ses deux filles – trois pour chacune, les bons comptes font les bonnes amies. Mais Paul ne s'inquiète pas de mourir et transmettre aujourd'hui, il n'a que faire de ses dents ; il s'amuse, tape du pied, lisse sa moustache dalinienne en se peignant des airs de mystères et j'entrevois – mais c'est fugace – le jeune homme qu'il a pu être, vif, malicieux, régalant la galerie sur la Place du Centenaire, au centre d'un village qu'il n'a jamais quitté.

— Hum hum hum, détache-t-il d'un air énigmatique.

— Tu vois, Pétra. Même Paul y comprend pas.

— Qui t'a dit que j'comprends pas, cocotte ?

Sous le coup d'une illumination qu'il est le seul à concevoir, Paul adresse un clin d'œil à Alice et se précipite dans le carrefour désert. Les enfants me quémandent une explication d'un regard ahuri. Je voudrais les aider mais comme eux je n'ai aucune idée de ce que nous réserve cette chaude après-midi. Je hausse les épaules et les invite à regarder Paul qui gesticule.

À grand renfort de moulinets et coups de sifflet, l'homme subitement affolé fait mine de gérer les allées et venues de quatre ou cinq chauffards aussi irascibles qu'irréels. Le gardien de la paix enlève sa chasuble et la secoue au nez des voitures imaginaires comme un toréro secouerait sa cape devant un taureau. Ou comme un soldat vaincu brandirait le drapeau. Interloqués, les enfants se tournent vers moi puis vers Paul puis vers moi et réagissent chacun à leur mesure : Alban laisse tomber ses petits-beurre sur le trottoir, Arthur y balance sauvagement son cartable et Alice gobe le bout de sa tresse (enfin c'est plutôt une queue

81

PRÉCIPITATIONS

de rat). Tous ouvrent des yeux médusés devant l'homme transfiguré adressant gestes et coups de sifflet aux véhicules qu'il parviendrait presque à matérialiser. Aux allers-retours effectués en courant et criant d'un angle à l'autre du carrefour, aux gesticulations, aux larmes simulées, aux cheveux qu'il feint de s'arracher par poignées, à sa figure tour à tour colérique, effarée, atterrée, aux coups de pied et coups de sifflet interrompus et effrénés, on comprend que Paul – dernier descendant de Popov? – doit gérer un gros, très gros, carambolage.

La pitrerie d'une rare qualité me surprend autant qu'elle ravit les enfants. Des promeneurs du mercredi se sont amassés au carrefour et profitent avec nous (et le curé, j'en suis sûre) du mime improvisé. Les adultes sourient à pleines dents et les enfants ponctuent la farce d'éclats de rire sonores, vivifiants. Même le matou oreille-cassée se délecte de la scène, perché sur le crâne du saint Antoine en cuivre qui rutile au soleil.

La clownerie aurait pu durer une éternité mais s'interrompt aussi sec qu'elle a débuté lorsque déboule dans le carrefour une véritable automobile. Comme si rien n'était arrivé – je me demande un instant si j'ai tout inventé – Paul se fige, fourre son sifflet dans la poche du gilet qu'il renfile et se détourne de son public. Les passants l'applaudissent brièvement – et me prouvent ce faisant que je n'ai pas rêvé – puis s'éloignent suivis de leurs enfants obéissants.

Mes enfants plus récalcitrants poussent des *ah* et des *ooooh*, grognements qui me contraignent à les rappeler à l'ordre.

82

PRÉCIPITATIONS

— On arrête de rouspéter et on réfléchit.

— Quoi?

— Paul, là-bas, qu'est-ce qu'il vient de faire?

Les enfants observent l'homme qui régule placidement la circulation et attendent qu'il leur livre une réponse. Mais Paul nous ignore. Raidi au milieu du carrefour, il adresse aux voitures des coups de sifflet exténués dont on ne peut plus rien espérer.

— Pol pestacle? tente Alban.

— Spec|tacle, oui! Tu sais dire spectacle?

— Spectacle est un indice? reprend Arthur.

— Spectacle est un indice. Mais vous devez préciser la nature du spectacle.

— Ça veut dire quoi *préciser la nature*?

— Allez-allez, c'est facile. Servez-vous des autres indices: Zavatta, Grock, Fratellini, Popov et Papa.

— Papa pestacle!

— Exactement. Papa faisait quel genre de spectacle?

Pour toute réponse, Alban fredonne *papa pestacle papa pestacle*. Les grands, eux, observent un silence religieux. Ils réfléchissent. À l'épaisseur du silence qui s'installe, je perçois qu'ils ont percé le mystère quand eux-mêmes ne le savent pas encore. Il ne leur manque quasi rien – bientôt le mot qui les obsède comme un cheveu sur la langue jaillira d'entre leurs lèvres pincées. J'émiette les petits-beurre d'Alban et les balance à la volée (les hirondelles ne se feront pas prier) puis aide Arthur à remettre son cartable sur son dos. Et nous nous remettons en route.

83

PRÉCIPITATIONS

En quittant le carrefour, je salue Paul d'un revers de la main. Mais l'ami Paul ne répond pas – trop occupé désormais avec les vraies voitures qui descendent la rue de l'École et remontent l'avenue Maurice-Lange. Le matou oreille-cassée pousse un miaulement rauque et saute du crâne de saint Antoine quand nous lui passons à côté. Il disparaît la queue (du moins ce qu'il en reste) entre les pattes et je me demande ce qui a bien pu l'effrayer. Nous sommes à cinquante mètres de la maison quand la réponse jaillit, suivie du dong retentissant de 13 heures.

— Clown! crie Arthur.

— DONG! fait le clocher.

— Clown cirque, clown cirque, clown cirque! martèle Alice.

Ils ont trouvé. Ils ont gagné. Il est inutile de leur demander de se calmer maintenant. Alors je ne demande rien, je les laisse faire et me contente de sourire *clown cirque clown cirque clown*. J'invente peut-être mais il me semble que Paul rythme la litanie victorieuse de coups de sifflet brefs et répétés *clown cirque clown cirque clown*. Je murmure moi aussi les deux mots au moment d'enfoncer la clef dans la serrure *clown cirque*. La porte s'ouvre en grinçant. Les enfants envahissent la maison en grondant. La chienne les accueille en jappant. Alice et Arthur disparaissent comme des rats dans l'obscurité de la cage d'escalier. Alban se dégage de la poussette sitôt celle-ci garée dans le hall d'entrée. Je lui hurle de ne pas courir. Mais il court, il court le furet et crie comme un fou furieux *clown cirque* CLOWN.

84

PRÉCIPITATIONS

J'aurais pu leur préparer un steak frites, des crêpes à la cassonade ou un boudin compote. Je suis une piètre cuisinière mais appliquée et de bonne volonté – pourvu qu'il y ait une recette, un chemin à suivre, un pas à pas m'indiquant quel aliment cuire comment combien de temps dans quelle casserole ou quelle poêle et dans quelle matière grasse (moins grasse que moi) – beurre, huile d'olive extra vierge deuxième pression à froid – et comment l'accommoder, l'accompagner, le saucer, le poivrer, le saler et en quelle quantité. Oui. J'aurais pu. J'aurais dû leur préparer à bouffer; à presque 14 heures c'eût été une initiative de mère-belle-mère responsable, avisée. Seulement voilà: je sais que mes moineaux ne mangeront pas. Quoi que je mitonne ce mercredi après-midi – que ce soit réussi, cuit comme il faut, al dente ou carbonisé – les enfants refuseront de *passer à table*. L'acte en lui-même représentant un pénible labeur, je devrais me battre pour les y faire asseoir et mastiquer des mets dont ils n'ont pas la moindre idée de ce qu'ils peuvent représenter pour cette *bonne santé* dont les adultes semblent tant s'inquiéter. Alban Alice Arthur pètent la forme. À l'heure de manger, forcément ils n'ont pas faim – ou bien sont affamés de nourritures plus alléchantes que celles fraîches protéinées et vitaminées que je leur proposerais en prétextant qu'elles les aideraient à devenir grands. Alban Alice Arthur se contrefoutent de grandir – le devenir n'existe pas pour ces enfants, il n'y a que le présent qui compte, le grand maintenant. Et maintenant ils ont filé dans l'escalier et je sais exactement où ils se sont planqués. Je les entends à l'étage qui piétinent en se racontant des histoires – juste au-dessus de la cuisine (de ma tête qui dodeline), dans cette pièce que nous nommons pompeusement *dressing* mais qui ressemble davantage à un placard ; enclos dépourvu du moindre interstice laissant filtrer la lumière où j'entrepose pêle-mêle le linge de lit, les déguisements et les vêtements dont nous ne nous servons plus.

En attendant que les lascars surgissent les bras chargés de leur trésor, je fourbis mes armes à travers la maison – à la salle de bains, je débusque un flacon de lait hydratant démaquillant (périmé mais qui fera bien l'affaire), une palette d'ombres à paupières, du khôl et un bâton de rouge à lèvres rouge vif (offert par ma mère du temps où l'on pouvait encore s'imaginer que je trouverais l'occasion de me *faire belle* ; au moins de me farder), à la buanderie, je dégote une éponge propre et dans les tiroirs d'un petit secrétaire un pinceau à trois poils et un autre, plus épais.

J'aligne les ustensiles de grimage sur la table en laqué blanc – surface qui ressemble à ma peau en ce qu'elle demeure grasse quoi que je fasse – et ajoute le miroir en argent d'un nécessaire de voyage déniché en brocante. Je suis prête à les accueillir, mes enfants. Je les attends de pied ferme – impatiente de leur prouver que j'ai compris ce qu'ils farfouillent là-haut, que je sais ce qu'ils espèrent et que j'ai préparé de quoi les satisfaire.

Le temps passe – cinq à dix minutes que j'emploie à préciser la disposition des objets sur la table – et ce temps me paraît long ou plutôt lent – lento, ultralento, lentissimo. Pour dynamiser le tempo, j'éveille l'ordinateur qui

PRÉCIPITATIONS

fait office de sono et sur YouTube recherche l'*Entrée des gla-diateurs*, cette marche militaire qui ouvre les spectacles de cirque et marque traditionnellement l'entrée des clowns. Sitôt lancé le morceau, je pousse le volume à fond – FOR-TISSIMO – afin que la musique du grand orchestre traverse le plafond et rapetisse l'espace et le temps qui me séparent des enfants.

Dérangée par le bruit, notre vieille chienne a quitté le panier où elle repose paresseusement du matin au soir et fait son entrée dans la cuisine, la queue basse et l'oreille dressée. Elle s'approche de la table en bavant et boitillant à trois pattes (la quatrième étant percluse d'arthrose) et véri-fie d'un regard intéressé que je ne suis pas occupée à cuisi-ner et qu'il n'y a rien ici à me mendier.

— Nada ma belle, rien pour toi.

Résignée, elle souffle de cette façon qui fait écumer ses babines puis s'étend – ou plutôt se laisse tomber – sur mes pieds qu'elle entreprend de lécher comme elle fait chaque fois qu'ils sont nus, et à portée de son nez.

Si sale pourrait-elle paraître, je profite de cette caresse songeant qu'il n'y en a pas d'autres, que les caresses – quelles qu'elles soient, d'où qu'elles viennent, une grand-mère trop curieuse, une vieille chienne – sont par nature un peu cras-seuses, intrusives, dérangeantes, honteuses, mendiantes, dévorantes, impérieuses, autoritaires, intéressées, voleuses, assez souvent violentes. Plus rarement aimantes et géné-reuses. Et jamais nettes. Jamais propres. Mon affectueuse bâtarde me grignote un à un les orteils et malgré elle

PRÉCIPITATIONS

(malgré moi) me remet à l'esprit la toute première caresse du clown – paralysante celle-là, certes différente de ce câlin canin mais qui m'a procuré un sentiment similaire de joie mitigé de honte. Un chaud-froid dans cette zone comprimée entre le côlon et le foie.

Un dur-doux.

Un beau-laid.

*

Les orteils posés contre le ciel de toit de sa voiture, les yeux écarquillés vers les arbres et la nuit enracinés de l'autre côté de la fenêtre passager, je profitais d'une caresse qui me paralysait autant qu'elle me faisait plaisir. Les doigts du clown étaient maculés de peinture (et empreints de terreur, je l'apprendrais plus tard) – cette pâte épaisse et blanche-rouge-noire qui finissait de fondre sur son visage et se répandait maintenant sur mon corps, mes lèvres, mon visage à moi ; ma figure qu'il me semblait connaître moins encore que la sienne. Ses doigts étaient sales et brûlants. Ardents comme des tisons. Ils s'insinuaient dans mon sexe qui était sale aussi, sûrement, mais palpitant, affolé, affamé. Les doigts miraculeux allaient et venaient dans cette cavité capitonnée que je connaissais encore peu et dont je sentais (dans un étonnement mêlé de frayeur) qu'elle pouvait se dilater jusqu'à former un puits sans fond et l'instant suivant se contracter autour des phalanges étrangères pour les sucer les happer les gober et – pauvres prisonnières – les briser. Lorsqu'ils m'en sortaient tremblants et trempés, les doigts intimidés murmuraient, ils me disaient tout bas combien ils étaient heureux de porter sur eux mes humeurs mes chaleurs mon odeur puis ils s'impatientaient s'enhardissaient disparaissaient à nouveau et je m'enfouissais avec eux dix dans un endroit où j'étais pourtant seule, et neuve. On n'a pas fait l'amour ce soir-là. Le premier soir, on a fait ça – enfin, *il* a fait ça. Ce jeu de main jeu de vilain. Et c'était bien plus beau et bien pire.

Dès le départ, les choses ont donc été très simples : après m'avoir ordonné de rester à la fête, le clown s'était avancé au centre de la salle polyvalente. Une femme y était entrée derrière lui, dans cette salle, elle m'avait bousculée dans un soupir contrit et s'était présentée – *femme du clown*, elle avait expliqué. Ce titre et ce soupir (plus que celle qui s'en parait) m'avaient titillée, agacée. Je voulais, je *devais* en apprendre davantage sur le personnage blanc emmailloté de bleu qui s'avançait parmi mes amis musiciens et son épouse visiblement épuisée ; créature blafarde (si blanche, elle aussi, elle en devenait presque transparente) qui s'avançait à sa suite (ou plutôt à sa traîne), ployée sous le poids de formes noires et indifférenciées, l'une agrippée à sa manche, l'autre à sa hanche.

J'ai renoncé à m'évader et me suis glissée derrière la femme qui avait pris la peine – m'ayant percutée – de me préciser qu'elle était mariée. D'où je me tenais, effacée dans son ombre, je pouvais observer ses cheveux corbeau répandus sur ses épaules carrées. Je voyais son dos puissant, voûté par le poids de l'enfant (une fillette), le bras fort et court au bout duquel se pendait un garçon, son buste trapu serré dans une robe sombre, ses mollets gainés d'un voile noir, ses pieds opprimés dans des chaussures à talons aiguilles ; des escarpins bleus, vernis, vulgaires.

J'ai observé l'inconnue qui installait ses petits sur le sol, au centre du terrain de mini-foot (la salle polyvalente étant aussi un hall omnisports) puis qui s'asseyait avec eux, fourbue, se repliait sur une chaise en formica-c'est-formidable. Et j'ai ressenti l'envie – pressante au point qu'elle en devenait suspecte – de demeurer un peu auprès d'elle.

— Cette place est libre ?

La femme du clown m'a ignorée si superbement que j'ai douté avoir parlé.

— Je peux m'asseoir ?

J'ai insisté. Presque crié pour lui imposer ma présence. Forcée contrainte, l'inconnue m'a accordé un regard. Dans ses yeux bleus (soulignés par une ombre à paupières irisée) j'ai lu le mépris que mes pommettes rougies par un début d'ébriété lui inspiraient.

— Asseyez-vous, si mes enfants ne vous gênent pas.

— Les enfants ne me gênent pas du tout.

Je lui ai servi ce mensonge en me mordant la lèvre – ignorant qu'un jour peut-être je m'en mordrais les doigts. Je lui ai souri. Puis je me suis affalée sur cette chaise dont j'aurais dû me douter (puisque la foule était compacte et qu'elle était inoccupée) qu'elle était bancale autant que libre. Avant de comprendre ce qui m'arrivait, je me suis retrouvée dans l'état du siège qui n'avait pu supporter mon effondrement : les quatre fers en l'air. Le clown qui disposait son matériel

PRÉCIPITATIONS

à deux pas s'est détourné de son petit bazar (une clarinette posée sur son pied, une caisse à vin retournée qui lui servirait de table basse ou de tabouret, une bâche bleue étoilée, une malle cabossée – moins cabossée que moi) et m'a découverte qui gesticulais au sol et tentais de me rassembler comme un lombric misérable qu'une petite fille furieuse aurait disloqué. Plus tard, il m'expliquerait que de me voir ramper il n'a pas hésité. Il m'a rejointe en deux enjambées et m'a tendu une main gantée, rugueuse – *il était gant de crin geyser* – à laquelle, angoissée, je me suis agrippée.

Clown blanc, il m'a redressée comme son auguste partenaire – à la fois bouffonne et impératrice – et m'a rassise auprès de son épouse qui m'a ignorée jusqu'au moment où lui m'a permis d'exister.

— J'espère que vous ne vous êtes pas blessée, a-t-il articulé. Puis il a ajouté : Merci. Vous n'étiez pas obligée de rester. Et je n'ai jamais pu déterminer à qui de Marie ou de moi ces mots étaient réellement destinés.

Je suis restée jusqu'au bout du numéro qui s'est révélé aussi banal que le sont la plupart des rencontres. Pitrerie sans autre intérêt que les intermèdes musicaux durant lesquels le clown (un excellent clarinettiste) faisait valoir l'agilité de ses doigts dont j'ignorais alors qu'ils étaient ceux d'un graveur aguerri. Ses longs doigts pianotant, je les ai observés qui effleuraient parfois sans ménagement les anneaux et les clefs de son instrument d'ébène – et j'ai su : je n'avais pas besoin d'en savoir plus.

À la fin du numéro, la femme du clown s'est levée aussi

précipitamment qu'elle s'était assise. Sans attendre que son mari finisse d'entreposer son matériel dans la malle cabossée, elle s'est enfuie en poussant devant elle leurs enfants à demi endormis. Clac. Clac. Clac. Clac. Clac. Ses escarpins ont pilonné le sol d'un staccato plus dur plus sec qu'un tir de dynamite. Sa senteur de patchouli poivré s'est dissipée et malgré tout, je suffoquais – je ne voulais pas que l'inconnue se sauve et rejetais farouchement l'idée que son mari la suive.

Bien sûr, son mari l'a suivie – quoi faire d'autre ?

Ses accessoires fourrés pêle-mêle dans la grande malle, il l'a soulevée par les poignées, l'a maintenue serrée contre son ventre – et j'ai découvert, atterrée, qu'on pouvait jalouser jusqu'aux éléments mobiliers – puis il a fait un deux et trois pas et s'est éloigné vers la porte qui l'a laissé s'éclipser sans même se donner la peine de grincer.

Autour de moi, tout s'est remis à remuer.

Les musiciens de l'Harmonie se sont ébroués comme s'ils s'éveillaient d'un sommeil artificiel.

La fin de la clownerie sonnait pour mes amis l'heure de la pause clope, une Gauloise, une Gitane accompagnée d'un dernier verre, une dernière bière. Blonde ou ambrée. Prima. Hopus. Barbar. Des breuvages bien d'ici. Les fêtards valsaient à la buvette, entraient sortaient puis entraient à nouveau et se tapaient dans le dos. Bruno (plein comme une barrique, fier comme un coq) a décidé de sonner l'hallali, Didier a voulu l'en empêcher, ils se sont disputés — Avant la nuit, personne peut m'empêcher de jouer.

Didier a renoncé.

PRÉCIPITATIONS

Bruno a sonné le cor pour tout le coron.

Alerté par une grand-mère mal lunée, l'agent de quartier ne tarderait pas à débarquer et j'ai pensé que c'en était vraiment terminé – de cette Sainte-Cécile (plus aberrante encore que les éditions précédentes), de la rencontre d'un clown-clarinettiste aux doigts prodigieux et de son épouse aux cheveux bleus.

Je devais ficher le camp avant que cette sauterie dégénère en saoulerie générale – quitter la salle polyvalente et rejoindre mon appartement.

D'un instant à l'autre, je délaisserais cette chaise moins délabrée que moi, récupérerais mon étui à clarinette, recouvrerais ma raison et mes cliques et mes claques et me barrerais d'ici.

Bon.

Je n'avais pas prévu qu'il revienne et introduise avec sa personne toujours emmaillotée de bleu le fameux *retournement de situation* : le clown a reparu dans la salle – plus tard, il m'expliquerait que c'était pour se faire rémunérer sa prestation – et j'ai remarqué qu'il avait ôté ses gants, et ça a été le coup de grâce.

Au lieu de rentrer chez moi, je suis encore toujours restée – et même je suis *sortie*. Comme une bête sort du bois, je me suis approchée du bar où notre chef (qui avait commandé le numéro du clown) lui tendait une enveloppe et une bière. J'ai commandé une sangria (autant éviter les mélanges) de la manière dont une fille franchement seule, franchement saoule, un peu pute peut-être, peut espérer tendre une perche ou un piège. Et nécessairement, ça

93

a fonctionné. Le clown m'a entendue. Et reconnue sitôt remarquée.

— Rien de cassé ?

Il a parlé pour parler.

J'ai souri pour sourire mais je n'ai pas pris la peine de répondre.

— C'était une plaisanterie, vous savez, vous n'étiez pas obligée de rester.

— Je n'avais rien de mieux à faire.

À son tour, il a gardé le silence et j'ai profité de cette hésitation (ou de ce que je considérais en être une) pour porter l'estocade – je n'étais plus en état de faire durer une partie dont je savais d'avance comment la remporter. Crevée, poussée dans le dos par je ne sais quel toupet, moi d'ordinaire timide j'y suis allée franco. Et quelques heures plus tard (trop tard forcément), je me sentirais merdique d'avoir commis cette bassesse, cette folie.

— Votre femme, elle, elle est partie.

J'ai détaché chaque mot d'une voix paisible, mesurée. Lui a marqué un temps d'arrêt. Je l'ai vu se figer puis sourciller brusquement comme sous l'effet d'un violent frisson. Dans ce tremblement qu'il n'avait pu réprimer, il m'a plu de déceler la preuve irréfutable que son couple battait de l'aile (finalement c'était une histoire banale) et que j'avais mis le doigt pile où ça faisait mal.

Il a fixé son verre (semblant le redécouvrir), a avalé coup sur coup trois gorgées de Jupiler puis s'est justifié en lâchant d'une traite qu'ils étaient venus à deux voitures (ignorant comment la soirée se déroulerait, si elle s'éterniserait,

PRÉCIPITATIONS

à quelle heure elle finirait) et que sa femme était effectivement rentrée pour coucher leurs enfants fatigués. Lorsqu'il
a posé les yeux sur moi après ça, il m'a semblé qu'ils étaient
incendiaires et qu'ils m'interrogeaient.

— Et vous, vous avez des enfants ?

Sa voix s'était refroidie et s'abattait sur moi comme une
pluie torrentielle. De grêle. Pire : de sauterelles.

Il a vidé son verre.

D'un revers de sa main droite (énorme paluche dont
on imaginait sans peine comme elle pouvait être dure), il
a essuyé la mousse qui lui ourlait la lèvre supérieure. J'ai
perçu de l'agressivité dans son geste (et l'image de ses lèvres
barbouillées qui donnaient à présent l'impression de sai-
gner) et j'ai songé que j'avais gâché des choses qui n'avaient
pas eu l'heur de se prononcer. La situation tournait à mon
désavantage. J'ai réagi par dépit, pensant que c'était fini. Je
lui ai dit – sans forfanterie cette fois, cessant de jouer les
fifilles effrontées – qu'oh non je n'avais rien moi ; ni enfants
ni personne.

Dès après cet aveu (qui semblait l'avoir instantanément
apaisé ou épuisé c'est tout à fait plausible), je n'ai plus pu
m'empêcher de parler. Je parlais, parlais, parlais. C'était
plus fort que moi. Je me déballais. Me livrais tout entière
au bord du bar comme je l'aurais fait en balançant les pieds
au bord d'un précipice, dans l'ignorance totale et imbécile
des dangers potentiels.

PRÉCIPITATIONS

Lapant un fond de sangria tiédasse et enchaînant avec un verre (enfin c'était un gobelet) bien rempli et très frais, je lui ai servi ma vie en vrac – des lambeaux d'existence, prélevés au hasard et balancés sans prévenance. Je lui ai ressassé ma naissance (catastrophique), mon enfance (idyllique), ma toute jeunesse (empirico-chimico-chimérique), mon arrivée fatidique à l'université, l'époque bordélique des garçons borderline qui parvenaient à m'idéaliser, à me faire briller, à me faire baver mais rarement à m'aimer, mes mains vides, mains insensées, la pauvreté, la dureté de ces cinq ou six années passées de literies insalubres en auditoires bondés mais malgré tout lugubres, les oreilles emplies du silence des amants disparus sitôt poussé leur gémissement et des voix de professeurs tonnant et condamnant — Si vous voulez devenir écrivain, prenez la porte immédiatement! Cette porte que j'avais prise à vingt-quatre, vingt-cinq ans et qui avait claqué, qui s'était verrouillée et que j'avais en vain bourrée de coups de poing – les rives du savoir soudain hors d'atteinte, mon corps rejeté, ballotté en haute mer (loin des rivages universitaires) – ma vie claquemurée, projetée de l'autre côté, l'errance derrière l'écran, dans la fumée, la déambulation forcée qui m'avait menée en coulisses et à l'apprentissage des antichambres, zones grises, bistrots, troquets, cafés peuplés d'individus qui me ressemblaient pour ce qu'ils avaient raté (sitôt franchie la case départ et relancé le dé), je lui ai conté les menteries les rêveries des créatures imbibées (non de bière, de chagrin) écrouées comme moi au bord du bar, sur les trottoirs pavés de la capitale, dans les entresols humides, les soupentes sans

PRÉCIPITATIONS

fenêtre, sur des matelas sans draps (dégueulant leur laine) et des lits sans sommier – pour des nuits sans sommeil – totalement hors d'haleine, j'ai décrit ma peine incompressible, imméritée, mon retour au village (forcé), l'évolution exécrable de mon très jeune visage – *il a gardé les mêmes contours mais sa matière est détruite, j'ai un visage détruit –,* j'ai évoqué la queue-de-cheval dont j'avais radié l'existence d'un coup de ciseau idiot et mon espérance (idiote aussi) que cette coiffure de cheveux drus me conférerait la force des garçons, enfin, pour ultime confession je lui ai énuméré mes faiblesses – toutes, les unes après les autres – j'ai avoué mes mauvais penchants pour les mauvaises personnes, les mauvaises postures, les mauvaises habitudes, les mauvaises lectures, les mauvaises pensées et les mauvaises substances – ces choses dont on m'assurait qu'elles étaient nocives, mais auxquelles je m'accrochais parce qu'elles étaient sans filtre.

Ou sans fin.

Quoi qu'il en soit, il a eu l'air sidéré.

Pour lui laisser le temps de digérer ce pavé, j'ai titubé jusqu'au buffet où j'ai arraché un morceau de la nappe en papier.

Revenue à lui (mais pas à moi, titubant toujours d'un pas mal assuré), j'ai entrepris – comme je le faisais chaque fois que je rencontrais quelqu'un – de lister nos points communs. J'ai besoin de mettre au jour nos attaches, expliquais-je. Depuis mon plus jeune âge, je m'évertue à avérer les liens entre les gens et les choses. Même les chiens. On joue, vous voulez bien ?

Il a opiné vivement (sans parler) et son chapeau en

PRÉCIPITATIONS

demi-coquille d'œuf a valsé sur le bar, découvrant un crâne rasé de près mais néanmoins couvert d'aspérités (des bosses, des fosses, anfractuosités que mes doigts avaient envie d'explorer) et barré d'une cicatrice qui s'étirait d'une oreille à l'autre.

Il a voulu remettre son chapeau. D'un geste, je lui ai demandé de ne rien en faire ; je l'aimais mieux tête nue. Pour peu, je lui aurais passé un coup de lavette sur le visage. Pour le débarrasser, lui aussi. Découvrir les traits dissimulés sous l'enduit farineux. J'ai tenté un instant de deviner la forme de sa bouche, la couleur et la texture de sa peau, l'épaisseur de ses sourcils.

Ses yeux noisette – ils tiraient sur le vert, étaient passablement ordinaires, mais graves, pas rieurs pour un sou – ont attendu sans ciller la fin de mon inspection. J'ai pressé mon visage dans mes paumes pour échapper à son regard et aux brumes éthyliques qui m'enveloppaient. Enfin, je me suis mise en quête de fins filins que je pourrais lisser tisser tresser afin de nous relier l'un à l'autre.

Sur le morceau de papier taché de graisse, j'ai tracé des colonnes et les ai affublées de binômes – naissance-enfance| adolescence-jeunesse|écoles-formations|défauts-qualités|envies-rêves|amours-passions|peur-aversions.

Puis je les ai annotées.

Il me fallait parfois presque crier pour me faire entendre. La fin de soirée battait son plein, la sono repassait Adamo dans sa version des *Neiges du Kilimandjaro – elles te feront un blanc manteau où tu pourras dormir –*, Mona, Veerle et Pierrot s'esquintaient la voix sur une reprise a cappella

98

PRÉCIPITATIONS

d'*Étoile des neiges* et les trompettistes improvisaient un morceau grossier qui rappelait vaguement la marche du 6ᵉ régiment des chasseurs à pied.

Malgré la musique non appropriée et la bizarrerie de ma requête (et de la liste-portraitiste que j'étais en train d'élaborer), le clown s'est prêté au jeu. Il m'a laissée fouiner dans le présent et le passé sans rien exprimer qui pût ressembler à de la perplexité ou de la timidité. Il paraissait franc et très calme mais j'aime imaginer qu'il rougissait sous la couche de peinture protégeant sa figure de mes questions inquisitrices. Bref. De fil en aiguille, fourrageant dans cette botte de foin que constitue une vie, j'ai découvert que nous avions grandi dans le même coin (insignifiant) – nous avions les mêmes ciels, les mêmes nuages, les mêmes villages, les mêmes paysages d'enfance – qu'on aimait tous les deux le théâtre (ce qui ne signifiait pas grand-chose), qu'on détestait la neige, le ski, qu'on aimait la mer et les bains chauds (mais pas le sauna), qu'on avait appris à jouer de la clarinette auprès des mêmes professeurs (à presque dix ans d'intervalle), qu'il connaissait Virginal et même l'ancien couvent où je vivais pour y avoir étudié durant sept ans – du temps datant d'avant l'aménagement des appartements où c'était une école secondaire qu'on appelait l'École des sœurs. Sa professeure de français – une bonne sœur prénommée Anne-Marie lui avait appris à prier (chose qu'il ne faisait plus désormais) et à tirer le tarot (dont nous étions tous les deux amateurs) — D'ailleurs, avait-il conclu à propos de cette école, c'est là que j'ai rencontré Marie.

PRÉCIPITATIONS

Ce prénom a sonné l'humiliation. Coup de tocsin. Il constituait un poison, une intrusion dans mon jeu, une effraction dans mon rêve. Ce *Marie* innocemment murmuré a déboulé comme un chien dans le jeu de quilles (une boule de poils dans ma gorge). Il a signé la fin de partie. Soudain, j'étais vidée. J'ai éclusé le peu de sangria que contenait mon gobelet et j'ai senti que je vacillais et lui ai marmonné que j'avais besoin de m'asseoir – et c'était vrai, j'avais la tourniole, je tenais à peine debout. J'ai abandonné ma liste et mon bic sur le bar. Et nous avons navigué (sa main posée sur mon épaule jugulant les vertiges et régulant la trajectoire) à travers la salle bondée, jusqu'au buffet où il m'a composé une assiette en se composant un air sévère de père nourricier. Il a tenté de me ravitailler – et ne cesserait jamais de le faire – mais j'avais bu trop de sangria et quelques carrés de viande froide échoueraient à résorber ma détresse. Oh. J'ai toujours eu l'alcool triste.

Moins d'une heure après ce repas (dont j'ignorais qu'il était le *premier* et qu'il y en aurait des milliers d'autres, bien meilleurs), il m'a proposé de me raccompagner chez moi et je suis montée dans sa voiture pour lui dire à quel point j'avais besoin de partir. Je devais quitter cette fête. Et je devais quitter tout le reste. Mon appartement, vide. Mon village, vide. L'église et son parvis, vides. Les champs de blé, les champs de bettes, les champs de patates. Les prairies d'herbe bleue et de vaches brunes étendues de tout temps sous le ciel et les saules. Les ruelles étroites et secrètes. Les sentiers moussus que personne n'empruntait jamais et qui

100

pourtant puaient la pisse des hommes et des cabots. Le canal verdâtre. Immuable. Immobile. Les péniches bordéliques, immobiles aussi, abandonnées qu'on dirait, hantées seulement par un chien aux oreilles et à la queue tranchées qui jappait d'un bout à l'autre du pont vermoulu, encombré de ferraille, de parasols, de bidons d'essence et de bacs remplis de géraniums rouillés. Je lui ai dit sans hésiter (il me dirait plus tard que je n'ai jamais été aussi vraie) qu'il me fallait abandonner les corons amassés et poussiéreux. Laisser derrière moi – mais maintenant – les chapelles vides de Vierge, les moulins pétrifiés, les murs du cimetière, les murs mille fois chaulés des fermettes, les usines délocalisées relocalisées remontées et malgré tout usées. Je devais fuir de toute urgence l'épicerie de Monsieur Lardier où les chips au sel (mes préférées), les saucisses et les bouteilles de rhum étaient systématiquement périmées. Fuir Le Central – café voisin de mon appartement, épicentre du vide –, sa porte chuintante, ses vitres rafistolées à coups de papier collant, la lumière des néons (enfin du néant), ses chaises affaissées, son comptoir griffonné et ses piliers hommes femmes mouches aux gestes informes, fatigués.

Les doigts du clown ne pouvaient en entendre davantage. À eux dix, ils se sont pressés sur mes lèvres pour les faire se fermer. Quand j'y suis parvenue, quand enfin je me suis tue, ils ont entrepris d'écraser les larmes qui me sabordaient et me donnaient en pâture aux fantômes que mes pleurs attiraient et qui erraient (de plus en plus nombreux) autour de la voiture. Ces doigts m'ont mouchée, ils ont écopé mon eau salée et m'ont consolée. Puis ils m'ont parlé (je ne sais plus ce qu'ils m'ont dit), ils chuchotaient, moi je me lovais contre la poitrine du clown et ne distinguais rien que cette voix très ordinaire, l'odeur familière (de poudre à lessiver et d'eau de Cologne bon marché) et la rugosité de l'étoffe frottée contre mes joues. La tête enfoncée dans ce cocon rugueux, je me sentais abritée – comme une autruche la tête dans le sable, une rate de retour au terrier. Je suis demeurée immobile, le visage écrasé sur ce carré de tissu râpeux (on aurait dit de toile de jute) avalant l'air par petites goulées pour ne pas suffoquer et n'envisageant plus rien, pas même la fuite. L'arrière-goût de sangria s'atténuait quelque peu dans ma gorge. Il devait être minuit. Je me sentais presque mieux – je ne m'étais jamais approchée aussi près de ce presque. Je suis restée dans cette voiture (dont les passants auraient pu se demander pourquoi elle était immobilisée sur le bas-côté, petits phares allumés). D'une caresse, les doigts m'ont permis d'accéder au statut de maîtresse. Et quelques mois plus tard, ils m'érigeaient au rang de marâtre – pour moi qui n'avais jamais été qu'imposture c'était une promotion inespérée.

*

La musique ne tarde pas à produire son effet sur la meute de mouflets qui s'engouffrent dans la cuisine. Excités, exhibant à bout de bras le costume de leur père comme s'il s'agissait d'un trophée ou d'une relique (en quelque sorte, ça l'est), ils me réclament la permission de se déguiser en

PRÉCIPITATIONS

clowns. J'aimerais accéder à cette requête mais leur fais constater que nous ne possédons pas trois costumes de clown à leurs mesures et que celui dont nous disposons – le seul costume de clown de la maison – est trois fois trop grand pour tout le monde. Même pour moi. Mais, m'exclamé-je, il y a un MAIS, chers enfants. D'une main triomphante, je désigne qui patientent sur la table le miroir en argent, les pinceaux, les éponges et les couleurs qui me permettront de les muer en parfaits petits bouffons. Car si nous ne pouvons pas nous déguiser en clowns (quoique la plupart d'entre eux ne soient jamais vêtus que de pauvres vieilles loques pas bien compliquées à improviser), nous pouvons nous maquiller.

Les enfants battent des mains, enchantés.

Je leur propose que nous cherchions d'abord un modèle à copier du mieux que nous pourrons. Je n'ai pas le talent de grimeur de leur père mais ça ira, ça ira, je les rassure — Des clowns il y en a pour tous les goûts, mes bijoux. Papa était un clown clarinettiste, mais vous, quel clown êtes-vous? Musicien tout comme lui – alors violoniste, clarinettiste ou trompettiste? – ou acrobate, jongleur, mime, drôle ou triste (ou les deux à la fois?) et agile, élégant, maladroit (ou les trois à la fois)? Comme de bien entendu, les enfants choisissent ce qu'ils connaissent et optent pour ce bon vieux clown à nez rouge – *j'ai un gros nez rouge, deux traits sous les yeux, un chapeau qui bouge, un air malicieux*. Nous chantons en chœur, nous gueulons très fort pour faire sauter les soupapes et évacuer les tensions. Quand je sens qu'ils se sont suffisamment défoulés, je lève les mains au ciel et leur commande de la boucler. L'heure est grave. J'ai profité de la chanson pour afficher sur l'écran de l'ordinateur le modèle qu'il s'agit de valider et exécuter sur leurs petits minois impatientés. Le clown que je leur propose d'incarner est l'auguste classico-classique qui figure sur l'affiche publicitaire d'un spectacle joué par le clan Bouglione du 15 septembre au 18 octobre 1970 sur la place Flagey, à Bruxelles. C'est un clown vieux de plus de trente ans, certes. Mais les clowns ne changent pas, contrairement à moi ils ne prennent pas une ride. La vie qui nous brise passe à travers eux sans vraiment les atteindre – clowns, ils peuvent tomber, trébucher, s'emmêler les pinceaux, chuter mille fois de leur chaise, pleurer des rivières, valser au fond des précipices, dégringoler les escaliers et se relever comme si de rien n'était. Jamais vous n'entendrez un os craquer à l'intérieur de leurs miraculeuses carcasses ; c'est le cœur qui encaisse.

Les enfants sont tout à fait d'accord : les clowns d'il y a trente ans valent bien ceux d'aujourd'hui. Alors nous y allons pour celui-ci. Un deux trois enfants s'assoient sur la table face à moi – je choisis de les grimer à la chaîne, tous à la fois ; je commence par entourer leurs jolis yeux d'un demi-ovale blanc – je peins les yeux d'Alban, les yeux d'Alice et les yeux d'Arthur, dans cet ordre. Puis je réattaque en sens inverse (Arthur, Alice, Alban) et à l'aide du fin pinceau contourne le blanc cru d'un trait noir. Après les yeux (que je salis encore un peu), je déforme leur bouche irréprochable pour en faire des gueules bien comme il faut : grotesques, disproportionnées, qui leur bouffent en noir et blanc la moitié du visage. Et quand c'est fait (vite fait, mal fait – trois coups de pinceau suffisent), je leur présente le miroir bras tendus — Miroir, mon beau miroir, ricané-je, dis-moi ce qu'il me manque! À l'unisson, et sans se consulter – et cette symbiose me laisse songeuse –, la fratrie me répond en tonnant: LE NEZ ROUGE, LE NEZ ROUGE, LE NEZ ROUGE! Le nez rouge doit être ajouté maintenant au milieu du visage comme la cerise sur le gâteau. Le moment est crucial. D'un geste autoritaire, je les prie de se taire et de rester immobiles pendant que j'officie: je fais éclore un nez rouge, deux nez rouges, trois nez rouges avec le bâton de *Rouge Pirate*, teinte n° 99 de chez Chanel – j'ai façonné trois petits clowns haute couture et suis fière de leur faire constater — Miroir, mon beau miroir, sommes-nous à présent les clowns les plus ridicules, les plus risibles et les plus hilarants du royaume?

Il n'y en a pas un pour contester.

Arthur – par nature rassembleur, bon chien de troupeau – me fait remarquer tout de même que moi je ne suis ni déguisée ni maquillée — C'est la fête, c'est nul si tu te contentes de regarder. Mets le costume de papa! Allez Pétra! Les enfants reprennent en chœur *Allez Pétra! Allez Pétra! Allez Pétra!*

L'idée de passer ce vêtement rugueux par-dessus ma peau déjà desséchée – grossesse oblige – ne m'enchante guère. Pire que ça: l'idée de revêtir ce vieux velours me fait une sainte horreur. Je souffle et fais la moue pour leur faire comprendre. De toute façon, je suis mille fois trop grosse. Impossible de fermer les mille milliards de boutons de ce vieux machin.

L'argument des boutons les laisse pantois, tous les trois sans voix. Je ne suis pas dupe cependant. Je sais d'expérience que les enfants sont opiniâtres et mon répit de très courte durée. Je cherche déjà un autre moyen d'échapper à l'entourloupe qu'Arthur – sourcils froncés – est en train de mijoter.

— T'es pas obligée de les fermer.

— Les boutons, tu les fermes pas, Pétra! Même que si tu mets le costume de papa à l'envers, le devant derrière, les boutons seront devant toi, ton ventre dépassera par l'ouverture, il aura toute la place pour dépasser et se mettre bien à l'aise.

— Mais ouais. Elle est super cette idée, confirme sa sœur. Même que *ton* ventre, *notre* petit frère, susurre-t-elle d'une voix sirupeuse qui me fout les jetons, on pourrait le maquiller tout comme nous, tout pareil, tous ensemble.

— Mais ouais. Même qu'alors on serait tous des clowns!

— Clown clown clown, abonde Alban.

Submergée, je suis sur le point de céder, d'accepter leur proposition peu commune. Me déguiser moi aussi. Jouer les clowns avec eux et pour eux. Les laisser me maquiller.

Finalement pourquoi pas?

J'ai toujours été influençable.

Étant moi-même d'un naturel peu doué pour la joie et la bonne humeur, je déteste saccager celles des autres – alors souvent je me laisse faire songeant que c'est pour la bonne cause, pour rendre les autres heureux ou pour leur faire plaisir; même si ça me contrarie, même si ça doit me fourrer dans de mauvais pas, entre de mauvais bras, ou dans de beaux draps. Je prends sur moi, voilà. J'obtempère. D'ac-

PRÉCIPITATIONS

cord, d'accord, j'accepte d'enfiler ce vieux bazar à l'envers, essayons voir ce que ça donne. En deux temps trois mouvements, j'enlève mon jeans et les enfants me présentent le costume dans lequel j'entre une jambe après l'autre. Avec des gestes frénétiques, les deux grands m'aident à remonter le costume par-dessus mon chemisier. La doublure intérieure du velours me pique immédiatement l'arrière des mollets, puis les cuisses, les fesses, le creux du dos, je suis irritée, griffée à travers le coton de ma chemise, c'est absolument insupportable. Cette torture me remet en mémoire la pauvre sainte Cécile (encore elle, c'est que j'aime les martyres, j'aurais pu être hagiographe) qui a fait vœu de chasteté et se contraignit à porter sous sa robe – le jour de son mariage forcé avec Valérien – une haire en étoffe de crin. Du crin contre la peau en signe de mortification ; c'était peu de chose mais ça avait marché : son mari dans la chambre nuptiale ne l'avait pas touchée, il ne l'avait pas violée, ne l'avait pas contrainte à forniquer. La chaste Cécile parvint même à convaincre le jeune homme de se convertir et prier. Oooh je prie les enfants de me ménager mais les enfants sont bien pires que le pire des bourreaux (ou des maris). Ils me contraignent à me contorsionner pour entrer dans cet habit qui n'est ni à ma taille ni en état de m'accueillir. J'enfile prudemment les manches qui me tordent les bras puisqu'elles ne se présentent pas dans le bon sens. Pour éviter de déchirer le tissu fragilisé par des années d'enfermement dans la manne à déguisements, je tire mes épaules vers l'arrière et cet effort fait ressortir mon ventre qui n'avait pas besoin d'être mis en valeur.

PRÉCIPITATIONS

— Alors, de quoi j'ai l'air?

Arthur me toise de la tête aux pieds et me fait remarquer que ouais, je suis marrante avec mon gros ventre qui ressort comme ça du costume de papa.

— C'est pas mal mais manque quelque chose. Là, ajoute-t-il en visant mon nombril.

Je vois où il veut en venir (il avait déjà annoncé la couleur).

— D'accord. Mais pas plus d'un trait ou deux, précisé-je en soulevant ma chemise et la coinçant dans mon vieux soutien-gorge.

— Un gros nez rouge, deux traits sur les yeux!

Le gamin me fait asseoir et m'enjoint de poser les deux mains sur mes genoux écartés.

Ensuite, il me dit de respirer, de me calmer, d'arrêter de penser, de me laisser aller. Quand il s'empare du bâton de khôl, je tente un ultime rappel à l'ordre — Pas plus d'un trait, Arthur! mais il m'interrompt d'un chut autoritaire, pose un index sur ma bouche et m'incite au silence. Je suis docile, patiente, muette (et à vrai dire pas fort inquiète) tandis qu'il examine ce ventre à transformer.

Les yeux du bonhomme – dorés au pourtour de l'iris mais moins ordinaires, moins beaux que ceux de son père – papillonnent. Ils s'allument sous le coup d'une idée puis commandent à la main coordonnée d'obéir. Cette main (elle pourrait être celle d'un médecin s'apprêtant à me piquer) – je suis lasse de l'observer. Je n'ai que faire de ce qu'elle fait.

108

PRÉCIPITATIONS

Alors je m'enfuis.

Regarde par la fenêtre.

De l'autre côté du haut carreau à simple vitrage, c'est la terrasse. Une sorte de patio polygonal (d'au moins sept ou huit côtés alambiqués, imbriqués l'un dans l'autre).

Le lieu est ombragé, ainsi protégé par de très nombreux murs. Il pourrait être agréable mais il est délaissé, encombré du bazar de l'été dernier, des jouets, le barbecue boule de Jamie Oliver édition limitée, une pataugeoire remplie d'eau noire, la draisienne d'Alban, des billes, une corde à sauter, des déjections disséminées, un figuier déplanté, le lierre qui n'en finit plus de grimper (détruisant les gouttières), six chaises bistrot, un reste de lavande dans le parterre, une table recouverte d'une toile cirée décolorée, des orties et d'autres sauvageonnes poussées vaille que vaille dans les lézardes du carrelage orangé. Contre le *mur du fond* – que je nomme ainsi uniquement parce qu'il me fait face – se dresse le billot de mon père. Un établi à outils composé de trois billes de chemin de fer assemblées par Achille, son père à lui. Sur cet établi (croix de bois croix de fer, je le jure), un rat gambade et m'observe de ses yeux d'obsidienne. Sous le regard du rat, je me sens sereine. Curieusement apaisée. Comme à ma place auprès de ce muridé. J'entends de loin mes petits chanter, s'époumoner – *j'ai un gros nez rouge, deux traits sous les yeux, un chapeau qui bouge, un air malicieux.* La main d'Arthur virevolte. Elle trace ce que je sens être un cercle autour de mon nombril (sans doute pour figurer un nez). Et alors que cette main emplit le rond du rouge à lèvres dont je reconnaîtrais la texture et

109

PRÉCIPITATIONS

l'odeur entre mille, le rat brun – beau surmulot – s'immo-
bilise sur le billot et tourne vers moi sa figure effilée, coiffée moustaches frémissantes — Mère, me dit-il, un jour,
bientôt peut-être, un jour tu arracheras le bouchon de sa
bonde, ce jour-là l'eau brune bouillonnera tourbillonnera
et tu reviendras à la rivière. *Come to the river wash your soul
again.*

6

Du mercredi matin où j'ai reçu le message de Marie au mercredi de notre fameuse sortie – déjà presque *aujourd'hui* – une semaine s'est écoulée qui n'aura été qu'une journée étirée, éreintante, ponctuée d'interminables insomnies. Par je ne sais quel maléfice (féroce), mon corps et mon esprit semblent s'être adaptés au rythme nycthéméral de mon enfant de deux ans : six fois d'affilée, je me suis éveillée à 2 heures du matin pour constater à la fenêtre que la lune était invisible et le soleil pas encore levé.

Il est 3 h 33. Marie vient nous chercher à la maison dans exactement neuf heures et vingt-sept minutes. Et je devrais me rendormir. Sur-le-champ. Sur le ventre. Ou le dos. Le flanc. Et j'essaie. Vraiment. Je fais de mon mieux. Je remue doucement, cherche ma place auprès du clown, presse mon ventre labouré de vergetures contre son dos lisse et doux, m'agrippe à la saillance de son bassin, passe une jambe par-dessus les siennes, transpire et renonce à sa peau, m'éloigne à nouveau, presque sans bouger rampe de l'autre côté, me replace de mon côté du lit d'où je l'écoute

PRÉCIPITATIONS

ronfloter, tâche de faire mienne cette respiration lente et profonde, suffoque, fulmine, enfonce mes ongles dans le moelleux du matelas, plaque mon oreiller en duvet sur mon visage exténué, pratique la respiration quadrillée, me retourne vers la fenêtre aux rideaux entrebâillés pour observer la girouette de l'église Saint-Martin – est-ce un coq ou une poule ? – et lassée de son immobilité me retourne en vain, vers le mur cette fois, où j'admire qui frémit l'ombre du cerisier aux branches crochues. Mais quoi que je fasse, rien n'y fait. J'ai beau compter mes moutons respirer me raisonner me vider méditer – me concentrer tout à tour sur chacun des sept chakras – je ne parviens pas à sombrer. Au bout d'un moment, forcément, je me lève.

Que faire d'autre ?

J'enfile mon peignoir gris et comme une souris me faufile hors de notre chambre. Prenant soin de refermer la porte sans faire le moindre bruit, j'avance vers la cage d'escalier dont j'imagine – à l'approcher et la guetter ainsi dans l'obscurité – qu'elle est la gueule béante de cette maison de maître ; toute prête à m'avaler et me régurgiter au hasard dans une pièce puis une autre.

La nuit dernière, j'ai gravi l'escalier et suis allée me perdre dans le grenier encombré de lambris et de rouleaux de laine de verre. Je me suis entamé la plante du pied gauche en marchant sur une scie affûtée. Alors cette nuit, je m'aventure prudemment au rez-de-chaussée. Je dévale les vingt-deux marches qui mènent au hall d'entrée, atterris des deux pieds sur le carrelage glacé – un pavement de dalles noires piquées de fossiles blanchâtres, coquillages spiralés, brins d'herbe,

112

PRÉCIPITATIONS

fragments millénaires qui tracent comme un sentier de Petit Poucet – et boitille jusqu'à la porte d'entrée avant de réaliser (empoignant l'affreux bouton en laiton) que je ne peux pas sortir, que ce n'est pas une option, que c'est hors de question, qu'il me faut impérativement faire demi-tour pour rester dans la maison. Robot programmé bien comme il faut, je fais volte-face et chemine sans but et sans bruit mais animée d'une crainte indescriptible, habitée d'une angoisse qui singe la ferveur. Précédée – gouvernée peut-être – par ma protubérance presque parfaitement ronde, je me déplace dans l'espace étroit du couloir comme une bille ou l'une de ces *balles magiques* dont raffolent les enfants : je roule absurdement, me cogne contre les plinthes et rebondis d'un mur à l'autre lorsque mon ventre les rencontre.

Je bute bientôt contre la porte vitrée de la terrasse – mais cette issue aussi m'est interdite. Stoppée net, je perçois dans le hall la présence de quatre portes closes. Deux d'entre elles (les plus grandes) donnent accès au salon-salle à manger (que je ne veux plus arpenter), une troisième à la cuisine (que je ne peux plus supporter) et la dernière, plus petite, discrète, *dérobée* dit-on, s'ouvre sur un escalier lui-même escamoté par l'obscurité : treize marches dont le tranchant d'une netteté surprenante indique qu'elles sont peu usées, peu empruntées et le lieu où elles mènent peu fréquenté.

Devant cette porte, je surprends qui traîne – ou m'attend – le petit seau rempli de bris de verre et des morceaux de ma tasse cassée mercredi dernier.

J'espérais que le clown le descende lui-même dans le kot où nous entreposons les objets brisés en attendant la collecte communale des encombrants. Je constate qu'il ne l'a pas fait. Et mon sang ne fait qu'un tour. J'y vais franco : de la main droite, j'attrape ce seau – ce n'est pas une mince affaire car son anse est cassée – et de l'autre je fais sauter le loquet. Ensuite je pousse la petite porte du pied et, avant de me laisser la possibilité d'hésiter, m'engage dans l'escalier qui conduit aux tréfonds de la maison, dans l'humidité de la terre battue ; une galerie fraîche jonchée de vieux souvenirs – les photos écornées d'un mariage (tu fais une si jolie mariée, Marie), les portraits d'un premier bébé (tu fais un si joli sourire, Arthur), du matériel de camping (une tente, des gamelles en aluminium cabossées), des étagères à outils, un billot de menuiserie, des planches, les armoires en kit d'une cuisine équipée qui ne sera jamais installée, une table, un abat-jour en rotin tressé, un fût de 220 litres (c'est précisé) bourré des bris de verre des mois derniers, des tentures en dentelle posées à même le sol, des pots de peinture et de pigment – du bleu, du bleu, du bleu (du ciel) dans des bocaux hermétiquement clos – des caisses à bananes débordant de vêtements importables et de livres illisibles, les restes d'une musaraigne démembrée par un chat et, disséminés çà et là, quelques sachets de mort-aux-rats.

Sans traînasser, je fais ce pour quoi je suis descendue jusque-là : je déverse le contenu du seau dans le grand bidon bleu et les fragments de ma tasse – l'œil furieux de mon père parmi eux – rejoignent en tintant le tas de mes récents dégâts.

Ma mission accomplie, je devrais remonter à la surface – je ne le fais pas.

PRÉCIPITATIONS

Je reste plantée à cet endroit, imaginant que je pourrais m'enraciner et m'enfoncer dans ce sol de terre molle. Le seau pendu à mon bras, la nuit suspendue au fond de la maison, j'en profite. C'est que le silence est dans cette cave d'une rare qualité – cru, absolu, diapré, il m'absorbe et m'englobe comme le ferait l'une de ces bulles de savon géantes que les enfants soufflent à la bouche.

Bercée par cette totale absence de bruit, j'ai la sensation de me reposer. Je dors debout – en équilibre, aussi stable qu'une jument sur ses quatre sabots – jusqu'à ce qu'à travers murs sols plafonds s'infiltrent les hurlements d'Alban. Mise sous pression, la sphère de silence se rompt et me rend. Le temps s'écoule et je m'échappe à contrecœur de ma cellule capitonnée. Je me précipite. Mue par l'instinct (le devoir enfin), me guidant à l'oreille, je me rue deux étages plus haut, m'engouffre dans la chambrette, cherche mon fils dans son lit, le retrouve, le soulève et le serre sur mon sein.

Les cris pleuvent avant de s'assécher dans mon cou et nous partons en promenade à travers la maison, en pleine nuit, comme nous le ferions en pleine forêt – *promenons-nous sous les toits, tant que l'esprit n'y rôde pas; le soleil a rendez-vous avec la lune mais la lune n'est pas là et le soleil attend*. Cette nuit, dix chansonnettes suffisent à ferrer mon bébé dans son deuxième sommeil. Je redépose Alban dans son lit à barreaux moins d'une demi-heure après l'en avoir tiré. Mais ne me recouche pas dans la foulée même si je devrais m'y obliger. Lançant mes bras devant moi comme deux bâtons luminescents, je reprends le cours de mes

PRÉCIPITATIONS

déambulations dans la maison que je croyais connaître et qui me paraît labyrinthique.

Et je marche. Je marche. Je continue d'errer.

J'aligne les petits pas boités en attendant que le clown vienne me chercher.

Comme il l'a fait ces dernières nuits – réalisant que je n'étais plus au lit – il se matérialisera bientôt à mes côtés. Je le sais. Aussi impérieux que le sont les pères et les fantômes et comme si j'étais sa fillette somnambule (et peut-être le suis-je), il apparaîtra où je me trouve, enfin où je me *perds* – à la cave, au grenier, dans le vestibule ou devant l'œil-de-bœuf ouvrant la vue sur la Place du Centenaire – il m'attrapera la main et sans un mot me guidera jusqu'à la chambre où nous nous recoucherons avant que le coq chante. Reprenant ma place contre lui, je ne pourrai m'empêcher de penser que cet homme n'a jamais rien fait d'autre que venir me chercher.

Je me souviens d'ailleurs très bien de la première fois qu'il a surgi à mes côtés – mais cette fois-là, c'est moi qui l'avais appelé, c'est moi qui l'avais *cherché*. C'était un dimanche, un peu plus de six mois suivant le dimanche de notre rencontre hasardeuse et des caresses miraculeuses dans sa voiture.

Je rentrais écœurée de ma répétition de clarinette – j'avais dans la bouche l'épouvantable reprise de *Yellow Submarine* sur laquelle nous avions clôturé la grand-messe – et j'étais épuisée. Sans raison (peut-être que je manquais de sucre,

PRÉCIPITATIONS

je n'avais pas mangé depuis deux jours), mes mains se sont mises à trembler sur le volant, mes yeux se sont embués et ça a été l'embardée, juste en face des papeteries Willy Papers, au bord du canal Bruxelles-Charleroi : la rencontre de ma Yaris et d'un hêtre pourpre. *Mon* accident de voiture – le seul parce qu'après ça j'arrêterais définitivement de conduire.

Par miracle, je n'étais pas blessée – l'arbre encore moins, avais-je constaté en caressant son écorce pour m'excuser. La voiture, par contre, était pliée au capot et refusait catégoriquement de démarrer. C'était un carnage, un sinistre total. Affolée, j'hésitais : je pouvais longer le canal vers la droite, rejoindre le village de mes parents (patelin au nom monosyllabique gouverné par des tyrans), me planter devant maman, m'excuser, m'aplatir pour la voiture aplatie — Je ne me suis pas endormie au volant, maman, je n'avais rien bu, je ne rêvassais pas. Moi, distraite ? Vraiment maman, je ne comprends pas ce qui a pu se passer, à hauteur des papeteries, au bord du canal, un hêtre pourpre – mais depuis quand cet arbre est-il planté là ? Ou je pouvais longer le canal vers la droite et rejoindre l'appartement luxueux (mais minuscule, 35 m² balconnet compris) que je louais pour 700 euros dans l'ancien couvent de Virginal. Pile en face de la charcuterie Jean-François. À côté du Central.

Au centre du vide.

Au-dessus de ma tête, le ciel s'assombrissait.

Les nuages mélangés aux fumées de la papeterie formaient une couche ouateuse et sale, d'une couleur qui rappelait celle du canal. L'orage se précisait et je n'aurais

PRÉCIPITATIONS

bientôt plus le temps de tergiverser. Tout bien considéré
– l'état de la voiture, l'état du ciel, mon état – le vide virgi-
nalois paraissait préférable aux rodomontades maternelles.
J'ai récupéré mon instrument sain et sauf dans le coffre de
la voiture et j'ai longé le canal vers la gauche pour rejoindre
l'endroit où je vivais. Où je vivotais. Où la plupart du
temps passait – à la trappe.

Cheminant dans les talus et les ornières, j'ai atteint la
grand-place du village plus rapidement que je l'avais imaginé. J'ai traversé le parvis de Saint-Pierre, passé une main
sur l'appui de fenêtre du Central pour récolter un peu de
poussière, boitillé sur le trottoir pavé jusqu'à la porte blindée
du couvent et me suis engouffrée dans la fraîcheur du bâtiment. Rassurée par le silence et l'obscurité de mon abri, j'ai
grimpé en courant l'escalier en béton – trois volées jusqu'à la
porte de gauche du deuxième. Fouillant mes poches – priant
toutes les saintes de ne pas avoir oublié mes clefs dans la
voiture abandonnée – j'ai failli pleurer et me suis reprise in
extremis. Je n'avais jamais été si heureuse d'entendre le cli-
quetis de la ferraille dans la serrure. Mais ce bonheur fut
de courte durée : condamnant la porte du studio dans mon
dos, j'ai su que c'était moi (moi moi moi et nulle autre) que
je condamnais. Plus que jamais, je me sentais prisonnière
de ce living étriqué. J'ai louché tout autour et ne sachant
que faire des restes du dimanche et de ma voiture éborgnée,
abandonnée, je me suis décidée : de la doublure de mon étui
à clarinette, j'ai extirpé le rectangle en papier que j'y avais
délicatement enfoncé en prévision du jour où, peut-être, la
nécessité se ferait sentir de l'en sortir. Et de le déplier.

PRÉCIPITATIONS

Les chiffres griffonnés au crayon sur un ticket de courses effectuées six mois plus tôt à l'Intermarché de Lessines étaient presque effacés. Je distinguais le 068/préfixe téléphonique d'une région immanquablement lointaine – et au recto la liste des emplettes : deux tranches de foie de veau, des pommes de terre (Manon spéciales frites), deux artichauts, un paquet de spéculoos (Family pack de chez Lotus), des langes-culottes Agility Dry et des compotes bio en berlingot, du Perrier et un carton de six bouteilles de Casillero Del Diablo en promo (une bouteille offerte pour une bouteille achetée) ; le tout pour un total de 67,54 euros. J'ignorais si c'était cher ou bon marché, je n'avais aucune idée du prix à payer pour ce genre de belle soirée.

J'ai pianoté le numéro. Je savais exactement ce que je faisais. Je savais *qui* j'appelais et pourquoi. Je savais même que mon interlocuteur serait de ceux qui décrochent à la première sonnerie.

On ne s'était pas parlé depuis plus de six mois et d'emblée il m'a appelée *ma chérie*. Alors j'ai su que c'était gagné : comme je l'espérais, ce clown ne m'avait pas oubliée, peut-être même n'avait-il pas cessé de me désirer. Je n'ai pas pris la peine d'écouter tout ce dont il a pu m'entretenir au bout du fil – mais de son torrent déversé, j'ai retenu qu'endéans la demi-année qui nous avait séparés son père était mort et sa Marie, partie. Lorsque ça a été mon tour de parler, je lui ai dit simplement que j'avais eu un accident de voiture.

119

Et cette annonce a eu l'effet escompté. Immédiatement, il s'est inquiété de savoir comment j'allais et si j'étais blessée — Non, l'avais-je rassuré, je n'ai qu'un bleu au tibia, ma jambe a percuté le bas de caisse.

Il a voulu que je lui confirme mon adresse. Et de sa voix redevenue intransigeante et dure m'a ordonné de ne pas bouger.

Et moi bien sûr, j'ai obéi.

Une heure plus tard, il s'est carré dans l'embrasure de la porte, je ne l'ai pas reconnu et j'ai su qu'entre nous il n'y aurait pas de retrouvailles mais bien une re-rencontre.

Inventoriant l'un après l'autre les grains de beauté rubis dispersés sur ses pommettes et autour de son nez, je me suis demandé combien de fois au cours d'une même vie une femme peut rencontrer le même homme. Je découvrais son visage débarrassé du plâtras farineux qui me l'avait dissimulé à la fête. À la lumière du jour, sa peau était claire quoique mate, burinée, légèrement ridée aux commissures des yeux et des lèvres. Ses lèvres étaient fines – trop pour moi qui les aimais charnues. Et ses sourcils inexistants, son front froncé, large et luisant. C'était une figure commune, surplombée par ce crâne rasé et raturé qui ne cessait de se faire remarquer.

J'aurais pu l'ausculter pendant des heures mais le clown impatienté a porté son regard par-delà mes épaules et j'ai senti ses yeux s'empêtrer dans la masse de mes cheveux emmêlés. Il m'a demandé s'il pouvait entrer – j'aurais préféré qu'il me demande la permission de m'embrasser. J'ai fait un pas de côté pour lui céder le passage. Lui a fait un pas de géant. Il s'est avancé par-dessus le paillasson *Welcome*, a glissé son pied botté sur le parquet ciré, s'est immobilisé au centre du living si bien briqué qu'il en devenait suspect, a embrassé d'un regard la kitchenette aseptisée, le coin salon, la table basse aux pieds sciés, l'unique chaise en osier, le divan deux places (sur lequel aucun homme contre moi ne s'était jamais laissé aller). Ensuite, il s'est tourné vers moi et m'a demandé l'air de ne pas y toucher si j'avais une culotte à portée de main. J'ai froncé les sourcils et me suis empourprée.

Et lui a insisté.

— Une culotte, Pétra. Des sous-vêtements prêts à être emportés.

J'ai pouffé. Je lui ai demandé si c'était sa manière *à lui* de m'annoncer que *nous* partions ensemble. Il a dit — *Tu* connais ma réponse.

Puisqu'il fallait partir, j'ai pris la peine de préciser que je ne reviendrais pas, je ne ferais pas demi-tour – je n'étais pas habituée aux demi-mesures. Je ne voulais plus revoir cet appartement et n'emporterais rien dans ce déménagement : ma tasse, ma clarinette et ma culotte constitueraient mon seul bagage. Il a opiné – sans rire, nous deux nous étions très sérieux – et m'a promis qu'il s'occuperait lui-même du bail et de l'état des lieux. Et nous sommes partis.

J'aurais pu demander où nous allions.

J'ai préféré ne pas poser de questions.

Où j'allais, finalement je m'en fichais.

La porte de l'appartement a claqué dans mon dos et ça ne m'a rien fait ou presque plaisir – je ne m'étais jamais approchée aussi près de ce presque.

PRÉCIPITATIONS

Nous avons dévalé les escaliers menant à la porte du couvent – une dernière porte à franchir.

Le clown l'a grande ouverte et s'est effacé pour me laisser passer. D'un geste du menton, j'ai répondu non : je préférais qu'il me devance.

Il s'est élancé vers la gauche – rue de la Mare-Bouchée – et s'est éloigné sans se soucier du fait que peut-être je peinerais à le suivre. Il fendait l'air devant moi, balançait les épaules de gauche à droite comme s'il fallait dégager quelque obstacle invisible, m'ouvrir la voie dans une forêt chevelue, emmêlée, imprenable. Chaussé de bottes lacées jusqu'aux genoux, il effectuait des enjambées ogresses et engrangeait les lieues sept à sept. Et j'étais distancée mais je ne pouvais pas me laisser semer. Étourdie, essoufflée, je trottinais aussi vite que je pouvais. Mes sandales – des huaraches que Veerle m'avait offertes l'été dernier – ne me tenaient pas aux pieds. Je trébuchais, me reprenais et trébuchais à nouveau. Pour me donner du rythme, j'ai compté les pavés, *un deux trois quatre cinq six sept violette violette un deux trois quatre cinq six sept.* Je progressais tête baissée mais la tête me tournait et, sous mes yeux embués, les pavés devenaient flous et semblaient s'animer. J'y surprenais de petits personnages qui tressautaient. Bonshommes bleuâtres qui me rappelaient les laitières, les poissonniers et les meuniers tu dors peints au bleu de Delft sur les carrelages que mon père alignait au cordeau au-dessus des lavabos. Sur un pavé carré évité de justesse, j'ai aperçu un visage qui ressemblait au mien. En plus vieux. Plus marqué. À mesure que je m'y attachais, l'image s'est précisée. Un zoom fulgurant m'a dévoilé mon sosie en plan large, de profil, arborant un ventre énorme. J'ai observé cette femme qui demeurait immobile – pas bien droite cependant, la tête dodelinant, les bras ballants, les mains plongées dans un évier rempli d'eau sale. Et j'ai pensé qu'elle rêvassait (mais j'ignorais à quoi). On aurait dit qu'elle regrettait, repensait, revoyait sa vie, amère, se repassait toute l'histoire en arrière. Je n'ai pas eu le temps de tirer ça au clair : un sifflement m'a transpercé le tympan, mon oreille gauche s'est trouvée hors service subitement, ma gorge s'est rétrécie et obstruée, je peinais à avaler ma salive, j'ai trébuché, la lanière de ma huarache gauche m'a lâchée et j'ai trébuché à nouveau ; une fois de trop.

Je me suis réveillée en sursaut, j'ignorais où, dans quel lit, à quelle heure. Là où j'étais couchée, il faisait noir mais j'ai senti que je n'étais pas seule. Lorsque mes yeux se sont habitués à l'obscurité, j'ai vu le clown qui m'épiait du fond d'un grand fauteuil aux accoudoirs chromés. Ses iris vert-jaune – d'un félin, d'un crocodilien ? – m'ont donné des envies de fuir et pour me contenir j'ai remonté le drap sur mes épaules dénudées.

Sans doute parce qu'il flairait ma peur, le clown a parlé et je suivais sa parole qui zigzaguait vers moi comme l'abdomen illuminé d'une luciole. Il m'a expliqué que j'avais dormi deux jours entiers. Et quand il m'a demandé doucement comment j'allais, j'ai bougonné que je me sentais idiote éberluée hébétée. Comme Blanche-Neige ou Aurore s'extirpant d'un sommeil forcé pour constater qu'elles

PRÉCIPITATIONS

avaient été monitorées, placées sous la surveillance d'un nain enrhumé, d'un prince charmant|charmé – ou d'un clown démaquillé ; pour ce que ça change.

Piqué au vif, le clown a précisé que je m'étais éveillée sans que quiconque se soit senti l'obligation de me donner un baiser — Rassure-toi princesse, avait-il chuchoté de sa voix décolorée, presque atone, je ne t'ai touchée que pour t'ôter ces sandales (qui sont fichues) et ton chemisier froissé. Visiblement satisfait par sa répartie, il a bondi du fauteuil, s'est étiré tel un félidé et me dominant de toute sa hauteur d'homme debout a déclaré qu'il était *grand temps de passer aux choses sérieuses.* Ses mots peu nombreux – ciselés, limpides comme des cristaux de sel – ont pénétré mon front entaillé et je me suis souvenue que ma tête avait heurté les pavés.

J'avais mal.

J'avais froid.

Je transpirais.

Le clown a quitté la pièce d'un pas délié et – soulagée, délestée un instant de la crainte que *ces choses sérieuses* m'inspiraient – j'ai tâché de réguler ma respiration de chienne tachycardée. Un deux trois quatre, j'ai retenu mon souffle. Un deux trois quatre, j'ai relâché. Les yeux clos, j'ai cherché à savoir si j'allais rester là – femelle alitée dans l'attente. Ou me lever. Prendre mes jambes à mon cou et la poudre d'escampette.

Fallait-il fuir maintenant ?

Ou le rejoindre dans *sa* maison ?

J'ignorais totalement comment prendre cette décision.

PRÉCIPITATIONS

Je me suis demandé comment faisaient les gens pour décider de ne pas partir et me suis souvenue que tout était primitivement question d'amour. Évidemment je ne savais pas comment j'aimerais cet homme – comment aurais-je pu savoir? Je le connaissais à peine. De ce clown, désormais mon *hôte*, je n'avais quasi rien expérimenté. Je n'avais aucune information par mon âme vérifiée, absolument rien sous la main – sinon le souvenir de la sienne se consumant entre mes cuisses – pour me permettre de choisir; partir ou rester *en connaissance de cause*.

Comme tant d'autres, pensais-je, cette histoire serait un jeu de hasard – marivaudage qui me ferait tour à tour maîtresse, traîtresse, princesse, servante, adversaire. Et mère, je le pressentais. Mère, je le désirais. Mère, je l'avais toujours désiré. *Et merde*, j'ai chuchoté. Cette fois, je jouerais le tout pour le tout. J'avais toujours été joueuse et la perspective de mon ventre bombé me donnait de bonnes raisons de parier sur l'histoire qui commençait.

En attendant que mon promis réapparaisse, j'ai retapé les oreillers et la literie et me suis composé comme je pouvais un air de femme à marier – enfin à garder, engrosser, ensemencer; pour ce que ça change. Ensuite j'ai écouté, me suis tendue, tout ouïe, vers les bruits d'une maison qu'avec un homme il me faudrait apprivoiser.

Dans sa demeure, le clown évoluait – je l'entendais aller et venir non loin de moi, je percevais la mesure des pas alignés calmement dans une pièce située juste sous la chambre, probablement au rez-de-chaussée. Des bruits domestiques surgissaient et me renseignaient; le claquement sec d'une porte refermée, le tintement aigu d'un verre qu'on sort de l'armoire en le cognant aux autres, le son sourd et mou d'une bouteille délicatement débouchée, le cri irrité des couverts entrechoqués dans un tiroir.

J'ai réalisé que le clown cuisinait et résolu de le traiter aux petits oignons.

Lorsqu'il a posé le pied sur l'escalier qui d'un instant à l'autre l'amènerait à me retrouver – moi, Pétra, déjà changée dans la chambre ou bien toujours changeante, pour ce que ça change – j'ai gravi avec lui chaque échelon, envisagé les stratégies et mesuré mes chances. Quand il s'est présenté à la porte, je me sentais prête à *beaucoup l'aimer* – enfin le garder, l'entourer, le choyer, en faire mon terrain d'investissement privé si vous voulez. Parce que tout bien pensé, tout bien pesé dans mon corps balancier, j'en étais certaine : un clown qui faisait la cuisine et des caresses miraculeuses ferait forcément un très bon père.

Sans se douter de ce qui s'était noué (dans mon ventre), le clown-cuisinier a basculé l'interrupteur en bakélite – un vieux commutateur rotatif comme on n'en fait plus. Il a esquissé un sourire et s'est avancé dans la lumière crue les mains emplies d'une assiette en porcelaine – mais si grande, si blanche, presque parfaitement ronde : c'est la lune qu'il me posait sur la couverture.

— Mange, il a dit.

Et moi bien sûr, j'ai obéi.

Au centre d'une mosaïque de poissons crus préparés en sushis et sashimis et agencés de sorte à tracer un dédale circulaire, j'ai prélevé une pincée de petites billes orangées

PRÉCIPITATIONS

– œufs de saumon ou d'éperlan, je l'ignorais – et les ai écla-
tées comme autant de questions avortées contre la voûte de
mon palais.

Sans regret.

7

Marie arrive dans une heure et c'est le bordel intégral. Les enfants traînent en pyjama. J'ai accumulé un retard inimaginable dans *mon* ménage, *mes* vaisselles, *mon* linge et *mes* lessives ; impossible de dégoter pour Alice un chemisier assorti à l'unique jupe (un peu courte mais il faudra faire avec) que j'ai sous la main. Et j'ai été obligée de lui enfiler une culotte pas très nette ce matin. Disons presque propre. Faute de mieux. Faute. Faute. Faute. La faute à qui ? Ooooh pas à *lui*. Quelques heures après mon réveil dans son lit, *lui* m'avait avertie, il me l'avait bien dit ce soir-là, deux enfants déjà grands sur les bras d'une fille qui n'en a jamais eu ; deux|enfants, il avait détaché les mots qui s'étaient élevés et qui avaient voleté avant de retomber sur le matelas pour y creuser deux petits trous noirâtres.

Et qu'est-ce que j'avais fait, moi ? Qu'avais-je fait de ces mots-là ? Strictement rien. Nada. Je ne m'en étais pas inquiétée. Pas même un peu. J'avais laissé tomber les mots cendreux – leur insignifiance de mots creux. J'avais laissé dire, laissé couler sur moi les sortes d'avertissements que le

PRÉCIPITATIONS

clown proférait à voix basse – manque de temps, il y reve-
nait sans cesse, manque de temps, fatigue, liberté réduite
à rien, peau de chagrin. Il désirait savoir si j'étais prête à
m'embarquer là-dedans et je me fichais de cette embarcation (si elle flottait ou si elle prenait l'eau). Il me parlait
d'une galère – fatigue privations manque de temps temps
qui passe – mais je n'avais jamais été libre et du temps j'en
avais à revendre. Alors non, je n'écoutais pas. Je refusais
de considérer ces prédictions avec le sérieux qu'elles méri-
taient. Le clown jouait l'oiseau de mauvais augure. Et moi
– allongée dans son lit, me rassasiant de riz sushi – j'avais
seulement le cœur à rire.

Ce matin, je ne ris pas.
Arthur erre depuis une heure à la recherche d'une misérable bottine égarée – une chaussure bleue, en cuir satiné
(du daim d'une très belle qualité), garnie de deux scratchs
argentés. Le genre de chaussures qui se faufile absolument
partout. La perfide peut nous épier depuis le dessous du
canapé, s'être enfuie sous le siège passager de notre Ford
Transit ou même enfoncée au plus profond d'un bac (enfin
d'un *gouffre*) à jouets. Le gamin ne sait plus où chercher.
Moi-même je suis perdue. Éreintée par mes nuits sans sommeil, je cours comme une poule sans tête.
Je gueule. Je caquette.
— Elle est dans ta chambre, cette chaussure.
— J'ai déjà regardé partout dans ma chambre.
Il a parlé d'un ton geignard.
Plus pleurnicheur que ça tu meurs.

PRÉCIPITATIONS

Les gosses ont le chic pour ça, j'ai remarqué. Ils vous prennent des voix lugubres et des visages d'apocalypse pour un oui pour un non. Une chaussure égarée et c'est la fin du monde (et en quelque sorte ça l'est).

— Arthur, si tu me forces à la chercher moi-même, ta bottine, ça va barder. Retourne voir. Ta chaussure est forcément quelque part *dans ta chambre* puisque je te les ai enlevées toutes les deux *dans ta chambre* hier soir avant de te mettre en pyjama. Puis range ton bazar, tes Lego, tes Naruto, y en a partout, j'en ai plus que marre – j'm'appelle pas Marie, bon sang. Me regarde pas comme ça. Dépêche-toi. Ta mère. Arrive. Dans une heure.

— Quoi encore?

Un frémissement.

Bruissement sournois à ma gauche qui m'indique la présence dissimulée de l'autre petit monstre. Pas besoin de vérifier. Je sais qu'elle est planquée là. C'est Alice qui me guette de derrière cette enceinte Yamaha (moins enceinte que moi). Ce baffle poussiéreux prend une place folle dans la salle à manger et depuis que je vis ici le clown n'a même jamais daigné le brancher.

— C'est pas le moment de jouer à cache-cache.

Elle fait ça souvent, la petite.

Peut-être parce que je lui fais peur ou qu'elle veut me prendre en défaut, me piéger? Comme cette chaussure qui nous cause tant de tourments ce matin, la fillette se cache et m'épie de derrière ou dessous les meubles – un fauteuil, une table, un portemanteau; n'importe quoi, n'importe quel objet assez haut et assez large pour la soustraire à ma vue.

130

Comme elle est minuscule (en secret, je l'appelle le farfadet), les cachettes et postes d'observation ne manquent pas.

— Sors de là, Alice. Va aider ton frère à retrouver sa godasse. Maman arrive dans une heure.

Il est grand temps de réveiller Alban. Ce n'est pas l'heure habituelle de sa sieste mais j'ai préféré le faire dormir. Il faut qu'il soit en forme, mon bonhomme. Je ne veux pas courir le risque qu'il soit fatigué et me fasse remarquer. Que les gosses des autres soient infernaux, ça m'est égal. Mais pas Alban, ça ne se peut pas, pas *mon enfant*. Je ne peux pas me le permettre. Pas la moindre envie de m'afficher aux yeux de Marie comme une mauvaise mère, ces femmes qu'on ramasse à la petite cuillère, les exténuées, les défaillantes, les mollassonnes, les trop gentilles, les pas cadrantes, les laxistes, les permissives, celles-qui-disent-amen-à-tout-parce-que-c'est-plus-facile – celles-là mêmes que j'incendiais *avant*; celles que je prenais de haut et dont je parlais à voix basse au cinéma ou dans les restaurants — C'est pas croyable, une telle éducation. Je peux te dire que quand j'étais petite, moi, j'avais qu'à bien me tenir. Il aurait pas été question que je quitte la table pour courir comme une folle à travers toute la salle, avec mon père ç'aurait été tintin ou c'étaient ses quatre doigts dans ma figure. Ils sont épouvantables ces gens. Incapables de tenir tête à un gamin de cet âge – quel âge a-t-il au juste, deux, trois ans? Ça promet. Évidemment si sa mère lui parle avec cette voix-là en lui faisant une gueule pareille, il peut pas comprendre. Autorité zéro. Pédagogie de la patience? Je t'en foutrais. Ma mère elle en avait, elle. Elle avait de l'autorité, de la poigne, elle en avait à revendre même, jamais t'aurais osé broncher. Avec ma mère, tu restais gentiment sur ta chaise à lire ta BD, à colorier ton petit poney, enfin à te faire chier. Quoi? Oui, mon amour, je parle comme une poissonnière. Qu'est-ce que ça peut te faire? Ça ne m'empêche pas d'avoir raison. Mais regarde-le, ce poison. Regarde-moi ce gamin qui court dans tous les coins. Ma main au feu qu'il tombe et fait tomber la serveuse – cette cruche qui lui dit rien non plus. Ils attendent quoi tous ces gens? Ooooh. Je te le visserais sur sa chaise moi. Et vas-y que ça hurle et vas-y que ça tournicote dans les rideaux avec ses petits doigts tout gras, je peux te dire qu'avec moi ce cinéma ça prendrait pas. Au restaurant, on reste à table, y a des règles, quand on dit non c'est non, c'est pas la mer à boire.

— Non, Alban. Tu as deux ans. Deux ans comme ça. À deux ans, on ne boit plus de bibi de lait tiède. Maman a dit non. C'est non.

Mal réveillé, mon fils se tortille dans ses draps pour échapper à mes mains qui le cherchent. Il pleurniche. Réclame un bibi et me tire cette tête que je connais trop bien, celle qu'il faisait déjà le jour de sa naissance, son premier regard – pas rieur pour un sou, scrutateur, interrogateur sous ses sourcils froncés. Deux yeux pâles, bien trop sérieux pour un enfant de cet âge.

Le clown me rassure constamment à ce sujet.

Lorsque je m'inquiète de ce que notre garçon semble incapable d'insouciance, il m'explique que les enfants sont des êtres éminemment sérieux. Jusqu'au jeu qui est une affaire d'importance, aussi importante que l'est le travail, l'activité professionnelle, pour la plupart des adultes.

Chantonnant pour couvrir les cris de mon fils et le faire taire j'espère *l'araignée Gipsy monte à la gouttière*, j'essaie de me souvenir quand j'ai travaillé pour la dernière fois (ou la première, c'est à peu près pareil), travaillé sérieusement *tiens voilà la pluie*, comme une adulte, travaillé d'arrache-pied, travaillé pour m'épanouir comme martèlent les filles de mon âge, pour faire carrière *Gipsy tombe par terre*, pour me faire mon trou, ma niche, pour gagner mon propre argent *mais le soleil a chassé la pluie*. Depuis mon arrivée ici, le clown m'entretient. Financièrement. Bien sûr il m'est arrivé de faire des missions en intérim mais rien de bien juteux. J'ai bossé quelques mois dans une casse de voitures *l'araignée Gipsy monte à la gouttière*, peser des carcasses sur la bascule et recopier des numéros de châssis à longueur de journée *tiens voilà la pluie* le travail était simple, le patron adorable – Claudio, il me surnommait Laziza, *Gipsy tombe par terre*. Cette mission accomplie, j'ai bossé dans une gigantesque librairie, de celles monstrueuses qui te refourguent un mauvais concept et le bouquin du mois. Avec d'autres filles *l'araignée Gipsy*, j'encodais les codes-barres des albums jeunesse *monte à la gouttière* dans les bases de données dédiées – des suites de chiffres commençant invariablement par 978. Le vendredi soir, on pouvait rapporter un invendu (un livre d'images abîmé, un DVD griffé, un «coffret massage aux huiles essentielles» dont les flacons d'huile s'étaient mystérieusement volatilisés), on

PRÉCIPITATIONS

ramenait ces bêtises à la maison pour faire plaisir au mari ou à la marmaille *tiens voilà la pluie.* Le boulot était pénible, mal payé, et la directrice RH – une vieille araignée – virait à tour de bras *Gipsy tombe par terre.* Je n'ai pas fait long feu dans la boîte *mais le soleil a chassé la pluie* et je n'ai plus fait grand-chose contre de l'argent après ça ; des relectures, des corrections, quelques piges mal torchées pour l'édition belge de *Paris Match.*

Entre les coups, c'est-à-dire la plupart du temps, je chôme. Alors j'entretiens la maison. C'est la moindre des choses. Fée du logis, je fais le ménage. Virevolte d'un coin à l'autre de la vaste demeure (sans grâce ni légèreté, je ne suis pas libellule), feins d'ignorer Arthur qui émiette ses petits-beurre dans mon dos, ignore Alice qui répète inlassable qu'elle s'embête bête bête et les remballe aussi sec quand d'une même voix, la bouche en cœur, ils me proposent de *l'aide* – une fois, une seule fois, j'ai accepté le coup de main des marmots ; m'en suis mordu les doigts, bouffé la main entière. Je me concentre sur les choses à faire. M'amuse comme une gamine de la moindre excentricité ménagère : gratter les rainures du parquet pour en déloger un lambeau de pelure, c'est le top du dépaysement. J'ai des gestes mécaniques – cependant la mécanique n'est pas rodée et les expertes les voisines ma grand-mère répètent en chœur que ça viendra, naturellement ça viendra, tout est affaire d'or-ga-ni-sa-tion. Les lessives surtout me donnent du fil à retordre. L'amoncellement de linge dans la salle de bains et l'impossibilité d'en venir à bout ne fût-ce qu'une fois, une

134

toute petite fois. Mon désarroi quand je viens d'habiller les gamins de propre et que je dois les changer – tout refaire, dégoter un ensemble T-shirt / pantalon ou une jupe et son chemisier assortis – parce que leur père a trouvé bon de leur servir un Gervais à la fraise (forcément le plus salissant) ou un triangle de pizza Margherita. Et les vaisselles, l'amoncellement de vaisselles, les vaisselles en flux tendu dans ma cuisine exiguë. La tête du clown lorsqu'il me surprend à essuyer ses assiettes en raki avec une taie d'oreiller Mickey. Et l'aspirateur à passer le matin et le soir. Le fameux *coup d'aspirateur*, indispensable dans une maison hébergeant des enfants et un chien coincé dans une sorte de mue perpétuelle. En quelques mois et au désespoir du clown qui me les sélectionne minutieusement avant de me les offrir pour Noël ou mon anniversaire, j'ai détruit deux aspirateurs en les laissant dévaler les escaliers. Depuis la fin tragique de mon regretté Karcher (mon petit préféré), je promène prudemment mon Rowenta Silent Force du rez-de-chaussée au grenier. Protégée par le ronflement du moteur qui dresse un écran protecteur entre le monde et moi, je me dicte à voix haute des phrases que je n'écrirai pas. Je réinvente ma vie, je me rêve comédienne, écrivaine, capitaine d'un navire, je fends des eaux brunes qui bouillonnent tourbillonnent à la recherche de qui peut être sauvé – les femmes et les enfants d'abord, bien sûr – je me fais des films, un poème, une histoire d'amour impossible, parfois des blagues ou des charades idiotes ; *Maternité et Écriture sont sur un bateau, Maternité tombe à l'eau. Que reste-t-il ? Maman les petits bateaux qui vont sur l'eau ont-ils des jambes ?*

PRÉCIPITATIONS

À deux tiers temps, je m'occupe de mes trois-bientôt-quatre enfants. On ne peut pas parler d'*amoncellement d'enfants*, mais quand ils déboulent dans mes jambes pour me faire tomber ou sur mes bras pour me les briser – lorsqu'ils se jouent de mon corps et me le démantèlent comme un jouet, vulgaire poupée de tir aux pipes – j'ai la nette impression qu'ils sont des milliers.

Arthur Alice Alban lissent mes journées. Ils les remplissent aussi. Je les habille, je les déshabille, je les lave, je les habille, je les déshabille, je les lave – c'est répétitif, assommant, ici encore je m'appellerais Gervaise – je leur raconte des histoires à dormir debout, celle du *Renard à sept queues* les endort à tous les coups. Quand ils s'éveillent la nuit, je sors de mon lit, je retends les couvertures, déniche les tétines et les doudous, je rassure du mieux possible, *le chat ne viendra pas manger ton petit doigt, promis, il a déjà bouffé un rat.* Je fais le tour des chambres pour dénicher les monstres, j'inspecte les armoires, soulève les tapis et rampe sous les lits, je pousse au fond des malles les figurines qui effraient, Mickey, Monsieur Patate, le cochon-tirelire, je console à toute heure, soigne les quintes de toux avec du sirop de sureau et les bobos avec du mercurochrome, des pansements Disney, des baumes et des pommades, Calendula, Arnica, Homéoplasmine, Calmiderm, Euceta (je les ai toutes, collection comme une autre), en hiver je tartine les lèvres au Dermophil indien et l'été les dos et les épaules avec la crème indice 50 anti-UV de chez Garnier, tous les matins du monde, je prépare des vêtements et course les chaussettes, je bourre les bols de céréales mielleuses ou chocolatées (toutes trop sucrées), remplis les tasses de cacao, vérifie les mallettes, prépare les maillots, les sacs de gym, j'inspecte et organise les cartables, trop remplis, trop lourds pour ces petits dos duveteux, et le soir je refais tout en sens inverse – faire et défaire, c'est au moins être utile – je pose les cartables sur la table de la salle à manger, j'en ressors les cahiers, signe les journaux de classe et surveille les devoirs, les leçons d'histoire et de mathématiques, l'écriture, les premières lettres d'Alice, les huit mots de dictée d'Arthur. Dans un premier temps, l'enchevêtrement des tâches domestiques me rassure, l'éternel retour du même, ce recommencement maternant, la démultiplication des tâches ménagères, la flopée de corvées qui me bouche les oreilles et me remplit mon temps, mes creux, mon vide. C'est simple et éreintant, c'est souvent gai, des choses à faire presque sans y penser – et si parfois je ne les fais pas *comme il faut*, si je m'y prends mal à entretenir enfants et foyer, personne à part moi (et Marie peut-être) ne pourra me le reprocher.

Je ne suis plus sûre de rien aujourd'hui *tiens voilà la pluie*. Je me souviens seulement que je les voulais ces enfants. Ai fait des pieds et des mains pour les avoir. Des examens à n'en plus finir, écho sur écho, fausse couche sur fausse couche. Aucun incident d'ordre sanitaire n'aurait pu affaiblir mon désir de bébé. J'avais prévenu dès le départ, j'avais été claire moi aussi, j'avais plongé mes yeux dans ceux du clown et lui avais mis les points sur les *i*, je lui avais dit : je prends le kit complet, je te prends toi, Alice, Arthur et tout ce qui va avec. L'affaire est faite – tu peux me fourrer un chat dans un sac et ce que tu veux dans la bouche, je prends. Je prends ton divorce, je prends Marie, tes clowneries et ta mélancolie, je me farcis les amis qu'il te reste, les meubles que je déteste, ton frigo et cette affreuse trancheuse, je prends tes allergies imaginaires, tes maladies auto-immunes, tes souffrances, je prends ton alcoolisme latent et ton agressivité rentrée, je prends tout ; la seule chose que je veux, moi, c'est être pleine. Je ne lui avais pas parlé sentiments ce soir-là, mais les choses étaient claires : l'amour et la maternité n'iraient jamais l'un sans l'autre. C'était donnant-donnant. Et je crois que le clown aimait l'idée de refaire un enfant. De se refaire. Se redonner une chance, redorer son ego. Recommencer avec une autre femme, tout le bataclan, une famille, une belle-mère, une baraque, des vacances. Tout était à reconstruire, sauf le mariage – *de toutes les filles qui vivaient ici, j'étais la seule sans mari*. Et je m'en foutais. On penserait plus tard aux cérémonies. Ce qui comptait avant tout, c'était la grossesse. Je devais être enceinte. Fissa. J'avais follement besoin de savoir ce qu'on éprouve quand la ligne rose ou mauve ou bleue apparaît dans la fenêtre de test. Alors des tests de grossesse, des précoces fiables à plus de 99 %, j'en ai passé plus souvent qu'à mon tour – Paulette, la pharmacienne, me gratifiait d'un regard trahissant sa pitié quand d'une semaine à l'autre je venais lui acheter ces bâtonnets qui demeuraient muets (alors même que je les gorgeais de l'urine du matin, la plus concentrée en HCG, la plus *parlante*). Bâtonnets obstinément blancs. Vides. Sans la moindre ligne, même

PRÉCIPITATIONS

imaginaire. Chose étrange, je ne parvenais pas à jeter à la poubelle ces morceaux de plastique maculés d'urine. Une fois leur verdict rendu – comme une accusation – je les cachais dans la salle de bains (derrière les WC, où je venais de rendre un pipi inutile), je les enfouissais au fond des tiroirs, sous les maillots de bain, derrière les serviettes, dans mon beauty-case, dans l'étui où le clown rangeait son rasoir électrique, dans la pharmacie. Il y en avait partout, ils me minaient. Je me jurais de les éliminer le jour où l'un d'entre eux, plus chanceux, m'annoncerait un bébé, ce jour-là je pourrais faire fi de ma superstition. Pas avant. Quand les enfants me questionnaient – forcément, il leur arrivait de dénicher un de ces machins – je les balayais d'un revers de main ; *c'est un truc de grands, on remet ça à sa place.* Peu à peu, la peur faisait son nid dans mon ventre. M'envahissait à la place du fœtus. Je paniquais. Je doutais du clown – avais-je parié sur le mauvais cheval ? Non, *ça* ne pouvait pas venir de lui. Je me cachais à la buanderie, à la cave (dans le kot à poubelles, recroquevillée derrière le bidon rempli de bris de verre) et soulevais mon pull pour tripoter mon ventre. Je suspectais. Le spectre de la stérilité rôdait dans ma chambre. La honte sur mon visage. J'avais trente ans et pas un enfant, sinon deux des autres. J'étais un ersatz de femme. Infoutue d'être femelle – mes mamelles pendaient mollement, mes mamelles inutiles, n'était pas Louve à Rome qui veut. J'étais inféconde et c'était ma faute faute faute. J'étais condamnée à demeurer belle-mère. Condamnée à aimer des petits qui ne m'aimeraient jamais *autant* qu'ils aimaient leur mère (qu'ils aimaient Marie) ; c'était mon sort, ça, mon rocher sur mon dos. Et la nuit, quand la jalousie ou je ne sais quoi fourrageait mon ventre sec, c'est à Marie que je pensais – comment elle avait fait, elle, comment elle avait bougé, comment elle avait joui, comment elle s'était cabrée, calibrée, comment elle s'était ajustée au corps du clown pour faire venir à elle tous les petits enfants.

Sur la table à langer, mon enfant hurle.

Son ventre se gonfle puis se creuse au rythme des cris qui s'élèvent ininterrompus, rauques, venus du plus profond. J'ai beau lui répéter que nous devons nous préparer, nous faire tout beaux pour aller au spectacle, au *cirque*, il ne veut rien entendre. Il veut ce bibi, il n'a que ce mot à la bouche. Bibi maman. Bipi. Sa petite bouche se déforme. Bute sur le *b*. Il trépigne, me martèle la poitrine de ses petits poings rageurs et jette ses pieds dodus dans mon visage quand je veux le langer. Quand il hurle de cette façon, une veine se dilate sur son front et ses yeux verts pâlissent. Et cette métamorphose m'impressionne autant qu'elle me fait peur – quand les yeux de mon fils s'éclaircissent c'est qu'en lui tout s'assombrit.

L'orage guette.

La grosse colère.

— Tu devrais lui donner son bibi. Il va jamais se calmer. Et on va être en retard.

Attiré par la déferlante de hurlements, Arthur est entré dans la chambre de son frère et se tient nonchalamment dans l'embrasure de la porte – c'est le portrait craché de son père.

— Tu as retrouvé ta chaussure ?

— Non.

— Mais qu'est-ce que tu fais là alors ? Cherche !

— J'ai cherché partout. J'peux mettre mes bottes ?

— Hors de question. Maman te paie pas de superbes bottines – tu sais combien ça coûte, dis ? – pour que tu portes tes bottes ravagées. Et pour sortir avec elle par-dessus le marché. Qu'est-ce qu'elle va dire, maman, quand elle apprendra que t'as perdu ta chaussure ?

Arthur secoue la tête comme si ce geste pouvait l'aider à dissiper mon agressivité.

— Mais pour aller au cirque, c'est bien, des bottes.

— J'ai dit non, Arthur. N'essaie pas. Non, c'est non.

Mon beau-fils tournicote dans mes jambes, l'air plus désespéré que jamais. Il tente de m'infléchir. Excellent comédien, il m'a eue plusieurs fois en me tirant cette tête-là. En promenade, en forêt, il a même réussi à me faire gober qu'il était en train de faire une crise cardiaque, ou un AVC, il s'est effondré au pied d'un chêne, il haletait, son cœur battait la chamade, il avait mal au bras et n'y voyait que d'un œil. Je l'ai porté sur mon dos jusqu'à la maison, folle d'inquiétude. À peine avions-nous franchi le seuil qu'il sautait par terre et s'ébrouait comme un chiot après la pluie.

J'ai juré qu'il ne m'y prendrait plus.

— Écoute Arthur, tu perds tout, j'en ai marre, marre, plus que marre. C'est toujours la même chose. Dis-moi bonhomme : est-ce que moi je perds mes affaires ?

Je crains un instant que le gamin réponde à cette question qui n'en est pas une (en vérité, je perds tout, c'est une plaie, j'oublie constamment l'ordre des choses) mais bon prince, il quitte la pièce sans prononcer un mot. Je m'en sors plutôt bien. Mais je m'en veux subitement. Je me sens coupable. Ça me tombe dessus sans prévenir. La honte, comme un coup de massue sur la nuque. Je me sens lamentable de le laisser partir comme ça, tête baissée, épaules affaissées – tout penché vers l'avant, arqué, presque à terre. Si c'était Alban, si c'était *mon* fils, si ça avait été sa bottine *à lui*, je serais nécessairement intervenue d'une autre manière – il s'en serait fallu d'un cheveu pour faire la différence, un rien, un encouragement, un geste pour dédramatiser, une main ébouriffant ses cheveux, une caresse, un clin d'œil, un mot rassurant. Au lieu de ça, je laisse Arthur quitter la pièce sans mot dire. Me maudissant sans doute. Ressassant pour lui-même l'injustice de son sort.

Je me sens mauvaise, et plus encore parce que je suis consciente de l'être. Sous le coup d'une colère, accès de haine que rien ne justifie (misérable bottine égarée) je me métamorphose, j'enrage, je glapis, pâlis, une veine gonfle à mon front – tendue comme un câble qui menace de lâcher – et mes mains et mes traits se distordent. La ménagère éreintée se transforme en mégère écumante. Et la mégère en marâtre.

Marâtre.

Le mot surgit d'on ne sait où ; balle de 5 mm qui rebondit sur les murs de la pièce en sifflant. Je presse Alban contre ma poitrine pour le protéger du projectile. Enfonce mon visage dans ses cheveux fins qui fleurent la camomille et le

PRÉCIPITATIONS

lait caillé. La bille en acier percute les murs et des images
mon esprit – au même rythme. Ma vie défile sous mes paupières baissées. *Tactactactactactactactactactactac.* Vingt-
quatre images par seconde. En rafales, des images de ma
vie de marâtre – quand je n'aide pas Arthur à retrouver sa
chaussure alors que *je sais* où la trouver, quand je le laisse
errer dans la maison hostile sans venir à son secours, quand
sa tristesse d'enfant m'indiffère, quand presque je m'en
repais, rapace, me délecte à la vue de ses yeux de chien
battu, sa tête baissée, ses épaules affaissées, quand Alice
m'exaspère de ne me servir à rien, de ne faire ni la vaisselle
ni la lessive, de n'être pas une femme au fond, pas *ma* fille,
de n'être même pas *à moi* mais seulement encombrante,
toujours dans mes jambes, dans mes pieds, cachée derrière
la porte ou l'ampli, à m'épier de ses yeux en fente, ses yeux
jaunes de farfadet, quand le matin je passe la brosse dans
ses cheveux filasse, emmêlés, quand elle geint parce que je
lui fais mal et que *je sais* ce que c'est (d'avoir eu un père qui
vous tire sur les cheveux à vous brider les yeux) mais que je
tire quand même, *va falloir t'endurcir un p'tit peu ma p'tite
caille*, quand elle veut un bonbon et que je lui refuse prétextant des caries, quand je *range* les bonbons en haut de
la bibliothèque ou au fond des marmites, quand ils – lui,
elle, indifféremment – me réclament une babiole, un p'tit
cadeau et que je leur fais les comptes, *vous savez c'que ça
m'coûte, l'argent m'pousse pas sur le dos*, quand ils sont sur
mon dos, du matin au soir sur mes reins, avec des sourires
qui attendent un rien, un encouragement, un geste, une
main ébouriffant les cheveux, une caresse, un clin d'œil,

143

un mot doux, mais quand je leur rends la monnaie de leur pièce – parce qu'il faut bien qu'ils paient tout ce temps qu'ils me prennent, fatigue privation manque de temps temps qui passe, la jeunesse qu'ils me bouffent – quand ils me cherchent et que je les remballe, *dans ta chambre*, quand dans ces chambres d'enfants je pousse des glapissements aigus pour un mouchoir ou une culotte qui traîne, mais quand je surprends sur moi le regard du clown, son regard triste, toute la tristesse et tout l'amour du père dans ses yeux ordinaires et que je fais machine arrière, brutalement arrière toutes, suppliant à la fois le Bon Dieu, toutes les saintes et Marie (la sienne, la mienne) qu'ils me pardonnent, *je ne sais pas ce que je fais*, promettant tout à la fois, en vrac l'amour les caresses les cadeaux les bonbons, coursant les enfants à travers la maison, ouvrant les rideaux, allumant la lumière dans toutes les pièces, tombant à genoux, agrippant les petits bras — Ta chaussure est sous le fauteuil rouge, ta queue-de-cheval est de traviole, attends, je vais la refaire.

Marie arrive une demi-heure plus tard et les enfants ne sont pas coiffés. Les cheveux d'Alice lui tombent comme un rideau effiloché devant les yeux et ceux d'Arthur se dressent en épi au sommet de son crâne. J'ai rassemblé ce qui me reste de chevelure en un chignon maigrichon – ma mère appelle ça *une crotte*, je déteste cette coiffure. J'ai une tête à faire peur – de quoi rivaliser au cirque avec n'importe quel freak – suis fagotée comme une ménagère qui n'essaie plus de dissimuler son obésité (fin de grossesse oblige, mes pantalons sont trop étroits, je me suis entrée dans ma jupe la

PRÉCIPITATIONS

plus lâche, une Paprika taille 44, achetée pour 2,5 euros en brocante, elle a un siècle et deux trous dans sa doublure), Alice porte une jupette à volants et un chemisier criard – assez laid, assez propre. Le living est poussiéreux et sens dessus dessous. Le canapé Le Corbusier est recouvert de linge qui attend depuis si longtemps d'être repassé qu'il faudra d'abord penser à le relaver. Et je n'ai pas eu le temps de faire la vaisselle, ça m'horripile au plus haut point. Je prie pour que Marie n'ait pas soif. Qu'elle n'ait pas besoin d'entrer dans ma cuisine ni nulle part ailleurs.

Quand elle débarque, ma mère doit systématiquement aller aux toilettes et je frémis de honte à l'idée que Marie puisse elle aussi être prise d'un besoin impérieux et s'improviser du même coup une visite impromptue à travers la maison. Je n'ai pas vérifié l'état de propreté des WC ce matin, mais si la situation y est *habituelle*, elle est désastreuse. Des mois que j'insiste pour que le clown installe un urinoir ; ras-le-bol des Petit Poucet qui arrosent la planche et sèment tout autour du pot des boulettes de papier blanc.

— J'ai préparé le rehausseur !

J'ai glapi, brandissant le siège devant moi comme un bouclier. Je veux à tout prix l'empêcher d'entrer mais contre toute attente, Marie ne semble pas y songer. Elle ne fait pas mine de s'avancer au perron, elle ne s'empare pas du siège auto en me félicitant d'y avoir pensé. *Que nenni*. Elle nous enveloppe dans son regard azur et son odeur de menthe poivrée. Elle nous scrute, jauge l'état de sa progéniture et jette un œil perplexe à Alban qui sirote dans mes pieds son bibi de lait tiède.

Emberlificotée dans son silence de madone, j'hésite sur la marche à suivre, je toussote et fais des raclements de gorge. Enfin, Marie pose les yeux sur moi, et j'ai droit à un sourire – une grimace plutôt, car seul le côté gauche de sa bouche s'arrondit. Je réponds au rictus d'un sourire que j'espère mieux calibré. Et j'attends. J'attends, mais je ne vois rien venir, aucune formule d'usage à laquelle m'accrocher, j'ai moi-même omis de dire *bonjour* et c'est trop tard, je le sais, je pédale dans la semoule, les choses m'échappent méchamment tragiquement et Marie que je supplie en silence, Marie qui devrait intervenir maintenant, Marie ne vient pas à mon secours – il s'en serait pourtant fallu d'un rien, un cheveu, pour faire la différence.

Après une minute qui me paraît interminable, elle passe son sac en bandoulière. Et ce geste anodin me soulage intensément, comme s'il était la preuve indiscutable que les choses reprennent leur cours normal. D'un coup j'inspire tout l'air qui m'a manqué l'instant d'avant. Je m'attends à ce que Marie me déleste du siège auto et vais lui refuser son aide d'un mot bien senti, *je suis enceinte pas malade, je peux porter moi-même ce siège pour mon enfant* mais c'est sa fille qu'elle soulève dans ses bras. Dans un mouvement qui me coupe la chique – une gifle m'aurait fait le même effet – elle se colle le farfadet sur le flanc, empoche la main du gamin dans la sienne et s'éloigne s'exclamant que l'idée des bottes, cette idée est une bien bonne idée.

Arthur bombe le torse.

Alice fait tinter dans ses mains le porte-clefs que sa mère lui confie.

PRÉCIPITATIONS

Alban s'accroche à ma jambe, et je reste en arrière, en arrêt sur le seuil, frottant la semelle de ma huarache sur la dalle en pierre bleue recouverte de fientes.

8

Mon bébé et son rehausseur sous le bras, je traîne ma masse gravide sur la Place du Centenaire. Dans la chaleur de ce mercredi de mai, la placette prend des proportions indéniablement comparables à celles de mon ventre. Parvenue en son centre, et sur le point de suffoquer, je suis obligée de faire une pause à l'ombre du saint Antoine au cochon et Alban me file entre les doigts, comme chaque fois que je lui lâche la bride. Profitant d'une milliseconde de relâchement, le coquin s'éloigne en courant et criant vers la voiture. Pas n'importe laquelle cependant : *la voiture de Marie.* Celle-là même dont j'entends parler depuis une semaine.

Dès qu'elle a appris qu'on irait au cirque *en famille* (ainsi que clament solennellement les enfants), Alice s'est mise en devoir de m'énumérer les qualités du véhicule maternel qu'elle nomme respectueusement *Lodicarto* — Lodicarto, Pétra. Toute nouvelle, tu vas voir. Toute noire. Avec de grandes roues, noires aussi. Une voiture de société avec des sièges noirs, des fenêtres noires que de dehors on voit pas à travers, une voiture comme dans les films avec la police,

148

PRÉCIPITATIONS

avec un toit troué, elle est trop belle Lodicarto de maman,
tu vas voir.

Et je vois.

C'est tout vu.

Audi Quattro noire, Toyota Yaris grise ou Ford Transit
bordeaux pour moi c'est chou vert et vert chou. Je déteste
les voitures (y compris les camionnettes et autres véhicules
motorisés) au moins autant que je déteste le téléphone – je
n'ai pour cet objet aucune attirance, aucun intérêt, pas le
moindre soupçon de reconnaissance pour les nombreux
services qu'il me rend pourtant quotidiennement.

Je me souviens d'avoir lutté contre le sommeil quand, en
troisième secondaire, notre prof de géographie, une vieille
femme aux proportions inquiétantes et aux mollets velus
– ses poils noirs et drus affleuraient à travers son nylon couleur chair et j'avais des envies folles de les entortiller autour
de mon crayon ordinaire –, quand cette femme nous passait
d'interminables documentaires sur la vie d'Henri Ford. Des
heures durant, il n'était question que du grand homme. Le
visionnaire, sa vie, son œuvre. Ses usines. Ses chaînes. Ses
machines. Les ouvriers en bleu de travail et blue-jeans. Et
les clients ; bourgeois en chapeau boule accompagnés de
dames en crinoline, femmes corsetées, leur taille si fine.
Tout ce tralala autour d'une carrosserie rutilante me passait
à des kilomètres au-dessus de la tête.

Quand le clown veut s'offrir une nouvelle voiture (événement qui se produit cycliquement tous les deux ans), il
m'envoie des petites annonces que je consulte pour faire
semblant de m'impliquer dans la quête mais en vérité, ça

149

m'indiffère – les jantes, leur alliage, les cylindres (quels cylindres?), les chevaux (des chevaux?), diesel-essence-gaz LPG, deux litres huit ou cinq litres six, automatique ou manuelle, 134 000 kilomètres, et trois portes quatre portes cinq portes. Peu importe. Ça finit toujours de la même manière : sur le parking d'un concessionnaire d'occasions, on tourne autour d'une voiture. On décrit des cercles dans un sens puis dans l'autre, on caresse la carrosserie aux arrondis, on cherche les blouches aux entournures, on inspecte le bas de caisse et les pare-chocs, on ouvre les portières, on les referme, on les rouvre, on soulève les essuie-glaces et on les fait claquer contre le pare-brise, on vérifie la capacité du coffre, on commente, on s'agrée, on s'agite, on constate enthousiaste qu'on pourrait entreposer les courses, les trois cartables et la poussette, le tout ensemble, l'i-dé-al pour une belle grande famille, on s'ébahit, on se réjouit, on se frotte les mains, puis on vérifie l'état des sièges arrière (peut mieux faire), on s'assoit dignement à l'avant, côté conducteur pour lui, passager pour moi — On est bien là ? T'es bien mon amour ? Un type est adossé à la porte vitrée du bureau – la main gauche dans la poche arrière de son pantalon, la droite conduisant une cigarette vers sa bouche. Le vendeur a fumé trois clopes depuis notre arrivée et c'est la troisième fois qu'on vient cette semaine, ça lui coûte cher en fumée cette affaire. Il en a marre. À bout de nerfs, il nous pousse dans la caisse — Faites un tour, je vous le conseille vivement, messieurs-dames, faites un tour ! Alors, on fait un tour. On ne discute surtout pas pendant le tour ; le clown écoute le moteur. Le ronronnement du moteur – s'il *tourne bien*. Dix

PRÉCIPITATIONS

kilomètres plus tard, on est de retour à la boutique. On s'extrait de la voiture, tête baissée et muets, comme à regret. On tourne en rond à nouveau. On est indécis. C'est une bonne voiture *mais*. Y a toujours un *mais*. Le concessionnaire – Tom, c'est inscrit sur l'enseigne en lettres majuscules *TOM AUTO* – Tom nous invente subitement une tripotée d'amateurs — Écoutez, j'vais pas vous mentir, j'vais être honnête avec vous, je vous aime bien, une voiture de cette qualité pour ce prix-là, z'êtes pas les seuls intéressés. Bien sûr, on est intéressés. On est *putaindement* intéressés. On se pince les lèvres. On prend des mines. Tom sent que le vent tourne et magnanime nous fait une fleur. Enfin, un prix. On se sent importants. On rougit. On se décide. Ce serait idiot de louper ça, *on peut pas louper ça*. Tom crache. Le clown crâne. C'est un combat de coqs, alors on coquerique, on ergote, on discute – deux pneus hiver offerts, plaquettes, courroie de transmission, premier entretien. Au bout du compte, les hommes se dirigent vers le bureau en roulant des mécaniques. Tom enfonce la porte d'un coup d'épaule, le clown la referme d'un coup de pied. Les détails sont expédiés – remboursement du prêt, papiers du véhicule, certificat de conformité. Ils ressortent du cagibi enfumé en se topant dans les mains ; c'est formidable, ils sont soudain pires que potes. Tom allume une clope – l'irremplaçable, la seule qui lui manquerait s'il devait un jour arrêter de fumer, la sacro-sainte cigarette d'après la vente. Le clown lance un *Salut*. Tom lui répond d'un clin d'œil entendu. Et moi dans tout ça, je n'existe plus.

Je me contorsionne, pénètre difficilement dans le coupé sport de Marie ; tout noir, tout neuf certes et très classe mais trop exigu pour contenir mon ventre qui frôle le tableau de bord. Marie ne perd pas une miette de mes gesticulations mais m'épargne les remarques compatissantes et cruelles et les questions qui n'en sont pas — Alors, Pétra, pas trop pénible ce dernier mois ? Les yeux rivés au rétroviseur central, elle s'intéresse aux marmots, et s'ils sont bien installés là-derrière, s'ils ont assez de place et s'ils sont bien attachés et si tout le monde est prêt — Tout le monde est prêt là-dedans ? Elle s'adresse aux enfants comme une starlette à son public frémissant. Ils vibrent et lui répondent en gueulant ; galvanisés – ON|EST|PRÊTS|ON|EST|PRÊTS|ON|EST| PRÊTS –, alors elle lance un *PARTEZ*. Les marmots rugissent et la peau blanche de Marie s'empourpre de fierté.

Après s'être assurée que je suis bien attachée moi aussi – la ceinture de sécurité n'est pas obligatoire pour les engrossées mais je m'abstiens de le faire remarquer –, la conductrice fait crier le moteur et patiner les pneus. Je m'attendais à un démarrage en trombe ou en beauté et j'en suis pour mes frais ; la chauffeuse que j'imaginais intrépide, aguerrie par tant de kilomètres parcourus d'un bout à l'autre du pays, se révèle curieusement prudente, presque timide, pas loin d'être maladroite. Un malaise s'installe, indéfinissable mais matérialisé par le silence des enfants. Dans ce silence gêné et sous le regard des badauds qui traversent la place, on attend. On espère que Marie nous tire de ce mauvais pas. Les mains agrippées au volant, celle-ci manœuvre lentement pour sortir la voiture de l'emplacement de parking. Et ses doigts blanchissent aux jointures et ses ongles peints en rouge laissent des traces dans l'habillage en cuir de son volant. La suppliciée soupire en enfonçant l'embrayage, ânonne faiblement en faisant marche arrière et pousse un cri enfantin – un *oh* de soulagement, au moment de repasser la première. Ribambelle de *pfff, han, oh, hum* dont je ne peux m'empêcher de penser qu'elle les module d'une manière similaire (quoique moins pénible, j'espère) quand elle fait l'amour. Singeant sa conductrice, la voiture émet des borborygmes inquiétants au moment de franchir une série de nids-de-poule. Quand nous quittons enfin la Place du Centenaire, Marie suinte sous sa frange noir corbeau et je crois même qu'elle tremble un peu.

Je parle peu durant le voyage. Ou plutôt non, je ne parle pas. Je pourrais prétendre m'absorber dans la contemplation du paysage, mais ce serait mentir. Il n'y a rien à contempler ici et je connais la route par cœur ; la Ripannoise, nommée de cette façon parce qu'elle longe les rives de la Senne. Enfin, selon mon hypothèse. J'ai cherché le nom de rue dans le dictionnaire et à la page 1365 du Gaffiot, une édition de 1934 consultable sur Internet, j'ai repéré *Ripa, ae* : rive, *Ripensis* : voisin des rives – je n'ai pas cherché plus loin, la théorie est cohérente. La Ripannoise longe les rives de la Senne, c'est entendu. C'est une route banale, bordée à sa droite par un chemin de fer qui ne voit plus passer aucun train – les jours de grande affluence, un *convoi exceptionnel*, quatre, cinq wagonnets transportant je ne sais où le porphyre extrait d'une carrière moribonde – et à sa gauche par

PRÉCIPITATIONS

une rivière aux berges inaccessibles, étendues en contrebas de talus envahis par les ronces.

Cette rivière plutôt modeste ressemble en tout aux autres rivières de cette envergure ; son eau trouble est fréquentée essentiellement par des radeaux de feuilles mortes et des familles de colverts. Toutefois, lorsqu'on s'y intéresse de plus près, on apprend que la Senne présente une qualité que la plupart des cours d'eau ne possèdent pas : son eau (si trouble soit-elle, ou peut-être justement parce qu'elle l'est) regorge de levures sauvages au nom savant imprononçable – *Brettanomyces bruxellensis* – essentielles, primordiales même, à la fermentation de bières brassées dans la région et consommées dans le monde entier ; le Lambic et ses dérivés – le Faro, boisson que Baudelaire détestait et dont il affirmait qu'elle était *deux fois bue*, la Gueuze et la fameuse Kriek aux griottes.

Si j'ai toujours préféré le vin à la bière, j'ai toujours préféré les rivières, leur glouglou (soit-il vulgaire) au grand silence de la mer.

C'est comme ça. Je les aime toutes.

J'aime les rivières qui coulent en sagesse, je les aime murmurantes ou bien tonitruantes, je les aime sombres, folles, froides, fières ; je les aime canalisées emmurées ou laissées libres, je les aime modestes ou fameuses, inconnues ou courues, je les aime calmes et dociles ou bien impétueuses fourbes et dangereuses, j'aime les rivières qui se laissent traverser à gué et les plus grosses qui ne se laissent pas prendre, les grondantes, protéiformes archaïques et profondes.

PRÉCIPITATIONS

Je ne connais au village qu'un endroit où atteindre facile-
ment la Senne pour y tremper ses pieds (et plus si affinités) :
c'est à la plaine de jeux, derrière la haie de noisetiers, au
bord d'un sentier dissimulé où les gens font discrètement
chier leur chien. Là, les enfants de passage – et *pas sages*,
peu importe – ont écrasé le treillis pour accéder au triangle
de terre qui fait une avancée sur l'eau et forme une sorte de
presqu'île stabilisée par les racines emmêlées d'un hêtre et
de jeunes aulnes poussés en bouquet. L'endroit rêvé pour
barboter, jouer les pirates et les aventuriers, regarder déri-
ver les canards, lire et se faire des baisers à l'abri des regards.

L'été dernier, Mateo – curieux gamin de neuf ans, farouche de prime abord, peu bavard, quasi mutique certains
matins, né de mère inconnue et orphelin de père; une
histoire triste, une mort stupide comme elles le sont souvent, l'homme étourdi ou maladroit (les mauvaises langues
diront qu'il était saoul) a trébuché sur le parking du supermarché où il venait de faire les courses pour la semaine. Son
crâne a percuté la rampe en acier du porte-vélos où l'attendait sa bécane *les pommes ont fait rouli-roula, les pommes
ont fait rouli-roula* les fruits ont roulé sur le sol tout autour
de sa tête et l'homme est décédé d'une hémorragie cérébrale alors qu'on le transportait à l'hôpital –, mais Mateo,
disais-je, Mateo qui se promenait à vélo (fier de pavaner
aux commandes de sa nouvelle bécane équipée d'un gui-
don en forme de corne) a trouvé un corps flottant à la surface de l'eau, son visage tourné vers le fond de la Senne, les
pieds coincés dans les racines du hêtre. Ce corps dont on
ne distinguait que le dos couvert d'une chemise échiquetée

155

PRÉCIPITATIONS

(et déchiquetée aussi) était celui de Marius, un petit type affable, très liant, la septantaine bien entamée, bedonnante, une casquette vissée sur la tête, couvrant ses cheveux blancs ; infatigable promeneur et résident du home pour vieux du quartier du Faubourg – oh les mauvaises langues diront que c'est un *asile* plus qu'une maison de retraite, mais je sais bien, moi, que Marius n'était pas fou. Ce jour-là comme tous les autres jours, le vieux était accompagné pour ses pérégrinations matinales de son croisé labrador malinois ; une chienne plutôt âgée elle aussi mais imposante et qui faisait encore son petit effet. Alors quoi ? Sans doute la vieille carne a-t-elle tenté de sauver son maître lorsqu'il est tombé, peut-être a-t-elle tenté de remonter le corps gorgé d'eau sur la berge, sans doute a-t-elle aboyé, jappé, gémi pour appeler au secours. Enfin, comprenant son impuissance, elle était restée là, dans la boue, à demi prostrée sur la petite île surplombant le corps de son maître. Quand Mateo a déboulé dans le sentier, la bête gémissait en dévoilant des crocs élimés. Et le gamin a eu peur du clébard bien plus que du cadavre. Rapidement débarqués sur *les lieux*, les policiers ont fermé le périmètre et remballé le garçon chez son grand-père – Hector, Hubert, quelque chose comme ça. Ensuite, ils ont hissé le corps de Marius hors de l'eau. Avec des gestes embarrassés, l'un d'eux a tâté le cou du vieil homme pour y déceler un pouls, constaté son décès et poussé un soupir soulagé – cette fois, on ne tenterait rien, il n'y aurait pas de bouche-à-bouche. Au commissariat, on émettrait l'hypothèse d'une crise cardiaque, une glissade, une noyade accidentelle. Le PV serait succinct.

156

PRÉCIPITATIONS

L'affaire classée sans suite. Mais les gens d'ici, les commères, les experts, les mauvaises langues, les je-sais-tout, les bien-pensants, tous chuchotaient, ça y allait bon train ; les vieux surtout avaient des choses à dire qui contrecarraient cette version officielle, toute cousue de fil blanc et qui voulait leur coudre la bouche. Du revers de leur main osseuse, ils balayaient l'idée de la crise cardiaque accommodante et déversaient à voix basse des histoires de suicide. Pendant deux semaines, *deux semaines*, les vieux n'eurent que ce mot à la bouche. La mort de Marius ouvrait la brèche aux autres noyés ; c'est qu'ils étaient au moins dix à s'être jetés dans la Senne ces dernières années. Parmi eux, Ida. Personne n'a jamais su ce qu'Ida avait pu vivre pour en arriver à une telle *extrémité*, et qui plus est à l'âge avancé de quatre-vingt-sept ans – les commères, les experts, les mauvaises langues, les je-sais-tout évoquèrent une dispute avec un fils unique, un salaud d'André, amoral voleur et meurtrier, un drame familial, des dégâts immémoriaux irréparables. On avait retrouvé son corps frêle dans l'eau trouble et sur la berge d'où la vieille dame s'était laissée tomber ses sous-vêtements, sa robe-tablier bleue pliée et ses pantoufles à semelles orthopédiques soigneusement alignées.

Au lendemain de *l'accident*, les flics ont tendu à l'entrée du sentier une banderole *Défense de pénétrer* et les ouvriers communaux ont rafistolé la clôture – tout ça a bien tenu deux ou trois jours.

La première rivière de ma vie serpente au fond du jardin de ma première maison. *Rivière* est d'ailleurs un grand mot s'agissant de ce ru terne dans lequel les copains et moi ne cherchions pas le poisson mais poursuivions les rats. Ce pipi de chat me fascinait, c'était mon terrain de jeu, mon endroit, mon lieu à moi. Ma mère m'interdisait d'y mettre les pieds mais dès qu'elle tournait le dos et disparaissait vers la maison, je m'asseyais dans le talus plein d'orties et dévalais dare-dare la pente jusqu'au ruisseau. Lorsque je touchais au but, tout au bord, j'enlevais mes bottes et mes chaussettes et les mettais à l'abri sur un caillou plus haut que l'autre. Ensuite, je retroussais mon pantalon et enfonçais mes pieds dans l'eau trouble – et plus elle était froide, mieux c'était. Je pataugeais sous le regard maternant des vaches qui ruminaient dans la pâture d'à côté – un terrain marécageux où elles s'enfonçaient jusqu'aux paturons, les soirs de gros orages. Certains jours, j'étais d'humeur exploratrice et avançais jusqu'en dessous du pont et plus loin encore, jusqu'aux grilles d'épuration qui empêchaient détritus et branchages de se déverser dans le bassin d'orage. Ma promenade était courte mais ô combien périlleuse. Mes pieds disparaissaient dans le fond vaseux de la rivière, je glissais plus souvent qu'à mon tour, je tombais et en profitais pour m'immerger tout entière (tant qu'à faire). Quand je rentrais à la maison, j'étais trempée, je puais la vase, j'avais les lèvres bleues et la plante des pieds blessée d'avoir glissé sur le tranchant des rochers. On me grondait bien sûr, on me prédisait des infections infâmes, affublées de noms compliqués – salmonellose, leptospirose – on me douchait au tuyau d'arrosage sur la terrasse puis on m'envoyait m'asseoir cinq minutes sur la première marche de l'escalier de la cave pour réfléchir dans l'obscurité à la bêtise que je venais de commettre. Comme la plupart des enfants, je détestais la cave, l'obscurité, l'humidité, l'odeur de pourriture émanant des sacs d'oignons et de patates qui étaient entreposés, je craignais le voisinage des toiles d'araignées et les craquements, les frottements, bruissements dont j'ignorais la provenance – discrets *chrchrchr*. Je mourais de peur mais rien – pas même les chuchotis des fantômes qui peuplaient l'escalier – ne pouvait m'empêcher de retourner barboter dans la boue. La rivière m'attirait, la rivière m'aimantait, c'était plus fort que moi. Et certains soirs, à l'heure de me pelotonner dans mon petit lit propret, il m'arrivait de regretter d'être une fille plutôt qu'un rat.

Le bruit des pneus qui crissent me sort la tête de l'eau.

Marie gare Lodicarto dans une nouvelle série de *han, ah, hum, oh* et je croise les doigts pour que cette manœuvre soit moins gênante que la précédente. Qu'on en finisse. Les enfants piaillent et trépignent sur le siège arrière, Arthur s'est détaché et entreprend de libérer sa sœur. Alban, lui, refuse l'aide de son grand frère pour défaire sa ceinture et lui serine son sempiternel *c'est moi je fais, c'est moi je fais.* Depuis des mois, mon blondinet répète ces mots à longueur de journée. Tous les gestes du quotidien s'y prêtent: ouvrir la bouteille d'eau, *c'est moi je fais,* nouer les lacets, *c'est moi je fais,* couper en morceaux le steak haché, *c'est moi je fais,* pousser le caddie au supermarché, *c'est moi je fais.* Et comme cet enfant de deux ans ne sait absolument rien faire,

les actes les plus insignifiants sont source de drames inénar-
rables et moi je ne m'y fais pas.

Comme c'est parti, je sens que cette histoire de ceinture
va se muer en catastrophe. J'anticipe les gémissements,
les pleurnicheries, je vois d'ici les roulades hystériques, les
hoquets, les coups de pied. Mais c'est sans compter sur l'intervention miraculeuse de Marie – Marie ma botte secrète,
mon alliée inattendue, *je te salue Marie* – qui détache mon
fils, l'extrait du rehausseur et le dépose dans les graviers sans
lui laisser le temps de protester.

— Tout le monde descend!

J'aurais voulu rester une heure supplémentaire dans la
fraîcheur de l'habitacle, les enfants harnachés derrière moi,
bercée le long de routes trop laides pour m'évoquer quoi
que ce soit, mais j'entrouvre la portière et m'extirpe de
Lodicarto en regrettant qu'il fasse plus chaud dehors que
dedans, assommant même sous le soleil de 13 heures.

Sortir de cette voiture c'est pénétrer dans un sauna. Je
déteste ça. Respirer de l'air à 37 degrés ou ne pas respirer du tout, ça me fait le même effet, je suinte instantanément, je colle, j'étouffe, j'angoisse – Vladimir Ladyzhensky
est mort alors qu'il concourait en finale du Championnat
du monde de sauna, en 2010, je m'en souviens comme si
c'était hier, et l'autre finaliste, le Finlandais champion du
monde en titre, il avait fallu le transporter à l'hôpital où
il s'était péniblement remis de ses brûlures. La chaleur est
mauvaise, infernale. Une chaleur si prégnante qu'elle fait
coller le macadam aux semelles de mes sandales et dresse un

écran huileux entre le monde, Marie et les enfants et moi.
Sur cet écran gras, l'image tremblote et m'oblige à d'infinis
et nauséeux réglages. La main en visière, 120 clignements de
paupières par minute, je réalise, très progressivement, que
la voiture est stationnée (et le cirque installé) sur le parking
de la résidence Les Bruyères – je connais cet endroit comme
ma poche, ma grand-mère Violette y a séjourné pendant
une dizaine d'années; j'avais six ans à l'époque mais j'ai
encore dans les narines l'odeur qui me submergeait sitôt
franchie la double porte; un mélange écœurant d'urine, de
mazout et de produits pharmaceutiques.

Chaleur et tremblements.

Des images et des odeurs de ma grand-mère me montent
au nez, violentes, dérangeantes – la chambre à quatre lits,
le carrelage jaune moucheté, le fauteuil vert à accoudoirs
installé à côté d'une fenêtre éternellement fermée, le lavabo
encastré dans un placard, les serviettes rêches, le gant de
toilette toujours humide, toujours le même, le corps de
ma mamie, amaigri, son visage émacié, son menton poil
à gratter, ses yeux chassieux, leur regard noir, jamais heureux de me voir, ses pommettes saillantes, son nez busqué,
ses boucles bleuâtres, son front ridé, ses mains parchemi-
nées, bleuâtres aussi, ses robes-tabliers garnies de fleurs
bleues, ses mi-bas de contention couleur chair tombés sur
ses chevilles bleuâtres et sa façon bleuâtre de lâcher *enfin* à
la fin de chaque phrase. Le bleu me tombe dessus, littéralement, il m'accable, il me pèse, le bleu du ciel et les bleus sur
mes bras, mon bébé bleu, cet homme dont je suis bleue,

le clown en costume bleu, *Kosmic blues*, le Blue Circus, un grand chapiteau bleu accroché à.

Alban, accroché à ma main, tire dessus à m'en déboîter le poignet. Sans la moindre considération pour ma tonne, mon malaise, mon moineau veut m'emmener là-bas là-bas et puis là-bas aussi. Il veut tout voir, tout toucher. Chiens, lamas, poneys, biquettes – *grand cheval maman, peux toucher?* Gémit. *Grand cheval.* Glapit. GRAND CHE-VAL. Hurle comme un putois mais c'est moi qu'on foudroie – une mère qui laisse tout faire, une mère qui ne s'en sort pas, une de plus, et en cloque avec ça — Et la pilule madame, c'est pour les chiens? Ma voix caressante — On caressera les animaux plus tard, mon chéri. Tantôt oui. Après. Grand Cheval fatigué. *Fagué.* C'est ça. Grand Cheval doit se reposer, faire une petite sieste. Un petit dodo. *Chut. Plus de bruit, c'est la ronde de nuit. Silence, silence, la queue du chat balance.* Alban, son regard de travers. Dans un état semi-méditatif post-colère, imagine et me conte le dodo de Grand Cheval, son lit, sa chambrette, sa maman, sa tutute, son doudou. J'aurais pu lui inventer Grand Cheval malade, l'intervention du docteur, la piqûre toujours très efficace, mais l'histoire de fatigue dodo doudou est crédible: planté sous un cerisier qui ne fait pas beaucoup d'ombre, Grand Cheval a vraiment l'air crevé.

Nous aussi, on crève à rester là; quinze minutes de file sous le cagnard – *nos* enfants sans chapeau et moi plus que jamais mère amère irresponsable. La guichetière potelée abritée sous l'auvent de sa roulotte doit valider nos tickets d'entrée, les fameuses *entrées gratuites.* Jeune femme à queue-de-cheval, des taches de rousseur plein la figure, des sprouts comme on dit par ici. Elle porte un diadème rouge et or, ses épaules sont couvertes d'une cape cramoisie, son cou grassouillet enserré dans une collerette amidonnée – on dirait Dracula. Elle distribue des sodas et des canettes de Jupiler, des beignets dorés, des babeluttes, des pommes d'amour qui n'inspirent pas confiance, des donuts roses, des chips et des gaufres de Bruxelles. Ça pue le sucre à des kilomètres. Mon ventre hurle. Faim. Féroce. J'enfonce mes mains dans mes poches mais rien. Nulle piécette. Nulle, nulle, nulle. Oublié la monnaie des bonbons des enfants. Odeur de chantilly. Hectolitres de salive sous la langue. L'odeur des sucreries dominerait presque celles des bêtes. Lamas, chiens, chats, chevaux, couvées – point de fauves désormais, c'est interdit il paraît. Ménagerie domestique endormie dans l'ombre du grand chapiteau. Enfin *grand*, faut le dire vite. Cette tente paraît minuscule. Ridicule-ment petite. Mille fois plus petite que le grand chapiteau de mon enfance. Je garde de ma première sortie au cirque une impression de gigantisme. Au centre d'une plaine immense – ça se passe à Waterloo, sous les yeux attentifs de mes grands-parents et ceux indifférents d'un lion en pierre – le grand chapiteau se dresse vers le ciel, beaucoup trop haut pour moi, si haut que sa pointe disparaît dans les nuages laiteux ; personne ne sait ce qui se passe là-haut, des drôles de choses pour sûr. Son rideau d'entrée est tenu par un clown au visage farineux et tout vêtu de bleu.

— Fait moir maman, fait tout moir.

L'obscurité après la lumière crue, ce charivari de couleurs,

PRÉCIPITATIONS

la musique entêtante de l'orgue de barbarie, les chiens aux dents qui claquent, le clown aux dents qui glacent, les cris des enfants, les bruits d'animaux, le martèlement des sabots, les dorures, l'odeur du crottin, ce fatras fourmillant, c'est trop, j'ai le cœur dans la gorge, l'estomac sous la langue. À bientôt neuf mois de grossesse, les nausées me saisissent encore, violentes, quasi incontrôlables. Si je m'écoutais, je fuirais immédiatement. Mais je n'écoute que mon devoir de politesse envers Marie. J'avance péniblement, emmenée par Alban qui s'habitue à l'obscurité et s'approprie l'espace comme s'il avait toujours vécu sous cette toile odorante ; la faculté d'adaptation de cet enfant est épatante. Doigt tendu droit devant, il pointe une banquette – *en haut maman tout en haut* – que nous nous empressons de rejoindre avant les autres grimpeurs de gradins.

La tente se remplit rapidement.

Les spectateurs s'y engouffrent par grappes de dix et parmi eux un groupe de vieux qu'un accompagnateur à peine plus jeune installe au Carré d'Or, emplacement privilégié de par sa proximité avec la piste – pour les plus vieux, les places sont les plus chères. Lorgnant l'enchevêtrement de membres frêles et de visages osseux, je me demande si ces vieillards ont choisi d'être ici ou si quelqu'un les contraint à faire bonne figure et maintenir l'équilibre sur leur chaise dorée dépourvue d'accoudoirs mais ornées de moulures en stuc.

À quatre-vingt-sept ans, je refuserais catégoriquement d'aller rire au cirque.

PRÉCIPITATIONS

Cloîtrée dans la chambre à quatre lits d'une résidence aussi suspecte que son nom – *Au bon repos, Au rayon de soleil, Aux terrasses du bois, Aux beaux chênes* – demeurée seule, enfin débarrassée de cette folle ma voisine, je boycotterais l'excursion du mercredi après-midi. Un spectacle entièrement conçu pour valoriser des corps beaux. Et puis quoi encore ? Que pourrais-je ressentir, noyée dans la masse frémissante et affolante d'enfants à la vie devant eux sinon l'approche inéluctable de ma propre fin ?

Une femme minuscule – je n'ai jamais vu d'être humain aussi petit – attire mon attention. Elle est vêtue d'une robe-tablier bleue et ses cheveux mi-longs, raides, d'une blancheur éclatante, sont coiffés comme ceux d'une petite fille, séparés en deux parties égales par une ligne tracée au milieu du crâne et retenus au-dessus des tempes par une barrette scintillante. La dame traîne les pieds. Elle paraît plus fragile, plus ramassée encore que ses comparses, courbée, tordue, arquée à toucher terre, ployée comme si elle cherchait à déceler ou déchiffrer quelque chose dans la poussière. Un homme en blouse blanche – ergo, kiné, aide-soignant – soutient la brindille et ils avancent bras dessus bras dessous. L'homme chuchote à son oreille — Là Ida, un deux trois quatre, ne regarde pas en bas, un deux trois quatre, regarde devant toi, comme ça, on y va, un deux trois. J'observe la petite souris blanche qui s'avance à pas traînants vers sa chaise et j'imagine sa charge, ce qu'elle a pu porter sa vie durant, combien d'enfants sur le dos pour ployer à ce point.

PRÉCIPITATIONS

D'un accord tacite, Marie et moi érigeons les enfants en frontière entre nous. On se tolère mais pas au point de passer l'après-midi serrées l'une contre l'autre dans l'obscurité et la touffeur d'un chapiteau. Dès qu'ils sont installés, les moutards se détournent de leur mère respective et se répartissent sur la banquette le contenu de sachets que Marie leur confie – cerises pommes poires pêches *pomme de reinette et pomme d'api* sucettes, lacets, hosties cocas et *tapis tapis rouge* tout est là grâce à Marie. *Tapis tapis gris.* Ces friandises acidulées paraissent soudain irrésistibles. Ni une ni deux, je chaparde une hostie et réponds en louchant aux regards interloqués des enfants. Mâchouiller, suçoter, ça me passe la nausée – et le temps. Car nécessairement, le début du spectacle se fait attendre. Alban devient fou. Il ne tient pas en place, grimpe sur mes genoux, *pour mieux voir maman* – mais voir quoi, la piste est déserte – en redescend aussi sec, se rassoit sur la banquette, gigote pour se trouver sa place à côté de sa sœur, ne la trouve pas davantage, se hisse sur ses genoux pour prendre un peu de hauteur et insatisfait revient s'enfoncer dans mes cuisses de tous ses os pointus; *il est maigrichon cet enfant.* Je suffoque quand il s'impose à moi de tout son corps menu, mais moite, je marine, me liquéfie, halète discrètement dans sa nuque et m'inquiète pour ma chienne (qui doit être dans un état similaire, la discrétion en moins) oubliée sur la terrasse, abandonnée en plein cagnard sans un bol d'eau, sans un pet d'ombre. J'ai honte.

Hâte que ça finisse.

Le sucre citrique de l'hostie me remonte dans la gorge

PRÉCIPITATIONS

et me brûle l'œsophage. Irritée et suffoquée par le sucre citrique, j'entrevois le calvaire des immolés, des asthmatiques, des allergiques – et des compétiteurs de sauna. Je respire comme si j'avais fumé dix cigarettes coup sur coup. J'ai pourtant renoncé à cette saleté bien avant la naissance de mon premier bébé. J'ai consenti au sacrifice sous l'instance de mon médecin répétant à qui mieux mieux que ça me sauverait la vie. Mais je ne crois pas à cette théorie. Et quoi qu'il en soit, le sevrage tabagique se révélera inutile si je m'effondre ici – tout ça pour ça.

Une douleur fulgurante me transperce la poitrine au côté gauche. J'ai lu dans un topic Doctissimo que les douleurs suraiguës sont pour la plupart bénignes et passagères ; je fais de mon mieux pour m'en convaincre. Un doute m'étreint néanmoins ; si ce n'est pas une embolie pulmonaire (je respire, c'est un fait, je respire), c'est *forcément* une crise cardiaque. Une attaque. Un infarctus. Je frise la crise d'angoisse et envisage d'appeler Marie à mon secours quand une sensation – ruissellement tiède et soudain sur mes seins – bouleverse mon scénario catastrophe. Événement dont je saisis la teneur tandis qu'il s'affirme et confirme mes soupçons : cette chaleur humide répandue dans ma poitrine, ce ne peut être qu'une seule chose. Et à vrai dire, c'est tout à fait mon genre. Me coltiner la mise en route de la lactation trois semaines avant la date du terme. Me farcir la première montée de lait au cirque par une torride après-midi de mai – au moins, je m'en souviendrai, ça me fera une histoire à écrire dans l'album. Tassée dans le dos d'Alban, plus embarrassée que jamais, je masse mon sein gauche et

PRÉCIPITATIONS

prie pour que les spots s'éteignent. Il fera moins chaud dans l'obscurité. Et personne ne pourra plus surprendre la honte auréolée sur mon chemisier.

Vingt minutes qu'on étouffe tout en haut des gradins quand enfin le rideau frétille — regarde, regarde, mon chéri! Deux petits poneys font leur entrée, longés par des cow-boys tout vêtus de daim, chemises à carreaux et veste à franges. *Cling, cling, cling.* Bruit des bottes éperonnées. *Cling, cling, cling.* Regard de mon fils émerveillé. Je lui envie sa fraîcheur et ce qu'elle lui permet de voir quand moi je ne vois rien, enfin pas de quoi en faire un foin : deux poneys miniatures, petites rosses de shetlands, harassées, harcelées par les mouches, traînant les pieds dans la poussière, avançant en baissant la tête – *ainsi font font font les petites marionnettes* – et attendant qu'un gosse leur monte dessus pour trois petits tours à 5 euros.

D'un coup de menton, Marie me fait comprendre qu'elle souhaite offrir un tour de piste à mon gamin. Et d'un coup, moi, je comprends tout. Je comprends que Marie a compris. Elle sait que j'ai oublié la monnaie des bonbons à la maison. Je lui fais de la peine. Je lui fais pitié. Bon sang mais c'est bien sûr, mon sang de mauvaise mère ne fait qu'un tour. Oh que Marie aille au diable avec sa compassion et ses piécettes. Je dis non, non c'est non, c'est trop cher de toute façon, trop cher même si j'avais *mes* sous. Et puis c'est compliqué. Pas la moindre envie de redescendre mon ventre jusqu'en bas des gradins pour longer un poney éreinté sous le regard scrutateur des autres mamans. De

PRÉCIPITATIONS

quoi aurais-je l'air dans mon chemisier auréolé et ma jupe informe, déglinguée ? Quand je dis non c'est non, pas la peine d'insister. Mais quoi Marie, tu n'insistes pas ? Marie tu te détournes de moi, Marie tu m'ignores, Marie tu es déjà passée à autre chose, tu te délasses, tu te déchausses. Tu fais ça d'un geste lent. Simplement, tu enlèves ta chaussure. Je n'en reviens pas. Marie, je t'assure, je suis sidérée par tant d'aisance. Pétrifiée. Clouée sur la banquette en bois. Jamais je n'oserais faire une chose pareille dans un tel endroit, exhiber mes pieds nus, *au cirque* – j'ai la voûte plantaire affaissée, vois-tu. Mes pieds sont aussi plats qu'une planche à pain. Et j'ai des ongles épais, cornus et jaunâtres. Le clown me dit souvent que j'ai des pieds de chameau. Une chose est sûre, mes pieds camélidés ne sont pas beaux. Alors le tien, ton pied si élégant, si frais apparemment, si blanc, recourbé comme il faut, ce peton digne de Cendrillon retient toute mon attention. Je passe en revue la cheville délicate, la malléole qui forme un petit tumulus, les orteils courts et replets qu'on a envie de croquer, les ongles carrés, limés et peints en rouge. Un pied de magazine, un pied comme on en voudrait toutes et que je ne cesserais d'admirer si mon fils – ses coudes m'écartant les côtes – ne me remettait pas douloureusement les pieds sur terre.

Mon enfant geint — Veux ça maman, maaaman-an-an. Son nez coule sur mon chemisier mal en point et y dépose une traînée de morve qui me fout le cafard et des envies de fuir — Veux ça maman, veux ça. Il pleurniche, hoquette *maman-an-an-an* comme si c'était la fin du monde, mais

169

de quoi s'agit-il, cette fois ? Que me veut-il, ce petit ? Que me veut-il *encore* ? Un cadeau ? Quel cadeau ; un *nino*, mais quel *ninosaure* ? C'est niet quoi qu'il en soit : pas de monnaie, pas de nino, pas question. Il s'agit d'être ferme pour une fois. Mère décisionnaire. Forte. Autoritaire. Que cet enfant comprenne une fois pour toutes qu'on ne négocie pas constamment avec maman, maman a dit non, quand c'est non c'est non, pas de discussion — Alban, il faut *obéir* à maman, maman c'est comme Jacques, tu comprends ? Mais si, tu comprends mon chéri. Jacques ! Le Jacques de *Jacques a dit*. Le jeu. Quand maman dit quelque chose, c'est comme si Jacques le disait. Et Alban doit obéir tout de suite. On joue, je te signale. Allez. Maman-Jacques-a-dit a dit pas pleurer. Tsssssssssssss. Maman|a dit|pas pleurer. Pas pleurer ! Maman-a-dit Alban arrête de se moucher dans mon chemisier. Attention, Alban, tu vas perdre ! Maman-a-dit on fait au revoir au ninosaure. *Au revoir Ninosaure.* Allez, allez, Alban ! Maman-a-dit on dit au revoir à la dame aussi. *Au revoir Madame.* Maman a dit on dit au revoir et merci.

Au revoir et merci.

La dame.

Un poème.

Sorte de vraie fausse Andalouse qui s'avance en brandissant des jouets clignotants rouge bleu vert rouge bleu vert rouge, *ad nauseam*. La fille secoue sous le nez d'Alban un dinosaure en plastique vert fluo dont le ventre, sorte de boule à facettes, clignote rouge-vert-bleu-rouge-vert-bleu en émettant un borborygme affreux. Le cri du diplodocus. Disons. Je crains le pire. Mon fils est têtu comme une mule et je sais l'effet (bœuf) que lui font ces jouets (bof). Ces babioles tape-à-l'œil de pêche aux canards et de tir aux pipes, mon gamin comme les autres en est dingue. Camelote qui brille dans la lumière des kermesses et se révèle dans la voiture d'une tristesse et d'une laideur insondables. Jouets à ne pas jouer, même sur le chemin du retour. Jouets de foire, foireux, fragiles made in China, guirlandes de cœurs, guirlandes de fleurs, ballons fluorescents, baguettes magiques, dinosaure clignotant, trolls échevelés, petites fées, licornes, tiares de princesse, porte-clefs antistress, balle en mousse, parure-bracelet-collier-serre-tête-oreilles-de-Mickey.

Et j'en passe.

Perchée sur des talons aiguilles d'au moins dix centimètres, des escarpins rouges vernis vulgaires, l'anguille – enfin c'est plutôt une autruche – paraît immense. Elle porte une jupe rouge à volants et pois blancs, un vêtement qui se veut traditionnel mais qui ne m'évoque rien d'autre que l'Espagne enfermée dans les boules à faire tomber la neige. Les seins de ma danseuse made in Spain sont serrés dans un bustier de chez Jennyfer. La rose artificielle piquée dans son chignon est vendue à cinquante cents dans les solderies des bords de mer.

Je le sais, j'ai la même.

La fille ne ressemble pas à grand-chose, mais ses cheveux sombres rassemblés en chignon, ses yeux bleus, clairs, lumineux, ses sourcils noirs et fournis, ses lèvres charnues peintes en rouge et sa mouche (indiscrète) lui donnent un air de Betty|Béatrice Dalle dans *37°2 le matin*. Betty

Blue est à tomber. Irrésistible. Provocatrice. Pourléchant ses babines d'amadou, elle allèche le chaland. Et je me sens vieille soudain. Mais vieille, putain. Ratatinée. Aplatie par mon fils aîné et incapable de porter trois semaines supplémentaires mon fils à naître. *Toi toi ma belle Andalouse, aussi belle que jalouse.* Je lui envie ses épaules lisses, ses omoplates saillantes, ses hanches bien dessinées et son ventre parfait – le mien n'a *jamais* été plat, je n'ai jamais connu *ça*, le confort que *ça* doit être, la fierté, la liberté aussi, la sérénité au moment d'enfiler une robe toute simple, la fameuse petite robe noire, moulante juste où il faut.

En dépit de l'énergie que je déploie pour m'intéresser aux *autres* (mes enfants en l'occurrence, ainsi que le font les autres mères de l'assistance – Oh bonnes mères!), mes yeux s'attardent et s'attachent à la bouche de Betty; ses lèvres fraise écrasée, fraîches, qui s'entrouvrent et dévoilent la pointe acérée d'une canine éclatante et laissent échapper des boniments dont je devine la teneur. Je ne suis pas experte en la matière mais l'Andalouse donne l'impression d'être une bonne vendeuse, une magouilleuse hors pair, vraiment, capable de vanter les mérites d'un produit qui n'en possède aucun, sinon celui inestimable d'impressionner et *d'obliger* le voisin. Pour peu qu'un parent acculé cède aux avances de l'arnaqueuse pour un bulleur ou un dino hurleur, les parents assis alentour n'ont d'autre choix que de céder à leur tour – sous peine de passer aux yeux de leurs pairs pour des tortionnaires, cruels bourreaux d'enfants. Mais si l'un d'entre eux se révèle intraitable, son refus légitime le refus de tous parents du secteur.

PRÉCIPITATIONS

Betty peut aller se faire cuire un œuf.

La plupart des pères et mères qui m'entourent sont perdus à sa cause. Ces gens ne lui achèteront rien. Ils ne lui céderont pas la moindre piécette. Elle le sait, et comme elle sait aussi qu'elle n'a pas de temps à perdre, elle fait profil bas et file tournicoter plus loin.

Comme un rapace jaugeant sa proie, l'oiselle s'approche du Carré d'Or. Je ne peux pas le croire d'abord – je ne *veux* pas le croire – puis je dois me faire une raison : Betty a jeté son dévolu sur le groupe de vieux parqués en contrebas. Petit conglomérat d'individus qu'elle doit juger à sa portée. J'ignore ce qu'elle espère au juste, ce qu'elle mijote. Je n'en sais rien, je ne veux pas y penser. Je me contente de l'observer qui danse tout autour de ces bonshommes, pirouette (cacahuète), fait valoir ses appas, sa jeunesse, ses yeux noirs, sa grosse bouche, son jeu de jambes. Elle n'y va pas de main morte, Betty. Et les vieux ne font pas le poids, ils ne sont pas armés pour lutter contre cet oiseau-là – ou bien, ils s'en délectent au contraire, ce petit jeu les amuse, ils font semblant, ils se laissent faire. Quoi qu'il en soit, c'est un petit homme (pas plus petit que les autres cependant et je me demande si cette petitesse de l'âge va de pair avec une grandeur d'âme) qui porte le premier la main à sa poche et en sort une poignée de pièces jaunes qu'il troque contre un ballon. Gros ballon rouge qui me fait monter le rouge aux joues. Mon sang ne fait qu'un tour. Je voudrais me lever, m'indigner de toute ma hauteur et du haut des gradins pointer un doigt accusateur vers Betty pour dénoncer ses escroqueries. Cette fois, c'en est trop. Je ne peux

tolérer pareille ignominie. Je vais quitter la banquette et
Alban — Deux minutes, deux petites minutes, mon chéri.
Je vais foncer sur Betty, je vais fondre sur Betty, je vais planter mes griffes dans la peau soyeuse de Betty, je vais arracher
Betty au petit bonhomme qu'elle est en train de dévorer
tout cru – et qui a l'air d'adorer ça. Mais comme toujours,
je cause, je cause, c'est tout ce que je sais faire. Bien entendu,
je ne fais rien. Je reste assise sur la banquette en bois, mon
fils écrasé sur moi, une écharde plantée à l'arrière de mon
genou droit. J'observe sans protester le vieux qui coince le
ballon rouge sous sa chaise et qui sourit, car il sait, lui, qu'il
offrira le jouet à son arrière-petite-fille quand elle viendra
avec son père en visite ce week-end. Une petite surprise de
derrière les fagots, ce n'est pas si souvent qu'il a l'occasion
d'en mijoter. Quant à Betty, elle sourit, elle aussi. Un ballon rouge c'est toujours ça de parti, y a pas de petit profit.
Toute à sa petite affaire, l'anguille analyse la situation, calcule le temps qui passe – les poneys qui traînent encore sur
la piste, le temps d'un dernier tour – les spectateurs qu'elle
n'a pas encore *essayés* et ce qui lui reste de camelote à écou-
ler. Elle va changer de secteur puis se ravise, in extremis.
Elle revient sur ses pas – quelqu'un d'autre l'appelle ici, elle
en est sûre, elle a entendu tinter une petite voix, une main
frêle se tend vers elle, qui la voit, qui accourt, qui s'arrête,
qui pile net. Betty s'abaisse, elle se soustrait à ma vue et je
me dresse comme je peux pour mieux la voir s'agenouil-
ler aux pieds d'une petite vieille, *ma* petite vieille, la petite
souris blanche. La vendeuse cède deux, trois mots à sa
cliente contre deux, trois piécettes opportunes. La monnaie

PRÉCIPITATIONS

ajoutée à son escarcelle, elle s'empare d'une babiole dans son fatras – un bijou en plastique, un diadème rouge et noir, une tiare en toc qu'elle tend à la vieillarde qui s'en saisit et s'en pare comme s'il s'agissait d'un joyau – le couronnement de toute une vie.

À partir de là, tout va très vite. Les shetlands éreintés quittent la piste — Au revoir cheval ; la voix de mon fils résonne, soudain très triste. Les animaux disparaissent derrière la bâche qui barre l'entrée des artistes et Betty qui attendait ce départ comme un signal, se faufile en coulisses et disparaît avec eux. Cette Betty, je l'imagine qui regagne sa roulotte – elle court, elle court, légère, elle galope dans les graviers, négocie les virages et les demi-tours quand elle y est contrainte. Elle se hâte dans le parking, sautille entre les roulottes, les camions, les voitures, puis elle s'élance, d'un bond s'enfile trois marches dans la foulée, entre chez elle et claque la porte sans se retourner. Les rideaux sont tirés à l'unique fenêtre de sa roulotte mais elle n'a pas besoin d'y voir, dans le noir elle s'y retrouve. Elle déboutonne la jupe à volants qui glisse et se répand telle une flaque de sang tiède autour d'elle. Elle passe son bustier par-dessus sa tête en prenant soin de ne pas arracher la tirette. D'un instant à l'autre, elle est nue – la rose artificielle plantée dans son chignon – et rejoint sur le lit convertible en banquette le clown en costume bleu.

Quelque part sous nos pieds ou au-dessus de nos têtes, un régisseur s'attelle aux ultimes réglages sons et lumières.

PRÉCIPITATIONS

Partout autour de nous, on sent sa présence – ça crie et ça clignote dans tous les sens. Les enfants gigotent, ils se balancent d'avant en arrière et de gauche à droite, pressés par l'envie, le besoin impérieux, que *ça* commence. Peu importe quoi, maintenant, *ça* doit commencer. Pour les faire patienter, on leur passe l'enregistrement d'une voix masculine (synthétique, impersonnelle, désincarnée) qui retrace les moments forts de l'épopée du Blue Circus, une histoire étrange de magicien-musicien qui n'intéresse pas Alban qui n'en peut plus, bougeotte, enfonce consciencieusement ses treize kilos d'os dans mes cuisses, empêchant le sang de circuler vers mes jambes qui fourmillent.

J'ai *déjà* mal partout.

C'est mal parti. Et ma matrice prend de plus en plus de place, je le sens, *ça* aussi, *ça* commence, *ça* enfle là-dedans, *ça* prend des proportions énormes, inquiétantes. Je compte le temps qui passe, le temps d'une contraction quasi indolore, un deux trois, ça va, à dix c'est la crête, à seize ça s'arrête.

J'ai fermé les yeux et sur la face interne de mes paupières flotte une image que l'*Entrée des gladiateurs* – dans une instrumentation pour l'Harmonie qui me fout le cafard et des envies de revoir Veerle – et l'apparition de Monsieur Loyal ne parviennent pas à chasser. Je distingue la silhouette d'une vieille femme, toute petite, marquée, arquée à toucher terre. Souris blanche coiffée d'un serre-tête rouge et noir. Parure de petite fille. Parure de pacotille. La vieille ainsi couronnée est assise dans un fauteuil à accoudoirs, à la fenêtre d'une chambre à quatre lits qui sent l'urine, le mazout et la pharmacie. La folle sa voisine raconte n'importe quoi, elle radote, serine chagrine que son Hector va venir, tout le monde sait bien qu'Hector est mort. *Enfin.* D'une main maigre mais très sûre, la petite souris blanche fait glisser sur son crâne les oreilles de Mickey – ou Minnie peut-être bien, comment fait-on la différence ? Elle n'y va pas de main morte, Ida, elle ne se ménage pas, elle n'a pas l'habitude. Les dents du serre-tête pénètrent et déchirent la peau parcheminée de son crâne presque chauve et le col officier de sa robe bleue est taché. Ce n'est pas grave. On fera la lessive.

9

Un Monsieur Loyal tout vêtu de rouge et or nous remercie d'être venus aussi nombreux. *Merci*. *Merci mesdames, merci messieurs et merci à tous les enfants, oui, merci à vous tous. Vous tous. Vous tous* – il répète ces deux mots d'une voix où traînent des accents balkaniques dont j'ignore s'ils sont feints ou authentiques. Il prononce *vous tous* comme un sorcier une formule magique, il fait rouler *vous tous* sous sa langue et *vous tous* afflue et reflue et de deux mots l'un *vous tous* devient indissociable et on se sent unis dans cette incantation et le lien est indéfectible, *vous-tous* c'est bouleversant, *vous-tous* on s'appartient, *vous-tous* on appartient à la communauté des circassiens, j'en ai les larmes aux yeux, je participe à un mariage et c'est le mien enfin et ce Loyal me bénit de sa voix, de ses doigts m'adresse un signe de croix, il loue ce vous-tous sans qui les cirques, petits et grands, seraient voués à une mort certaine, disparition repoussée jour-après-jour-année après année et pour les siècles des siècles, *Amen*, tour de force reconduit pour le meilleur et le pire grâce à notre amour, grâce à notre bonté, grâce à notre fidélité, oui

si le Blue Circus dresse son chapiteau à travers l'Europe cet
été et depuis tant d'années, s'il égrène les métropoles comme
les grains d'un chapelet, c'est grâce à nous, grâce à lui, grâce
à elle, c'est grâce à Marie – à Marie pleine de grâce. On
se sent vivre dans cette chaleur humaine, on transpire, on
exsude la ferveur, on se sent tous ensemble, on se souvient,
on se reconnaît soudain, on se reconnaît d'instinct comme
si on s'était toujours connus. Monsieur Loyal dresse les
bras au-dessus de sa tête et s'empoigne les mains l'une dans
l'autre. *Merci les enfants, merci les amis, merci, merci.* Il serre
ses mains et c'est comme s'il serrait les nôtres, comme s'il
serrait les miennes pauvres et anonymes, mes mains fines et
crevassées qui ne savent rien faire que la vaisselle. Je serre la
main d'Alban à lui broyer ses phalanges frêles et fraîches et
je voudrais attraper la main de Marie, forte celle-là, et profiter de la touffeur et de l'obscurité de la salle de spectacle
pour m'approcher de cette femme, m'asseoir à côté d'elle
comme je l'ai fait au premier jour, presser mes jambes contre
les siennes et murmurer à son oreille — Permets-moi, je
t'en prie Marie, pour une sombre histoire de clown. Comprends une fois pour toutes que pour moi ces histoires de
clown n'ont aucune importance. Que vous ayez baisé tous
les deux, j'en ai rien à foutre. Que le clown t'ait baisée avant
de me baiser à mon tour, vos dix-neuf ans de vie commune,
vos dix-neuf ans de baisage commun, votre rencontre quand
vous aviez cinq ans, ce mythe et tous les autres et tout ce
qui fut vôtre, votre vie à Bruxelles, vos appartements, vos
terrasses, vos balcons, vos déclarations, vos promesses, votre
mariage, tes anglaises et les siennes, vos amis, les soirs de

fête les soirs de semaine, vos réveillons, l'ivresse, votre désir, votre jeunesse : comprends une fois pour toutes que j'en ai rien à foutre. Je ne suis pas ta rivale, Marie. La vie que tu as ratée avec le clown ne fait pas de moi ton ennemie. Ce rôle de femme adverse, de femme amère, de remplaçante, le personnage de marâtre qu'on m'assigne parce que je suis la *deuxième* – pas même assurée d'être la *dernière* – je n'en ai jamais voulu, je n'ai jamais rêvé de *ça*, mais quelle fille rêverait de *ça* ? Je ne suis pas une marâtre. Y a pas de marâtre sur terre, mais Marie, comprends-le. Et tu le comprends certainement. La femme qui débarque vingt ans après l'autre et ramasse, qui sont tombés par terre, les fruits gâtés de la première, est-ce que c'est une marâtre ? Et si ces fruits tombés du ventre d'une autre, la deuxième femme les abîme un peu en tentant de les reconnaître, est-ce que c'est une marâtre ? Mais qu'est-ce que ça veut dire marâtre ? Y a que des filles, y a que des femmes, y a que des mères – toutes plus ou moins mauvaises, hasardeuses, défaillantes. Non Marie, tu n'es pas meilleure que les autres. Tu ne vaux pas mieux que moi, qu'est-ce que tu crois ? La maternité ? *Ta* maternité. *Tes* enfants. *Ah comme je les aime mes petits, comme ils me ressemblent, ils sont à moi, il n'y a que moi pour les aimer comme ça, il n'y a qu'eux pour être aimés comme ça par moi.* Comme les femmes peuvent se leurrer. Comme elles peuvent croire – l'instinct maternel, il n'y a qu'un père, il n'y a qu'une mère, il n'y a qu'un ventre. Pourquoi est-ce que vous accordez autant d'importance aux histoires de sang ? La grossesse. L'hérédité. L'ADN. Les gênes. Oh si seulement tu savais comme elle m'épuise, cette rengaine. Si tu savais comme je

PRÉCIPITATIONS

peux les aimer tes enfants. Et comme ça peut être indépendant d'une histoire de sang. Si les gens pouvaient piger une fois pour toutes que l'amour maternel ne se crée pas dans les douleurs de l'accouchement. Je suis devenue mère une première fois à vingt-six, vingt-sept ans. Oooh c'est très jeune et ça a été très difficile. Tu vois Marie, je te parle parce que je t'aime beaucoup. Je peux te le dire maintenant ; maintenant je veux que tu m'entendes : ça n'a pas été évident avec *tes* enfants, rien ne sera jamais évident avec *tes* enfants. Très tôt, j'ai su que j'étais condamnée à aimer *ta* couvée si je voulais avoir une chance de me marier et de me faire aimer de *ton* ex-mari – comme tout est toujours à *toi*, tu vois. Je me suis fait violence, je me suis ouverte ; comme une sorte de mère rouge, je me suis écartée, fendue en deux. J'ai laissé venir à moi tous tes petits enfants, je leur ai livré le passage quand mon instinct de femelle affamée m'ordonnait de les dévorer ou les abandonner hors des limites de mon territoire – loin, très loin de leur père, *mon* amour. Je me suis condamnée à aimer des enfants qui ne m'aimeraient jamais et qui n'y pourraient jamais rien, des enfants que j'élèverais avec toi et *pour* toi et pour qui tu resterais la mère entière, Marie, toute la mère à boire, la Sainte Mère auréolée d'absence et de gloire, quand moi, la marâtre comme on dit dans les contes, la mauvaise, la méchante, la sévère, la belle-mère, mi-mère, intérim-mère, a-mère, mère-bricolée-à-trait-d'union, je n'aurais pas droit à ma moitié d'amour.

Si je refais surface, in extremis cette fois encore, c'est parce que mon fils pousse un geignement *malmamanmal-*

mamain. Ses doigts fins fouineurs et griffus fouillent la chair de ma paume pour s'en échapper. Ses ongles mous s'écrasent contre ma peau dure. Sa main innocente est prisonnière, séquestrée dans la mienne. Et cette main quasi parfaite, cette main menue que j'ai faite, je pourrais la broyer, maintenant, la réduire en miettes. Je cède cependant sous l'instance et le redoublement des plaintes. J'accorde ma grâce, desserre mon étreinte et la main épargnée m'échappe aussi brusquement que le présent, lui, me rattrape, se dévoilant comme il doit être : attendu, cohérent ; Monsieur Loyal quitte la piste en vantant une histoire de mariage — Un numéro exceptionnel, mesdames-messieurs, un numéro hallucinant. Puis il nous salue, nous-tous ; il abaisse jusqu'à terre son chapeau haut de forme et je réalise, à le voir ployer ainsi, qu'il est plus jeune que je n'aurais cru, probablement beaucoup plus jeune que moi.

Loyal disparu, c'est la fin de ma cérémonie.

Marie n'a pas bougé et je n'ai pas prononcé mes vœux. Je n'ai pas prononcé un traître mot – c'est heureux. Reprenant mes esprits, je constate que la foule s'abandonne à un long tremblement, la foule frémit, oui, elle remue la tête à l'unisson, s'agite jusqu'en ses plus lointaines ramifications. Des spectateurs murmurent. Des mères surtout ouvrent la bouche en même temps que leur sac et des pères, moins nombreux, les imitent – ceux des hommes qui se munissent d'une sacoche quand ils sortent, un petit sac carré taillé dans un tissu épais, marron ou vert bouteille, dans lequel ils trimballent des bricoles, des grigris, des souvenirs, un portefeuille contenant une carte de banque et un permis de

PRÉCIPITATIONS

conduire dont la photo passée suscite l'admiration ou les
fous rires, peut-être un peu de monnaie, un paquet de men-
thols, des lunettes à deux euros achetées chez DI, un roman
d'Agatha Christie, un moleskine, un crayon. Et puis bien
sûr l'objet des fouilles entreprises ; un téléphone.

L'homme installé devant moi – quarantenaire aux cheveux noirs et drus, assis bien droit et dont on devine à la
posture altière et aux regards qu'il jette aux femmes alentour qu'il espère plaire encore – cet homme caresse l'écran
de son téléphone comme il effleurerait l'intérieur lisse des
cuisses de sa voisine.

Imitant ce voisin, je plonge une main dans le sac bois
de rose 100 % cuir de vachette que ma mère m'a rapporté
de la Costa Brava l'année dernière et dans ce fourre-tout,
où tout se côtoie et tout se tient indéniablement mieux
que dans n'importe quel domaine de ma vie, j'attrape mon
vieux petit Huawei, aussi fêlé que moi, l'éteins d'une piche-
nette au côté droit et le repousse au fond de mon désordre
(ça confine au désastre) priant pour qu'il s'y abîme définitivement. Je déteste cet objet qui fait de moi le sujet
d'une traque quasi constante. Quand je m'en sers, c'est for-
cée-contrainte, pour rappeler au clown de nous ramener
des sacs-poubelle, des langes-culottes n° 5 à fermer *avec des*
scratchs, du PQ et des mouchoirs sans odeur, des éponges
à récurer, des lingettes spécial bébé extra-hydratation, du
savon surgras, du talc, du sérum physiologique – et composant ces listes quotidiennes, il m'arrive de penser à l'époque
pas si lointaine où celles-ci n'étaient pas exclusivement
dédiées aux urgences du ménage et de la petite enfance ; le

temps des sushis, des artichauts au cœur charnu et des œufs d'esturgeon.

Parce que les soirs d'ivresse le clown me reproche mon manque navrant de *romantisme*, arguant d'une voix sombre, saturée de haine, que lorsqu'il s'agit d'écrire ma vie dans mes *putains* de posts Facebook ou dans des messages adressés à des *putains* d'inconnus je sais y mettre les formes ; j'ajoute des douceurs aux termes ménagers, des triolets de cœurs, des love des baisers des bisous des miss U des je t'aime je veux toi – *toi toi mon toi, toi sans qui je ne suis pas*. J'ai découvert les GIF récemment. Depuis, j'agrémente mes messages d'animaux *plus mignons que ça tu meurs*, des chatons, des poussins, des chiots et autres petits mammifères endormis – pourvu que ça m'endorme la bête.

Comme je peux voir, Marie n'a pas éteint son téléphone. Elle ne l'a même pas rangé dans son sac à main, elle. Pourquoi Marie ferait-elle comme les autres ? Impossible pour une fille comme elle de se passer durant deux heures de l'iPhone dernier cri qui la relie au monde, à son travail. Elle a consenti à passer en silencieux son précieux appendice et l'a posé contre sa cuisse ; tout contre sa peau nue, où il vibre et délivre des messages qui ne cessent d'affluer, signalés par des flashs qui se mélangent aux clignotements des cocardes lumineuses des enfants. Je parie sur l'identité du pourvoyeur de messages, je n'ai rien de mieux à faire, ça m'occupe, où j'en suis je dirais même que ça me *travaille*. J'imagine un collègue, un rival, un commercial dans son genre, BCBG, beau gosse comme ils disent, fringant, quarantenaire sûr de lui, sûr de plaire, un type aux cheveux

PRÉCIPITATIONS

coupés en brosse, au caractère bien trempé, écumant les routes de provinces, assiégeant particuliers et agriculteurs pour leur fourguer deux tonnes de mort-aux-rats. Ou bien le messager entêté (il en devient gênant) est un prétendant, un amoureux poursuivant Marie de ses assiduités, lui écrivant sans relâche, lui répétant à qui mieux mieux comme elle est merveilleuse, miraculeuse même, comme il aime les reflets aigue-marine de son regard à la lueur du soir et à quel point le fascinent la pâleur de sa peau et le bleuté des vaisseaux et des artères traçant comme un réseau céruléen à travers son corps de nacre, dessinant une carte dont il espère, si elle y consentait bientôt, découvrir où elle mène – *Les Destinations Secrètes du Corps de Marie*.

Oooh.

Obéissant aux ordres et pour la *bonne tenue du spectacle*, les téléphones sont muselés et les hommes et les femmes réduits aux chuchotis. Un silence très approximatif s'abat sur la salle, un silence épaissi de râles et d'essoufflements, un silence poisseux qui colle à mon front comme la soie tissée de l'araignée. À mesure que le soleil tape sur la tente, l'ambiance au Carré d'Or tend à rappeler l'atmosphère du musée Grévin. Les vieux ne parlent plus : ils fondent. Tous prennent des teintes sinistres, cireuses. Ils suent, suintent une quantité inquiétante de liquide, se ratatinent, se racrapotent, menacent de glisser de leur chaise dépourvue d'accoudoirs. La structure des visages surtout témoigne des ravages encaissés ; crânes renfoncés, orbites creusées, globes oculaires roulant lentement hors des pommettes, nez obliquant vers des bouches pâles, boursouflées – l'ensemble ainsi travaillé par la chaleur n'est pas sans rappeler la forme et la consistance d'une pâte levée juste bonne à mettre au four. Affublée de ses oreilles de Mickey – ou Minnie peut-être bien, comment fait-on la différence? – seule Ida crée une tache colorée dans l'attroupement grisâtre.

La vision des vieux parvenus au point de fusion m'oppresse. Mais que suis-je censée faire? Qui devrais-je avertir? L'ergo-kiné a pris la clef des champs et personne ne paraît se soucier du réel danger couru par ces octogénaires.

Quand les spots s'éteignent au-dessus de nos têtes, une petite voix me dit que c'est la fin. Foutu pour foutu. Cette fois, j'en suis certaine: la petite souris et ses compères se déshydrateront dans l'indifférence générale et dans deux heures, quand reviendra la lumière, on trouvera sous les chaises imitation baroque un fatras d'os cheveux becs et ongles, quelques lambeaux de robes bleues, ici et là une semelle orthopédique, une fausse dent, une prothèse.

Alban sue lui aussi, il doit se repositionner sans cesse sur mes cuisses. Et ça remue pareillement du côté d'Arthur et Alice – on bavasse, on se met en place, on se répartit les victuailles, on se compose sur la banquette des monticules équitables de friandises, on se passe la bouteille providentielle apportée par Marie, on fait sa vie.

Alban enfourne une sucette que sa sœur vient de lui déballer, une sucette de cérémonie pour marquer l'imminence d'on ne sait quoi. À l'odeur qui se dégage, j'identifie avec certitude la Chupa-Chups lait-fraise. Son parfum ressemble comme pas deux à celui du liquide vaisselle Power Crystals Fraise de Mir et j'imagine (et ça me donne envie

de vomir, je n'avais pas besoin de ça) que savons et sucettes
sont fabriqués dans la même usine, sur la même ligne de
production, avec les mêmes arômes et les mêmes colorants
– bleu brillant FCF E133 et carmoisine E122 ; des colorants pétrochimiques, l'un dérivé de la houille de goudron,
l'autre du naphtalène (utilisé aussi pour la fabrication des
billes antimites) et tous deux suspectés de provoquer l'hy-
peractivité chez l'enfant (qui n'avait pas besoin de ça).

— Ne croque pas là-dedans, Alban. Les sucettes, ça se
suce, ça ne se croque pas.

Mon enfant m'ignore.

Il poursuit le sacrifice de ses dents de lait et le bruit de
frottement de son émail contre la sphère me fait frissonner.
Mon fils ronge-rogne sa sucette et ma nuque se raidit et mes
poils se hérissent tout comme lorsque quelqu'un alentour
effrite de la frigolite ou qu'à la nuit tombée la petite souris
blanche entreprend d'aménager son nid dans le faux plafond de ma chambre à coucher.

Ce mélange de chuintement-grattement – *chrchrchr* –
me blesse les tympans, mes chevilles sont prises d'impatience, j'ai des fourmis dans les mollets et une envie
soudaine, impérieuse, de briser un tout en deux parties.

Quand ça m'arrive à la maison, je m'apaise en massacrant
un crayon mais ici je m'abstiens, décence oblige. Vaille que
vaille, je me retiens de tout casser et focalise mon attention
sur le rideau bleu qui s'est remis à frétiller.

— Ça commenche maman !

— Ça commence. Co-mmen-sse.

— Co-mmen-che.

PRÉCIPITATIONS

— Presque.

— Des chiens, des chiens, des chiens!

Des chiens en effet.

Une bonne vingtaine de chiens qui entrent en piste.

Tous dressés sur leurs pattes arrière, et tous costumés.

D'abord, je ne saisis pas le sens de cette mascarade. Ensuite me reviennent les mots d'introduction de Monsieur Loyal (il était question d'un mariage) et j'en déduis que la chienne – si c'est bien une femelle – qui piaffe en tête de cortège, affublée d'une robe blanche, cousue sur mesure, n'est autre que l'heureuse mariée. Le gros chien qui s'avance à ses côtés, revêtu d'un pantalon et coiffé d'un chapeau haut de forme d'où dépassent des oreilles pointues, doit être le marié. Quant au caniche noir et crollé qui porte une robe droite à col blanc, ce ne peut être que le curé. Derrière les mariés se pressent des demoiselles d'honneur en robe violette – des caniches également, naines, l'une noire, l'autre grise. La dizaine d'invités reprend en houhou ce qui doit être une chanson – adaptation inédite de la marche nuptiale – tandis qu'un fox-terrier en frac porte sur ses pattes avant un petit coussin blanc.

Pour peu, on y verrait briller les alliances.

Il faut le reconnaître, ce numéro de dressage est époustouflant.

Les enfants sont dressés comme les toutous qui tournent autour de la piste. Ils en redemandent, battent des mains et hurlent de plaisir à mesure que le dresseur fait travailler sa meute.

Observant le bonhomme qui se déplace constamment

autour des bêtes, je constate (mais ce n'est pas une surprise) que les gens du cirque ne marchent pas. Ils ne *s'avancent* pas. Sitôt surgis de derrière le rideau bleu, ils sautent et bondissent d'une façon qui rappelle la fulgurance des sauterelles, la précision des crapauds ou l'élégance des gazelles – c'est selon. Ils effectuent des ribambelles de sauts qu'ils ponctuent de *yaaah* bien sonores – *yaaah, yaaah, yaaaaaaah,* ça fend l'air, ça claque comme le fouet, le claquement est répercuté d'une oreille à l'autre et ça rebondit, ça ricoche sur la bâche tendue et quand ça s'effiloche, un autre *yaaaah* prend la relève. *Yaaah, yaaah, yaaah.* Le chapiteau crépite de cris et d'une musique de cirque qui rend fou – une partition de trompette à réveiller les morts.

Et faire naître les vivants ?

Tandis que le marié colle sa truffe à celle de la mariée pour le plus grand bonheur des enfants déchaînés, une contraction m'étreint. Et me surprend par son intensité. C'est la troisième contraction à m'opprimer depuis notre arrivée et je commence à paniquer. Je souffle comme un chien, comme la sage-femme m'a appris à souffler, la bouche arrondie en cul-de-poule. Je me mordille l'intérieur des joues puis la langue, je fais craquer mes doigts et mes orteils, enfonce mes ongles dans la chair de mes paumes. J'effectue méthodiquement tout un petit bazar rituel qui d'habitude me détend. Je fais tout mon possible pour relaxer, relâcher, décontracter mon abdomen. J'associe la pensée positive – *je vais bien tout va bien* – à la méthode Coué ; *personne n'accouche dans un cirque, personne n'accouche dans un cirque, aucune femme, jamais, n'a accouché dans un cirque.* Je fais de mon mieux

PRÉCIPITATIONS

pour m'en convaincre mais la couleuvre est énorme, impossible d'avaler *ça* ; *ça* a bien dû arriver quelquefois et je ne peux m'empêcher d'y penser, je pense aux femmes qui vivent entre ici et nulle part, sur les routes, la plupart du temps loin des villes et des maternités, *ça* doit leur arriver aux trapézistes, aux écuyères, aux contorsionnistes ; j'ai remarqué une piscine tout à l'heure, installée derrière la roulotte de la potelée, un modèle blanc et bleu à deux boudins de chez Intex, une pataugeoire remplie à ras bord d'une eau très claire ; s'il y a des enfants dans les cirques pour y patauger à l'arrière des roulottes, c'est qu'il y a aussi des femmes pour les y mettre au monde et d'autres pour les y aider – sorte de sages-femmes qui auraient autant d'expertise pour la mise bas des humaines que pour celle des chamelles et des lamas.

— Oooh. Il est beau le kincesse, maman !

Le nez écrasé dans la nuque duveteuse de mon enfant, me gorgeant de sa douceur et de l'odeur rassurante de ses croûtes de lait, j'ai raté la sortie des mariés et l'entrée du *kincesse* qui sautille et se démène au centre de la piste.

Quand je refais surface, le numéro de danse aux cerceaux est bien entamé.

— Princesse, Alban. PRin-cesse.

— Kin-cesse.

— Presque.

Le kincesse de mon fils, c'est Betty.

Je la reconnais au premier coup d'œil. L'Andalouse a troqué sa jupe de gitane contre une robe blanche en tissu synthétique, très courte, moulante, piquée de cristaux scintillants et agrémentée d'un corset en dentelle et de manches couleur chair. L'horreur. Typiquement le genre de tenues qu'on voit aux athlètes de patinage artistique ; ces patineuses que j'adorais quand j'étais enfant. Gracieuses, lumineuses, dotées comme moi de prénoms en *a*, les Irina, Katarina, Tatiana, Adelina, Lulia Olivia et autres Oksana étaient tout ce que je n'étais pas. Moi j'avais des lunettes et comble de disgrâce, je louchais. Moi si sombre, et pataude, et timide ; j'admirais ces nymphettes aux prénoms de poupées russes. On les regardait danser sur Eurosport avec mon père, c'était une autre époque ; la championne d'Europe (dotée d'un prénom en *a*, elle aussi) était noire et brillait comme nulle autre sur la glace. C'était la seule Noire à évoluer sur la patinoire, un modèle de femme que mon manque de talent pour le sport m'interdirait toujours de suivre.

Betty est plus proche de moi que Bonaly ne l'a jamais été. L'Andalouse ondule et fait tourner sur ses hanches des cerceaux argentés qui lui sont lancés par un grand gars maigre dégingandé, celui-là même qui surveillait l'enclos des lamas quand Alban m'a traînée à travers le parking pour inspecter la ménagerie. Lorsque je l'ai remarqué à notre arrivée, l'homme était assis sur le marchepied d'un camion-caravane, son visage dissimulé dans l'obscurité et son torse nu exposé, offert au soleil généreux. J'avais essayé par la porte entrouverte du camion d'en découvrir l'intérieur, cherchant derrière le type à distinguer un canapé-lit convertible, une table et des chaises, un petit frigo, une douchette, un coin-cuisine, un évier pour y faire la vaisselle et je m'étais demandé si c'était son chez-lui et s'il le partageait et avec qui.

Profitant de ma distraction, Alban avait lâché ma main. Il s'était précipité vers l'enclos des animaux laineux (fielleux), il avait glissé ses dix doigts à travers le treillis en glapissant — Peux toucher maman, peux toucher? – et s'était naturellement exécuté sans me laisser le temps de refuser. Le Gardien des Lamas – fonction peu commune quand on y pense, ça doit claquer sur un CV – s'était levé d'un bond à l'approche de mon fils, il avait quitté l'ombre de la remorque et son visage en même temps que sa voix avaient jailli et m'avaient effrayée.

J'avais sursauté comme une idiote et fait un pas de côté.

— Lama mordre toi, attention! Moi, je te vois.

Il avait presque crié et ses paroles m'avaient mordue plus salement que l'auraient pu les lamas effrayés. L'homme avait grondé mon fils mais c'est à moi qu'il avait fait le signe des yeux dans les yeux, c'est moi qu'il avait regardée bien en face et son regard de réprimande avait éveillé quelque chose, comme une colère, un élan de fierté, une frustration insoupçonnée, un désir inconnu, un sursaut, une vibration dessous mes nippes.

Morte de honte, j'avais baissé la tête et tourné les talons. Je m'étais éloignée sans demander mon reste et le gravier comme du verre brisé avait crissé sous mes pieds et j'avais prié toutes les saintes qu'Alban me suive sans discutailler et, ô miracle – *merci Cécile, merci Marie, merci, merci* –, Alban m'avait suivie, il m'avait rattrapée, il avait serré ma main et je l'avais emmené.

Emporté.

Loin.

Loin de moi désormais – *trop* loin – l'homme demeuré torse nu sous un boléro léopard lance des cerceaux à sa partenaire qui se les enfile et les fait tourner sur son corps partout où c'est possible, autour du cou, des bras, des chevilles, sur ses hanches. En lui-même, ce numéro de hula-hoop n'a rien d'exceptionnel ; il est plutôt banal et grossièrement scénographié. Mais il y a un *mais*, bien sûr. *Mais* il y a Betty, *mais* Betty est belle, *mais* sa beauté fait tout. Mon fils la dévore des yeux – son petit corps figé sur mes genoux dans une attitude d'adoration qu'en deux ans et demi de sa courte vie je n'ai jamais suscitée. Moi-même, je ne sais plus où donner de la tête, regarder qui que quoi donc où ? J'ignore qui me séduit le plus de cette danseuse ou de l'homme qui lui tourne autour en criant – *yaaah*, *yaaah* – comme un dompteur crie pour faire travailler sa bête.

Ils sont vifs.

Ils font la paire.

Me font de l'effet.

Bœuf, boule de neige – c'est du pareil au même, ça me torpille, ça me bousille, ça me boute le feu aux joues (et même un peu aux fesses). Avant que d'avoir pu prévenir le danger, je sens mes yeux se mouiller et ma gorge se serrer et je m'interroge sur le mécanisme de resserrement de mon œsophage, la nature de cette boule dans ma gorge, les nerfs incriminés. Je serre les dents. Je grince. Je bruxe. J'ai mal à la mâchoire. À l'oreille gauche. À la nuque. Enfin partout. Seconde après seconde, cerceau après cerceau, je

PRÉCIPITATIONS

mesure l'étendue de ma frustration. Oooh. C'est pas joli-joli à voir. Je suis jalouse. *À en faire trembler les jambes, à en faire crever les gens.* Je voudrais tuer Betty. Betty, Betty, Betty – *ad libitum.* Je veux être à la place de Betty, je veux être Betty – peu importe qui elle est. Qui elle est, je n'en ai strictement rien à foutre. C'est à moi que je pense – moi moi moi et nulle autre. Je veux être au centre de la piste, moi, au centre des attentions. Moi. Sous les yeux du dompteur – je veux exister, je veux bouger, danser, bondir au son de ses *yaaah* et qu'il me dise encore, comme lorsque nous étions à deux au bord de l'enclos des lamas, *moi je te vois.* Où je suis et partout ailleurs, je le sais, je suis invisible. Une poussière incrustée au coin de l'œil, irritante mais sans réelle importance. Toujours en dehors du champ. Hors du cadre. Reléguée aux gradins, à l'obscurité, à mes maternités et mes amertumes de marâtre. Serrée dans mon chemisier Yessica, ma jupe Paprika, mes fringues de grosse, mes linges cache-misère, je me cache-cache de mon corps usé, cellulitique, déformé par l'excès de graisse et les grossesses. Et j'observe Betty, les petits seins de Betty, le ventre plat de Betty, la taille fine de Betty, les cuisses musclées et luisantes de Betty. Betty provocante et désirable, Betty baisable entre toutes. Cette Betty à la fois affolante et rebutante qui me cloue le bec. Et je repense à l'enfance, à la jeunesse, je repense aux rêves qu'on faisait, auxquels on croyait dur comme fer (mais qu'en a-t-on fait?), je repense aux possibles, au talent, au pouvoir, à l'avenir à l'envi. Je repense à la gamine qui rêvait d'être comédienne, de crever l'écran, de briller sur scène. Je repense à la femme qui rêvait d'être écrivaine et de livrer des livres comme on livre une bataille. Cette femme qui a choisi de livrer des enfants et qui se bat sans doute mais qui n'écrit plus, qui ne lit plus, qui n'essaie plus de trouver le temps de lire, qui a toujours autre chose à *faire*, cette mère-ménagère qui a remplacé le théâtre et Faulkner par les dépliants promotionnels du Carrefour Market et de l'Intermarché – *Avec vous pour une vie moins chère!*. Oh certes. Si l'on s'en tient aux critères édictés par la société des bons pères publicitaires, cette ménagère a une vie exemplaire. Organisée, ordonnancée bien comme il faut, régentée en bonne mère de famille. Petite vie nette ; vignette digne d'être collée dans l'album des maternités les plus parfaites – *The True Mother Show*. Tout le monde s'accorde à le dire (les expertes, sa mère et ses voisines) : la vie de cette femme est *nickel*. Mais moi le nickel j'en ai rien à foutre, c'est de l'or que je veux – *mais où est donc or ni car?*. Je regarde la danseuse qui se trémousse l'air de rien et une vague de sanglots trémolo me submerge. Je me noie $O_{oo}oo_{ooo}{}^{oooo}ooO$ bulle bouche ouverte, patauge dans mes eaux amères, mes sombres sécrétions. Je suis mouchée et bouche cousue. J'avale de travers, je tousse, je mousse, j'écume. J'en bave à la fin. Bien sûr, j'en bave. Dans un *yaaaaaaaaaaaah* plus long que les autres, le dompteur balance toute la sauce à Betty qui s'enfile treize cerceaux à la suite. Quand la musique de fou s'arrête enfin, la danseuse lève ses deux bras bronzés dans un geste qui lui affine encore la taille, ses hanches diablesses s'immobilisent et les cerceaux – treize cercles de mes enfers – retombent dans un bruit de ferraille.

Ou de vaisselle.

Et les enfants hurlent.

Et je veux croire que ce sont des hurlements de joie.

Dans mon propre intérêt, je devrais me joindre à cette hystérie collective. Mais j'en suis incapable. Tout mon corps s'y refuse. Monsieur Loyal revient en piste en bondissant comme un cabri et d'une main qui sait ce qu'elle fait envoie sur la croupe de Betty une tape qui vient de loin — Notre merveilleuse danseuse aux cerceaux, mesdames, messieurs, sous vos applaudissements! Flattée, Betty fait des pointes, des ronds de jambe et des entrechats. Non loin d'elle, son dompteur *mon dompteur* effectue un salto digne de Candeloro; son corps se soulève et j'entrevois un instant les lignes de force de son dos musculeux et mon dos ordinairement doux se raidit. Les partenaires s'avancent maintenant main dans la main dans une poignée qui n'est pas anodine, non, pas amicale, j'en suis certaine; mon regard s'attache à leurs doigts entrelacés et je me demande depuis combien de temps le clown se contente de contenir ma main dans la sienne indifférente et molle quand il me la serrait à la broyer le jour où il est venu me chercher. *Que s'est-il passé?* Betty et son dompteur saluent encore et encore et les gens applaudissent encore et encore, mais Monsieur Loyal n'est pas satisfait, semble-t-il, il n'en a pas assez, il n'a pas son content d'applaudissements, il nous en réclame d'autres – comme la monnaie de notre pièce, à nous autres attroupés ici. Et le troupeau d'obéir, le troupeau d'applaudir, la foule de meugler à qui mieux mieux. Et ça fait des grands meueueueueh. Et

PRÉCIPITATIONS

ça fait des grands MEUEUEUEUEUEUEUEUEUEUEUEUH.
La joie furieuse des villageois se déverse sous la tente, elle
s'y engouffre à gros bouillons, déchaînée, écumante, cin-
glante comme l'eau précipitée après l'écluse. Les mains s'entrechoquent, les fortes et les fragiles, celles qui détiennent
encore quelque pouvoir et celles qui n'ont jamais rien pos-
sédé, toutes les mains se font entendre et des centaines de
pieds se soulèvent et s'abattent à l'unisson sur le bois des
gradins. Les battements frénétiques se calent dans une harmonie troublante et les banquettes tremblent ; mon monde
oscille dangereusement. Ces étrangers battent la mesure,
ceux-là mêmes qui s'ignoraient en se poussant des coudes
tout à l'heure, tous ceux qui se percutaient sans ménagement
à la recherche de la meilleure place, en bord de piste ou au
plus haut des gradins pour y asseoir *son* gamin ; tous ceux-là
hurlent à présent d'une même voix et font vibrer leurs
membres dans une cadence identique, infernale – jusqu'à la
petite souris là-bas en bas qui mène ses paumes l'une contre
l'autre et martèle le sol de ses pantoufles à semelles orthopédiques. Quand Betty-la-bête et son dompteur s'éclipsent par
l'entrée des artistes, la foule furieuse ouvre grand sa gueule
et mugit telle une hydre à cent têtes – et qui s'entête dans
cette espèce de transe – et je sens, je sais maintenant que
ça va mal finir. Tôt ou tard, ça va s'écrouler. Les tendeurs
céderont, cette tente ridicule s'envolera dans un claquement
sec et je disparaîtrai avec elle, comme la petite fille en robe
bleue, chaussée d'escarpins rouges vernis vulgaires, s'envola
et disparut, elle aussi ; à la rencontre d'un magicien.

*

La piste est à nouveau déserte et la foule abandonnée au calme qui succède à la jouissance. Mon enfant (calme et réjoui lui aussi) a fini sa sucette et se cure l'oreille gauche avec le bâtonnet mâchonné.

— Ne te fourre pas ce truc dans l'oreille, Alban.

J'ai parlé trop fort.

Et curieusement, Alban obtempère. Dans un moment inédit (me procurant une félicité fugace que je savoure à sa juste valeur), mon enfant obéit et jette au sol le bâtonnet devenu inutile.

— On ne jette pas ses déchets à terre. Et on ne se fourre pas n'importe quoi dans l'oreille.

Le bonhomme frotte l'oreille incriminée pour signifier qu'il a compris.

— Retiens ce que maman te dit : les oreilles, c'est fragile.

J'insiste.

Je suis intransigeante.

On ne transige pas avec ça.

Je ne transige pas avec ça. J'ai toujours refusé qu'on m'inspecte le conduit auditif, j'ai dit non aux otoscopes toute ma vie. Je suis intraitable à ce sujet. Je ne veux pas en entendre parler. Quoi qu'il advienne, je préférerai toujours ne rien entendre. Principe de précaution. Réflexe de préservation. Comme vous voulez. J'ai les oreilles sensibles, fragiles, plus friables que du grès sous la pluie, elles laissent filtrer n'importe quoi, le son le plus insignifiant, le plus insignifiant

PRÉCIPITATIONS

chuintement – *chrchrchr*. Certaines personnes entendent *des* voix, moi je les entends *toutes*. Toutes les voix – à commencer par celles haut perchées des enfants. Les voix enfantines s'insinuent toutes à la fois, elles m'entrent dans la tête par l'oreille gauche, elles me gonflent et me tendent comme une outre qu'on remplit tant et tant qu'à la fin elle menace de crever. Oooooooh, j'attends le jour, il viendra, j'en suis sûre, où le trop-plein de bruit me dilatera et m'éventrera et où la masse spongieuse des voix accumulées dans mon ventre s'écoulera par la brèche en faisant *blop-blop-blop*. Plus souvent qu'à mon tour, j'ai recraché par la bouche le bruit qui m'était entré dedans par tous les trous, par les pores mêmes de ma peau – n'allez surtout pas croire qu'on entend seulement avec ses deux oreilles. Systématiquement, en soirée, aux fêtes d'anniversaire, à la nouvelle année, je dégueule. Même si je ne bois rien ou uniquement de l'eau. L'alcool n'est pas en cause, je ne suis pas saoul. Marie, c'est le bruit que je rends, le bruit qui me ressort par la bouche en filaments colorés vibrants frisottants. Je dois tirer sur le fil pour faire sortir tout entière la musiquette sordide qui me fait hoqueter. Le bruit est mon ténia. Quand je sens que *ça* arrive, je me rue gueule ouverte sur la cuvette et tire le ver bruyant par sa tête pour l'extirper de mon corps. Et seulement quand il m'a quittée, mon ventre se creuse et redonne de l'espace à mon cœur qui peut battre. Alors je peux m'étendre, recommencer à respirer et espérer, rêver de me reposer. Dormir. Oooh c'est vrai. Ça fait des années que je ne dors plus assez – une étude récente menée sur 31 621 ménages a montré que les mères de trois enfants dorment

PRÉCIPITATIONS

moins que celles qui en ont cinq, c'est illogique, à n'y rien comprendre. Impossible de dormir auprès des enfants. Les enfants font du bruit. Les enfants sont du bruit. Qui a déjà tenté de réduire un enfant au silence sait que c'est impossible, une quête hasardeuse, une vaine entreprise, au mieux une utopie. *Le Roi du Silence* lui-même perd tout pouvoir sur les enfants après vingt heures. *Chut plus de bruit c'est la ronde de nuit.* Duperie. La nuit, les enfants et le bruit font la paire comme le bruit et la fureur. Et parfois, aux heures les plus sombres et les plus impénétrables, quand l'un des trois petits fantômes hurle sous son drap maculé de sueur ou de pisse – indifféremment Alban, Arthur, Alice ; la nuit tous les enfants sont gris et les cauchemars se valent – j'ai des envies de me faire la malle.

Oh mes enfants ; au centre de la piste, une malle est apparue. *Comme par enchantement.* Elle y a été posée il y a quelques minutes par ce clown que j'ai entraperçu sans le voir. Rien à faire. Quand les clowns (étrangers au mien) apparaissent, je m'absente. Je me retire discrètement en dedans de ma coquille pour éviter d'avoir à affronter ces faciès inquiétants. Cependant, comme ma coquille est fissurée (je ne fixe pas le calcium, tous mes médecins le disent, j'encours de graves fragilités) et que je ne peux plus rien espérer colmater – les enduits, les plâtras, les mastics ne suffisent plus à me reboucher mes brèches –, des images de cet horrible clown me pénètrent malgré moi. C'est une infiltration grotesque. Un numéro tragi-comique, comme ils le sont souvent. Une histoire de mariage raté ; comme

200

ils le sont souvent. Une histoire qui aurait pu s'intituler *Le mariage n'aura pas lieu cette année*. Incapable de suivre la trame d'un bout à l'autre, je comprends (c'est bien assez) que le clown est une mariée. Une mariée abandonnée. Femme délaissée depuis de nombreuses années à en juger les rides qui quadrillent sa gueule enfarinée et l'état misérable de son maquillage et de la voilette trouée qui tout à la fois recouvre et révèle son visage. La mariée hallucinée poireaute devant l'autel, elle s'obstine, la vilaine, elle s'accroche ; elle ne peut se résoudre à cesser d'attendre cet homme qui n'a que trop traîné – ce marié, cet amour qui n'a jamais existé mais qu'elle recrée et réinvente pour l'avoir toujours à pleurer. Cette longue attente est un délire – supplice émaillé de sottises, de larmes et de rires. Son bouquet est truqué, ses fleurs fanées crachent de l'eau salée à la tête des vieux du Carré d'Or qui la remercient presque d'être ainsi arrosés. La chaise d'église sur laquelle elle s'assoit est bancale et s'effondre – et la mariée chute et se relève. Le talon aiguille de son escarpin blanc verni vulgaire se brise – et la mariée chute et se relève. Sa traîne s'emberlificote dans ses pieds (dont l'un à présent déchaussé) – et la mariée chute et se relève. Comique de répétition – en tout point cruauté – dont se gargarisent les enfants, mes enfants, qui frappent des pieds, hurlent et hululent à gorge déployée. *Houhou. Houhou.* La vieille cloche est huée. Au bout d'une série de chutes et de rodomontades, Monsieur Loyal revient en piste ; frappant violemment la montre en or qu'il porte en gousset pour signifier à l'assemblée – témoins et invités de ce mariage éternellement raté – que la comédie a assez duré. Comme la désespérée refuse de quitter la piste et s'accroche frénétiquement à la malle frappée des mots JEUNES MARIÉS, Loyal l'attrape par sa robe (qui se déchire dans un *chrchrchr* qui me fait frissonner), lui fait faire dix tours sur elle-même, l'emberlificote dans sa traîne, la jette sur son épaule et l'emporte sous les cris des spectateurs qui se repaissent de ses plaintes.

La mariée disparue, ses cris ravalés, la malle demeure incongrue au centre de la piste. Et bientôt un autre personnage lui tourne tout autour. Un grand homme maigre, aux yeux noirs, à la bouche fendue jusqu'aux oreilles, coiffé d'un chapeau haut de forme, couvert d'un manteau de velours et de culottes écarlates et bouffantes sous lesquelles ressortent ses bas blancs et ses souliers pointus. J'ai la nette impression que le curieux personnage me dévisage, mais peut-être avons-nous tous l'impression d'être entrés dans l'œil du magicien — Exclusivité pour le Blue Circus, les enfants, je vous présente le grand Sandman, prestidigitateur de renommée internationale, formé dans la plus pure tradition britannique, héritier de Selbit et Holding, vénéré sur son île et à travers le monde! Sandman en Belgique, aujourd'hui ; spécialement pour vous mes amis!

La voix qui tonne sous la tente ressemble à s'y méprendre à celle de Monsieur Loyal. Mais elle est monocorde, désincarnée, probablement synthétisée. Propulsée par un ampli Yamaha dissimulé sous les gradins. Ou bien tombée du ciel ou crachée des entrailles de la terre, je l'ignore. Cette voix tout en fausseté emplit la tente et s'insinue en moi par

PRÉCIPITATIONS

mon oreille la plus fragile — Sandman et son assistante, la merveilleuse, la fabuleuse, la troublante Hillary! Sous vos applaudissements: place à la plus grande des plus Grandes Illusions: LA FEMME COUPÉE EN DEUX!

À ce hurlement qui retentit comme un signal, une femme jaillit de la malle tel un diablotin de sa boîte à ressorts. Elle est jeune, grande elle aussi, longiligne même; ses cheveux roux – longs à en juger l'épaisseur de son chignon – sont ramassés au creux de sa nuque et son corps enserré dans une robe qui lui descend jusqu'aux chevilles, une robe immaculée, raide, sans fioritures ni dentelles, agrémentée d'un col officier et de manches boutonnées aux poignets et légèrement bouffantes aux épaules.

Tandis que l'enchanteur scrute l'assistance (semblant jauger petits et grands de son œil noir), la fille danse autour de la malle dont elle vient de s'extraire. Et dans un roulement de tambour que rien ne laissait présager en cet instant précis, le dompteur *mon dompteur*, toujours torse nu sous son boléro peau de bête, reparaît sur la piste en y faisant rouler une sorte de chariot élévateur sur lequel repose une caisse en bois sombre d'environ deux mètres de long sur septante centimètres de large.

Les enfants hurlent de plus belle et je me retranche derrière le dos d'Alban pour négocier cette nouvelle déferlante de cris. J'ai pris l'habitude en cas de coup dur d'enfoncer mon visage dans l'oreiller du clown ou dans n'importe quel objet ou surface où puiser son odeur; de préférence des vêtements qui ont été au contact de sa peau, son peignoir

PRÉCIPITATIONS

en éponge que je lessive deux fois l'an ou le T-shirt qu'il a porté ce jour de juillet où le soleil frappait fort, où lui frappait la terre pour y planter les choux et les pois et les fèves de marais, les haricots princesse, les haricots grimpants, le roi des beurres, les potirons géants, les courgettes jaunes, les melons, les radis en bandelettes, les tomates multicolores, les juteuses et sucrées et les petites acidulées, les fraises au pied des tournesols, et les bleuets, les pensées, les renoncules, les pivoines et *gentil coquelicot mesdames, gentil coquelicot.* À défaut de peignoir ou de T-shirt fleurant le soleil et la sueur, c'est le buste d'Alban que j'empoigne. Alban qui refuse mon étreinte et me repousse en trépignant.

— Un tour de magique, maman !

Mon fils pointe du doigt l'enchanteur qui fait apparaître une clarinette de dessous son manteau bleu et entonne un petit air de la même couleur.

Dès la première note (je reconnais la douceur d'un *si* – de quoi nous mettre tous en bouteille ici), c'est bien de magie qu'il s'agit. La mélodie est captivante et ne ressemble en rien au genre de musique qu'on attend dans un endroit pareil. C'est une chansonnette qui détonne en ces lieux survoltés. Suave, mielleuse ; on dirait presque qu'elle nous tend un piège.

L'assistante au corps sinueux se meut tout en courbes ; elle oscille comme un cobra au son de la bluette. Progressivement, l'hystérie laisse place au silence, et à la musiquette. Dans les gradins, les morveux les plus insatiables se rassoient, ils se rassemblent, se recollent les morceaux et se taisent et je comprends alors confusément que Sandman est

PRÉCIPITATIONS

un charmeur, un ravisseur d'enfants, mais un *vrai*, pas un de ces menus fretins faiseurs de tours de passe-passe. Non. Un magicien qui sait que pour approcher, attirer, apprivoiser les enfants, il faut les traiter pour ce qu'ils sont : des rats. Car que sont-ils nos petits ? Je te le demande instamment Marie ! Que sont-ils sinon de petites bêtes inquiètes, méfiantes, capables de se sauver au moindre danger, de se ruer dans les pieds pour les faire trébucher, de se glisser entre les jambes pour les entortiller, de ramper sous un lit ou derrière une armoire pour s'y abriter ? Que sont-ils sinon de petits êtres fouineurs, fugueurs, capables de faufiler l'entièreté de leur corps dans un trou dans un mur (au niveau de la plinthe), dans un ventre, capables de passer par le chas, par la fente, la fissure, la fêlure, l'embrasure de la porte et de derrière cette porte entrebâillée d'attendre, petits ratons pervers, que se calme la colère des adultes qui les poursuivent à coups de vociférations inutiles ?

Ça ne fait aucun doute.

Sandman a compris qu'il faut la patience la douceur et l'entêtement d'une ritournelle maternelle pour piéger ces bêtes-là – on n'attrape pas les ratons avec du vinaigre. Alors, il joue, le magicien. Longeant la piste, il souffle un air tel que jamais clarinettiste n'en a soufflé, un petit air *bizarre* qui conquiert le cœur de tous les spectateurs depuis six jusqu'à quatre-vingt-sept ans.

Quand il reparaît à ma hauteur à la faveur de sa progression concentrique, je peux détailler sa clarinette et l'expression *instrument de malheur* prend subitement tout son sens. L'objet en bois (ébène ou acajou, difficile d'en juger

205

à distance) est fendillé sur le bec et toute la longueur du pavillon et dépouillé de plusieurs clefs pourtant indispensables à l'émission du son. Impossible de produire une mélodie d'une telle finesse en jouant de cette chose qui s'apparente plus à un morceau de bois qu'à un instrument de musique. Je veux comprendre, élucider le mystère de cet instrument peu commun mais le magicien-musicien s'éloigne déjà de son pas alangui.

C'est pesant.

Il ne se passe pas grand-chose sous la tente; rien qui soit particulièrement *spectaculaire* sinon cette musiquette miraculeuse et familière. Pourtant, c'est indéniable, la foule enfantine se tait, elle se tient, elle attend, plus docile qu'elle ne l'a jamais été jusqu'à présent, elle suit du regard la danseuse qui ajuste sa trajectoire à celle du magicien-musicien. Observant Hillary, *belle d'abandon, dansant tel un serpent au bout d'un bâton*, il me vient une idée *bizarre*. J'ai la furieuse impression que cette fille au corps allongé et languide est sous le charme de Sandman, elle aussi; sous son emprise, ravie (sans doute depuis plusieurs années), hypnotisée, captivée, maintenue prisonnière par l'air de clarinette qu'on a l'impression de connaître ou d'avoir *toujours connu*. Une chanson douce qui sans cesse croît puis décroît et nous fait croire en elle. Une mélodie qui se déploie se déprend et revient sur ses pas. Une musiquette qui s'entête. Mais sordide. Obsédante. Inquiétante.

Les partenaires poursuivent leur lente farandole sur la piste; dansant, jouant sans s'interrompre, ils naviguent vers le chariot où repose la caisse couleur ébène aux parois latérales ouvragées, finement sculptées de motifs végétaux entrelacés et dorés à la feuille.

Et plus Hillary s'approche de cette caisse – qui m'évoque brusquement le cercueil de Queequeg –, plus je ressens moi le besoin impérieux de m'en éloigner. Sensation de répulsion qui m'assaille à la manière d'une quinte de toux. État d'âme – ou niaiserie – qu'on pourrait comparer, sans doute, à un *mauvais pressentiment*.

Cette prestation d'un genre que je ne reconnais pas, cette musique étrange et sortie de nulle part – tombée du ciel ou crachée des entrailles de la terre mais certainement pas produite par cette clarinette *bizarre* –, le duo formé par ce magicien-musicien et cette danseuse dont le corps ne semble contenir aucun os, et la présence sournoise du dompteur (un *deuxième homme*) dissimulé dans le drapé du rideau ne me dit rien qui vaille. J'ai envie de fuir. Prendre la tangente et mes jambes à mon cou – et m'éloigner de ce jeteur de poudre aux yeux.

Quitter la tente quelques minutes.

Durant un instant, tout ignorer de cet enchanteur *bizarre* vêtu *bizarrement* et jouant sur un instrument *bizarre* une musique *bizarre*, accompagné d'une fille au corps *bizarre* se mouvant *bizarrement* jusqu'à frôler ce coffre *bizarre*, y agripper ses doigts *bizarres* pour s'y hisser puis s'y allonger dans un mouvement *bizarre*, le tout sous les yeux d'une foule d'enfants qui se met à crier d'une même voix,

bizarre.

Les ricanements des enfants finissent de me convaincre.

Je repousse Alban sur la banquette et me relève aussi rapidement que mon corps alourdi me le permet.

— Maman arrive.

Inquiété par ces mots familiers murmurés brusquement, mon petit garçon braque sur moi des yeux sérieux et scrutateurs, il se raidit, prêt à bondir sur ses jambes couvertes de bosses et de bleus pour suivre sa maman où qu'elle aille. Mais je le rassois aussi sec entre Alice et Arthur et son corps produit un bruit mat lorsqu'il percute le bois des gradins.

— Maman. Arrive. Alban.

Trois mots cette fois.

Détachés.

Intraitables.

Comme une semonce infligée par ma voix intransigeante et dure.

La femme assise devant nous – celle qui est jeune et peut encore espérer faire du gringue à son voisin de banquette –, cette femme tourne vers moi son visage élégant, quoique déformé sous le coup de l'indignation ou de je ne sais quel sentiment mauvais. Son sourcil droit est arqué d'une façon grotesque (dévoilant un potentiel clownesque insoupçonnable), ses narines dilatées, son front marqué de trois rides verticales, sillons noirs infranchissables, et ses lèvres retroussées sur des gencives rosâtres et des incisives courtes et larges. Cette femme est affreuse et son expression terrifiante. Et j'ignore ce qu'elle me reproche, le fait de l'avoir dérangée alors que le tour du magicien prend un tour de plus en plus *intéressant* (à en juger aux hurlements s'amplifiant) ou ma façon abrupte de m'adresser à mon enfant.

208

PRÉCIPITATIONS

Au coup d'œil qu'elle pose alternativement sur ma progéniture et ma proéminence, je comprends que j'ai dépassé les bornes. Je suis une mauvaise mère (estampillée à l'instant, marquée au fer par son regard furieux), je suis une mère dure, une ordure pour tout dire, défaillante, égoïste et méchante – de celles dont on se dit tout bas qu'on ferait bien de les priver du droit de procréer, dont la stérilité subite serait d'utilité publique.

Peu m'importe à présent.

J'ignore la femme et ses regards scandalisés et passe devant les enfants sans m'attarder pour ne pas leur gâcher le spectacle. Parvenue à hauteur de Marie, je m'arrête. Dans son visage rougi par la chaleur je chuchote que je ne me sens pas bien, que cette fournaise, l'odeur de crottin, les cris des enfants, la musique, le clown blanc, le bruit, la magie, c'est un peu trop, je flanche un peu, mon ventre est un peu dur, un peu trop contracté, j'ai un peu mal, je suis un peu fatiguée, un peu incommodée, si elle voulait bien me confier sa clef de voiture, j'irais m'y reposer un peu et reviendrais un peu plus tard, promis juré craché, quand je me sentirais un peu mieux. Je suis pliée en deux face à elle, presque agenouillée à ses pieds, je plante dans ses yeux orgueilleux les miens sombres et fiévreux : forcément Marie n'oppose pas de résistance (ou alors juste *un peu*), elle ne peut pas me refuser ce service, une si petite faveur.

Je sens pourtant une hésitation dans son geste quand elle porte la main à son sac, ses doigts courts et forts se figent et s'agrippent à la bandoulière en cuir comme s'ils refusaient d'abord d'obéir à l'ordre dont ils savent pourtant qu'ils l'exécuteront l'instant suivant – Marie n'a pas le choix. Mais peut-être voudrait-elle me demander si j'ai besoin d'aide ou si je souhaite qu'elle m'escorte jusqu'à sa voiture. Peut-être nourrit-elle des craintes pour Lodicarto, cette voiture de société, l'outil de travail qu'il ne faut abîmer ni souiller sous aucun prétexte. Quoi qu'il en soit, les mains contrariées se remettent à bouger et farfouillent dans le vaste fourre-tout pour en extraire le trousseau que je saisis avant qu'ils changent d'avis. Merci Marie. Je presse les clefs dans ma paume et sens leurs dents s'enfoncer dans ma chair. Et je savoure cette morsure. Après avoir adressé un regard à Alban – mon enfant s'est serré contre sa sœur, mon cœur se serre – je m'en vais. M'éclipse. Me faufile dans l'espace ménagé entre les gradins.

De toute évidence, les lieux n'ont pas été pensés de sorte à faciliter le passage aux femmes enceintes ou aux grosses femmes ; les grosses et les engrossées n'ont qu'à bien se tenir, là-bas en bas, sur les chaises moulurées du Carré d'Or. Les grosses groupées avec les souris grabataires, ça se tient. Tandis que les mères et les pères encore beaux, amenés à se frôler dans l'obscurité sans frôler le ridicule s'en vont rivaliser de sveltesse tout en haut, au sommet du chapiteau. Oooooooh. Ça-va-ça-va. J'ai compris. Je descends. Je n'étais pas à ma place dans les hautes sphères – mais ma place où est-elle (sinon à la vaisselle) ? *Ne regardez pas la grosse femme qui passe, regardez seulement quand elle est passée.* Je progresse dans l'obscurité, à tâtons, évitant comme je peux de m'agripper aux têtes blondes et touffues des angelots et de leurs parents. Et quand malgré ma prudence je bouscule une spectatrice d'un coup de ventre, je crachote un pardon. Petit mot mendiant qui doit se suffire à lui-même. Pardon. Pardon. Je chuchote avec force précautions. Je chuchote, mais mon filet de voix se propage, chantant, chuintant, grinçant – *chrchrchr* – il file, flèche et m'échappe comme mon fils quand je m'échine à le poursuivre. Cette voix qui demeure inaudible quand elle devrait pourtant se faire entendre, cette voix grossit maintenant à mesure qu'elle s'éloigne de mon corps émetteur. Pardon. Pardon. Pardon. Elle se répand en cercles excentriques et résonne rauque veule vulgaire jusqu'aux oreilles du magicien ; mais cet homme a l'oreille parfaite, il a l'oreille *absolue*, c'est absolument sûr. Je suis dans la merde. Merde. La peur d'être surprise me fait faire des bêtises. Je piétine, piaffe d'impatience comme une jument dans son paddock et trébuche sur la jupe étalée en corolle d'une connasse qui m'adresse un regard courroucé et des paroles qui me lacèrent l'oreille gauche. L'oreille la plus fragile, la plus friable, celle qui laisse tout passer. La femme me tance, elle me méprise avec des *ssss* de serpent, des *a* d'anaconda — *Sss'est une sssi belle jupe en sssoie, la meilleure sssoie qui sssoit, une femme comme vous ne peut comprendre sssa.* Ses susurrements s'élèvent et forment autour de moi un halo sonore et lumineux. *Sainte Pétra tout entourée de mots belliqueux, Pétra, dans son état piteux.* J'ai honte. J'ai peur. Je veux à tout prix éviter la lumière mais la lumière me poursuit. Elle me pourchasse. Elle me traque. Projeté sur la toile de tente, mon ventre exorbité réduit à néant mes chances

PRÉCIPITATIONS

de passer inaperçue. Où que j'aille, l'ombre de ma protubérance me talonne et me dénonce. Cette fois, ça y est : j'en
suis, je suis une freak aux proportions vraiment énormes,
inquiétantes. Un monstre femelle en fuite. Et la foule à mes
trousses, la foule retrousse ses babines, elle feule et déverse
vers moi des bruits inhumains ; un chat souffle, un chien
hurle, un porc grogne, une jument hennit et racle la terre
de ses sabots pourfendeurs et l'oiseau de malheur l'oiseau
moqueur croasse à qui mieux mieux. Quoi. Quoi. Quoi ?
Que me veulent-ils tous à la fin ?

Dans la grêle des cris et des tambours, le magicien poursuit son vilain tour. Il remise sous son manteau velours son
instrument de malheur mais la musiquette se poursuit dans
ma tête. Avec l'aide du dompteur, promu bourreau pour
l'occasion, Sandman s'apprête à introduire une longue scie
dans la boîte où s'est allongée la fille au corps frêle – à l'exception de sa tête passée par un trou (goulet d'étranglement
fermé sur son cou), le corps d'Hillary est désormais soustrait à la vue. J'essaie de me détourner de la scène mais suis
alpaguée par le reflet argenté de l'outil qui ressemble aux
scies à quatre mains dont se servaient les bûcherons pour
abattre des séquoias géants du temps où la tronçonneuse
n'existait pas.

La fille, *l'assistante* comme on dit, a tourné son visage
vers *l'assistance*, comme il faut dire. Elle nous regarde. Nous
autres. Nous tous. Sa nuque coincée dans la main libre du
magicien qui la retient dans son étau, elle mime la douleur
et l'effroi – à moins que ce soit vrai, une peur non feinte
dans ce regard fiévreux, éprouvée à la fois pour la lame affû-

212

tée et la foule affamée, cette foule en transe, jeunes vieux femmes hommes et tous les petits enfants unis dans le désir impérieux d'assister jusqu'au bout à cette exécution sommaire.

Oh la condamnée espère.

Elle attend qu'une voix se détache s'élève et surpasse celle des autres pour faire entendre *pitié*.

Mais si elle existe en ces lieux survoltés, cette voix n'est pas de taille à couvrir celle des autres. Fluette. Enfantine. Étouffée. La petite voix couve – elle stridule, chuchote et chuinte, provoquant de-ci de-là l'un ou l'autre cas de conscience – mais elle ne peut pas s'imposer, elle ne peut pas se sortir du lot. Elle ne fait pas le poids. Alors que moi, moi si lourde, moi pesante, moi, je dois me sortir d'ici, m'extirper à tout prix de ce pétrin. À chaque mouvement que la scie effectue dans la fente percée au centre de la caisse au centre de la fille, c'est mon ventre qui se tord et à l'intérieur l'enfant qui lutte pour en sortir – et vite. *Ne pousse pas, Pétra, ne pousse surtout pas.* Sans quitter la suppliciée des yeux, puisant dans son regard farouche la force qu'il me faut pour fuir, je parviens enfin à me traîner tout en bas des gradins. Le plus discrètement possible, je longe la piste jusqu'à l'entrée et repousse le rideau bleu qui s'entrouvre, s'enroule sur mon corps comme une cape et laisse pénétrer sous la tente un flot de lumière crue.

Pas tout à fait ébloui, mais néanmoins perturbé, Sandman cherche d'où provient le rayon intrusif et découvre ma présence sur le seuil. Il prend le temps de m'inspecter, ses yeux noirs brillants dardés sur moi, sa tête inclinée, ses lèvres pincées, hésitant quelques secondes, lissant une mèche brune, donnant l'impression de peser le pour et le contre – cet *incident* mérite-t-il vraiment qu'on s'y attarde? Je suis statufiée. Pétrifiée. Je crains *j'espère* un moment qu'il se mette en colère et me traîne par les cheveux sur la piste pour m'y punir à mon tour – mais non. *Même pas.* L'enchanteur n'est pas contrarié à l'idée de ma sortie; au contraire. D'un clin d'œil, il zappe mon existence et l'imminence de mon exit et reporte son attention sur la créature hypnotisée et allongée dans la caisse.

Il plonge ses yeux mal intentionnés dans les siens et d'une main autoritaire – et tout le monde ici comprend que le moment est capital, tout le monde se tait, le silence s'impose rompu seulement par quelque halètement furtif et le ronronnement des caisses claires – fait signe au dompteur-bourreau-accessoiriste d'en finir.

Alors le dompteur *mon dompteur* exécute un saut périlleux qui le mène au plus près de la malle et dans un mouvement étudié, théâtral, y plonge la main gauche *la senestre* et en ressort un assortiment de trois lames en acier au double tranchant biseauté ainsi qu'une scie circulaire luisant dans l'obscurité.

La foule fait le dos rond, elle retient son souffle, moi aussi – je tremble et attends, mal droite, la tête dodelinant, les bras ballants, frottant la semelle de ma huarache sur le sol parsemé de crottin, figée, au bord de la disparition, anéantie par l'envie *le plaisir* de regarder *ressentir* ces lames pénétrer le bois tendre et je le crains *je l'espère* les chairs palpitantes de la femme asservie.

PRÉCIPITATIONS

Quand surgit la lame de fin – la lame de fond, la plus puissante, celle qui m'emportera, me mettra cul par-dessus tête – l'excitation est épaisse, palpable; à couper au *couteau*, elle fait ployer mes épaules et me maintient les mains jointes; mes lèvres remuent et je marmonne mais je ne sais pourquoi ni pour qui je prie dans ce moment fatidique. L'arme brandie, prêt à infliger le coup de grâce, le magicien adresse à Hillary un sourire facétieux auquel elle répond en fermant les yeux. Comme une jeune épousée attend devant l'autel qu'on l'embrasse, Hillary, résignée, attend qu'on en finisse. Ses yeux sont clos, elle ne voit plus l'enchanteur mais le devine et anticipe ses gestes à l'intensité des cris qui s'élèvent autour d'elle. Depuis le temps qu'elle incarne la Femme coupée en deux, Hillary connaît le vilain tour par cœur et sait pertinemment quel tour prendront les événements. Elle ne se fait pas d'illusion; le changement ne sera pas au rendez-vous cet après-midi plus qu'il ne l'était hier, il n'y aura pas de surprise, pas davantage de commisération dans cette ville de province que dans n'importe quelle ville de province. Rien d'inattendu. Pas de retournement de situation. Aucun espoir de rédemption. Pas l'ombre d'un pardon. Dans une fraction de seconde, Sandman mènera la foule vers le point de non-retour – pour le clou de sa grande illusion, il fera rugir la scie circulaire, un outil truqué, détourné, juste bon à tourner fou mais qui fera bien l'affaire, un joujou grinçant qui fera le *job*. Il abaissera le cercle miroitant vers la caisse en bois tendre et le fera gronder et faire des étincelles jusqu'à ce que la foule gronde elle aussi, qu'elle sorte de ses gonds et qu'une vague plus compacte encore que les précédentes déferle sous la tente, charriant avec elle tout ce que cette masse frénétique, échevelée, peut contenir d'indignité.

Dans la mêlée, la clameur des mugissements et des cris de délivrance, l'oreille aguerrie d'Hillary pourra entendre s'exprimer la joie, le désir, la jalousie, la surprise, la frustration, la colère : c'est qu'il y a mille raisons de crier au cirque. Toutes les raisons se valent, toutes les raisons sont bonnes – les ratons crieront leur joie d'être venus rire avec père et mère, les vieillards du Carré d'Or crieront leur fierté d'être encore ; quant aux rats quarantenaires (indifféremment mâles et femelles), ils crieront fort, à tort et sans raison, sur le mauvais sort, le temps perdu, le temps qui peut se dilater et s'immobiliser peut-être mais qui ne revient jamais en arrière. On crie sur Hillary – et ces éclats de voix la débitent et la décapitent bien plus sûrement que la fausse scie –, on crie à travers elle, à travers tout, vilains rats, on chicote sur le temps gaspillé à ne pas être, pas chercher, pas oser, sur les moyens qu'on ne s'est pas donnés, la chance qu'on ne s'est pas octroyée, la jeunesse dilapidée avant que d'avoir pu en profiter – jeunesse jaunâtre saumâtre écrasée dans sa coquille –, jeunesse défigurée déchirée cent fois rapiécée ravaudée aux emmanchures, cette jeunesse qui ne ressemble plus à rien, à quarante ans, nos gueules cassées, les occasions manquées il y a peu d'être belles et beaux, *Rois et Reines*, la confiance détraquée rafistolée à coups de fard et de regards en coin dans nos miroirs *alouette, gentille alouette*, l'alouette disparue, envolée, le ciel livide, le blanc du ciel inaccessible à nos reptations, le jardin désertique, nos errances dans le

PRÉCIPITATIONS

jardin de sable, les chimères, les mirages, nos aberrations, nos soumissions, compromissions de bas étage, nos ambitions si souvent revues à la baisse, les petitesses, les projets rapetissés – le doctorat abandonné, le potager délaissé au milieu de l'été (quand il allait enfin donner), le plan d'eau asséché, la maison délabrée qu'on s'était promis de retaper, ce roman qui devait faire 800 pages qui en comptera si tout va bien quatre fois moins, quatre fois rien; qui ne sera pas une saga, pas une fresque familiale, pas même un conte à dormir debout, une histoire d'eau sale et de vaisselle –, les rêves entachés, les rêves touchés du bout des doigts et dont il ne subsiste rien, pas la moindre esquisse à demi effacée dans l'ombre du grenier, les espérances tissées comme une toile d'araignée, les folles espérances, les belles, les fières, les fragiles, fichues sitôt qu'on les a frôlées, les foirages, les ratages en beauté, ce qu'il aurait fallu faire seul peut-être plutôt que mal accompagné, les *autres*, *ces* autres, ceux qui nous ont faussé compagnie, méchants rats qui ont quitté le navire, indifféremment père, mère, frère, sœur, amis –; repères, compas, compères disparus, foutu le camp quand il n'a plus été le temps de rire, cigales filant chanter sous d'autres cieux, dans d'autres lieux, d'autres fêtes, loin de nos mines abattues et de nos existences défaites –, ces rats qui nous ont pigeonnés, trompés, déçus, lassés, ceux qui nous ont détroussés, jetés dans les orties, défroqués, piqué nos culottes et nos mecs, ceux qu'on a virés parce qu'ils piquaient dans nos assiettes, nos restes (encore beaux), nos miettes, les connards qu'on aimait et qui nous ont lâchés quand on a eu le premier bébé, ceux-là mêmes qui nous ont subitement oubliés, des rats à la mémoire courte, ceux qui ont cessé de nous inviter à leurs fêtes prétextant qu'elles étaient *sans enfants de toute façon*, ceux qui nous ont oubliés quand on ne pensait qu'à eux, qui n'ont plus rien voulu connaître de nos garçons et de nos filles, à qui l'on aurait voulu parler encore un peu de nos vies, nos boucles, nos plis, nos partis pris, de nos vrilles, nos virages contrôlés de justesse *pour un peu on se trompait*, de nos ratés, nos ratures, nos erreurs inassumées, nos petits pâtés de gros bêtas, des hésitations, des frissons, des tremblements irrépressibles, des convulsions de nos nuits sans tendresse ni passion, des sueurs froides et des heures laides, et de notre conscience bien sûr, notre pensée émergée, la partie visible de nos icebergs, notre stupeur, le jour de naissance de notre cancer, de nos cellules, nos prisons – nos cerveaux incarcérés en carcinomes – nos mutations, notre sang en ébullition, nos tissus adipeux, desséchés, nos brûlures, la maladie qui nous remet les points sur le *i*, nos ça-suffit, nos exuvies, notre peau sur les os, nos organes affaiblis livrés en pâture à la peur, aux thérapies, aux chimies, aux traitements malfaisants, nos craintes métastasées, nos plaies vives et nos fractures, inquiétantes, irréductibles ; nos problèmes de foie de tension d'estomac de côlon et nos problèmes de cœur et nos surinfections, l'infecte réalité de nos lâchetés, nos mensonges éhontés et heureux, mensonges pieux, couleuvres avalées régurgitées dans le caniveau, nos engueulades, nos sursauts, nos rebonds, nos ruades, nos fuites en cavalcade, nos excuses, nos furies, nos rencontres, nos étreintes, nos baisers amourachés, empressés et cachés, nos balades adul-

PRÉCIPITATIONS

tères, nos orgasmes peut-mieux-faire, escapades mortifères, corps dénudés, entrelacés derrière les portes cochères, nos trahisons, nos malfaçons, nos remontrances, nos pardons, nos cassures, fêlures, regrets, feulements, ruptures, nos étranges et douloureux divorces, nos renoncements, nos à-quoi-bon, nos abandons, nos bras ballants, nos têtes dodelinant, nos yeux larmoyant, considérant en fin de compte les affaires qu'il nous reste, en fin de mois, nos dettes, l'argent, le fric, le flouze, le nerf de la guerre, l'enfer qui nous tient (la tête dans l'eau) quand tout le reste s'est enfui, le pognon emprunté de bonne foi pour des vacances en été, des vols d'avion en juillet, quatre mois sans viande rouge pour dix jours de ciel bleu, nos escapades all-inclu-sive, nos bagnoles full-options, nos cuisines full équipées, nos frigos gigantesques, gigantesques gueules béantes, nos machines à nous faire pétiller l'eau du robinet, nos machines à nous moudre du café, machines à nous faire à bouffer qui nous rendent bêtes à bouffer du foin, robots ménagers pro-grammés pour nous pétrir, nous travailler au corps, nous faire entrer dans le moule, faire de nous des bonnes pâtes, molles, douces, dociles, levées du bon pied, nos machines à nous faire oublier que nous sommes pieds et poings liés, que notre obsolescence aussi est programmée, nos machines à nous filmer et nous photographier pour nous montrer sur les réseaux plus heureux et plus intelligents qu'on ne l'a jamais été, nos PC, nos notebooks miniaturisés, nos smart-phones toujours plus légers – *less is more*, quand bien même on s'amoindrit, on devient petit, gros et gras, *dis-moi petit gros gras grand grain d'orge quand te dé-gros-gras-grand-grain-*

d'orgeras-tu ? –, nos casques connectés, nos réalités augmen-
tées, nos liseuses, nos télés diseuses de bonne aventure,
télé-crochets, télé-menteuses, calculatrices capables de nous
programmer des envies de scruter des écrans toujours plus
plats, plus larges, plus prompts à nous rendre plus cons et
nous enfoncer plus profond dans le canapé en T qu'on a
coincé dans le salon étriqué de la maison qu'on aura pas pu
s'acheter, la maison de rangée (mal rangée d'ailleurs) qu'on
loue à côté de celle du voisin *la Maison du Voisin* –, cette
baraque et pas une autre, cette piaule qu'on appelle *La
ferme rose, Le petit château, La cathédrale*, qui est *nécessairement* mieux que la nôtre, avec ses mille étages, ses corniches
en bois imputrescible, son toit de chaume, ses cent chambres, sa baignoire à remous, son beau jardin, son gazon
tondu, maudit, son lilas blanc, sa pataugeoire, ses petits
canards, sa balançoire, son allée bordée de nains, le cul
bordé de nouilles du voisin – *la Chance du Voisin*, son petit
bonheur, c'est quelque chose, sa voiture mille places, sa
putain de Chrysler Voyager payée cash, son Johnny Walker
qualité supérieure, son torse bombé de matamore, les airs
supérieurs de sa bombasse et leurs enfants supérieurs aux
nôtres, les deux trois cinq enfants qu'on a eus et ceux qu'on
désirait, les enfants qu'on mérite il paraît, des enfants qui
nous ressemblent, mais alors *méchamment*, nos enfants difficiles, malheureux, nos morveux boutonneux et blafards
qui nous donnent du fil à retordre (mais pas de grain à
moudre), nos ratons étiquetés, indifféremment autistes
HP TDA/H hyperactifs dyslexiques dyscalculiques dysor-
thographiques dyspraxiques, des ratons dispersés, dératés,

bons à rien, bons nulle part, surtout pas à l'école, ratons
ratés qui soupirent et qui couinent pour un oui pour un
non, nos gamins qu'on engueule, qu'on maltraite, qu'on
remballe, nos gosses qu'on tabasse l'air de ne pas y toucher,
auxquels on fait payer le prix fort de nos déconfitures, de
notre culpabilité, du sentiment qui nous accable; d'être
mat (mais sans reine, sans garde-fou, enfermé dans une tour
sans échappatoire), d'être à bout, con fini, dépassé, mort
crevé, vidé, fatigué de tout, du travail surtout, ce boulot
mal payé, un *job en or* qu'on nous disait, dont on ne voulait
pas et qu'on aura été contraint d'accepter pour s'éviter la
galère, la file au bureau de chômage, les lèvres retroussées de
la guichetière qui cachette les cartes de pointage, *le Regard
des Autres* (plus accablant encore que celui du voisin), le
regard vitreux des vaincus, les regards faux-fuyants, le regard
torve du conseiller emploi, ses airs victorieux, ses discours
à la mords-moi-le-nœud, ses conseils de sale type, sa ran-
cœur qui conspire, son mépris qui nous compisse, les ques-
tionnaires impersonnels auxquels il faudra se soumettre
pour expliquer qui l'on est et d'où l'on vient *putain*, quelle-
école-pas-d'école-pas-de-diplôme, de quelle université et ce
qu'on y a fait, combien d'années, les inepties qu'on a étu-
diées, le latin, la littérature, le français – futilités, *à quoi
diable voulez-vous que ça serve dans cette société* – et combien
de temps, premier cycle, deuxième cycle, troisième cycle,
master, bachelier, *un, deux, trois, Soleil!* quelles langues
vivantes véhiculaires on baragouine et jusqu'où, ce qu'on est
capable de dire, de papegai is in de kitchen, yes or no, to be
or not to be, connaissances basiques, notions approfondies,

centres d'intérêt, atouts et qualités, ce qu'on pourrait apporter à cette boîte si elle nous engageait – *mangez-moi, mangez-moi, mangez-moi!* – candidatures, caricatures, lettres motivées mais sans amour ni noblesse, CV mensongers, truqués pour la bonne cause, duperies pieuses, menues roublardises *c'était pas bien méchant*, nos manquements, nos mauvaises pioches, la maldonne, l'injustice, la poisse qui colle aux basques, les bassesses, les bêtises, les coups bas, les coups de poing, les coups de pute, l'amertume qui nous enfle le ventre et nous flétrit les flancs, sensation désagréable que l'aube qui n'est plus une aubaine est rejouée sans cesse pour du beurre, indéfiniment, chaque matin tremblotant comme du flan, surgissant à l'horizon pour manger sans faim dormir sans songe et boire sans soif, chaque jour infligé, comme une douche froide, un coup de massue, une agonie, une litanie, une punition, une claque dans la figure (mais on ne sait plus pourquoi, quelle faute on a commise), chaque matin levé plus à côté de ses pompes, plus à côté de soi-même, complètement à côté de la plaque, à côté d'un homme ou d'une femme, un vis-à-vis terni qu'on a connu peut-être mais dont on a oublié quand comment pourquoi on l'a aimé et qu'on n'a plus la force de plaquer, une épouse, un mari, un conjoint, *quelqu'un* – à qui l'on eût vendu son âme pour quelques sous – avec qui l'on reste parce qu'il n'est plus l'heure de partir, parce que c'est trop tard pour les grands départs, parce que les dés sont jetés, pipés, perdus, dés égarés en route avec les clefs de voiture, parce qu'on a perdu la face et que côté pile c'est pareil, à l'ouest rien de nouveau, parce que c'est sans espoir, parce que c'est sans

PRÉCIPITATIONS

lumière, parce que l'amour n'est pas heureux, parce que la liberté n'est pas dans le pré et parce que l'herbe n'est pas plus verte dans le pré d'à côté – voilà pourquoi on crie sur Hillary.

10

Dans la poussière du parking où je tombe à genoux, les bras enroulés autour du ventre, je me berce au son d'une petite voix – fluette enfantine étouffée – qui me souffle à l'oreille que je suis comme les autres, exactement pareille à ceux qui couinent sous la tente ; une bestiole aux aguets, inquiète, égoïste, chichiteuse, une créature obscure et hybride, mi-souterraine mi-aquatique ; un rat d'eau éreinté sur le point de sombrer, enfin *une rate*, rongeuse, fiévreuse, rongée de culpabilité – revisitant de sa vie les sombres galeries ; par ordre d'apparition de ses plus mauvais rôles.

PÉTRA
PETITES VOIX D'UNE RATE
AUX HUMEURS NOIRES

POLYPHONIE
POUR UNE COMÉDIENNE
SUR UN AIR DE CLARINETTE

PRÉCIPITATIONS

Voix matricielles
La fille (*folle*)
L'amie (*gentille*)
L'amante (*méchante*)
La belle-mère (*marâtre*)
La mère (*mauvaise*)

À genoux dans les graviers et tout entière, la tête entre les mains.

LA MÈRE : Reprends-toi, Pétra.

L'AMIE : Tu n'as aucune raison de te faire du mauvais sang.

L'AMANTE : On avait dit *rire* au cirque. Pourquoi tu pleures ?

LA FILLE : J'ai peur des clowns.

L'AMIE : Ça arrive à tout le monde.

LA FILLE : D'avoir peur ou de pleurer ?

L'AMANTE : D'avoir peur, de pleurer, de se faire du mouron, de caqueter, crier, grincer des dents dans les graviers, de se laisser aller, s'effondrer, craquer les coutures, crouler, rouler en boule ; ma poule.

LA FILLE : Une poule sur un mur.

LA BELLE-MÈRE : Y a erreur sur ma nature.

LA FILLE : Qui picore du pain dur.

LA BELLE-MÈRE : Je suis une rate.

LA FILLE : Picoti, picota.

LA BELLE-MÈRE : Une rate engrossée et féroce – les poules, les brunes, les rousses, j'les bouffe.

L'AMANTE : Une rate à quatre papattes.

LA MÈRE : Une rate amère.

LA BELLE-MÈRE : Atrabilaire.

L'AMIE : Mélancolique.

LA MÈRE : Et quasi quarantenaire.

L'AMANTE : Mélancolique : mon cul.

LA BELLE-MÈRE : Jalouse.

LA MÈRE : Mais de quoi ?

LA BELLE-MÈRE : De *qui*.

LA FILLE : This is the question !

L'AMANTE : Des Betty-baudruches. Des Hillary-brindilles. Des filles longues et légères qui virevoltent et flottent en l'air, des filles qui brillent et sautillent. Enfin des poulettes, les brunettes et roussettes qui jacassent et qui gloussent ; appétissantes pépettes qui caquettent et claquettent sous la tente.

L'AMIE : Tu veux que je te dise : elle n'est même pas jolie, *ta* Betty.

LA FILLE : Elle est carrément *canon*, tu veux dire.

L'AMIE : Carrément méchante.

LA MÈRE : Jolie ou pas, tu voudrais de la vie de cette fille ?

LA FILLE : J'adore le hula-hoop !

LA MÈRE : Traîner d'une ville à l'autre, te crever sur la route toute la sainte journée, monter et démonter cette tente monstrueuse, dresser ce mât monstrueux et côtoyer ces gens monstrueux – oui, *monstrueux*, Pétra, cette *faune*, ce Sandman perché, ta Betty-entubeuse, l'Hillary-sans-os et le clown au sourire carnassier.

LA FILLE : J'ai un gros nez rouge, deux traits sous les yeux !

LA MÈRE : C'est donc *ça* que tu veux, ma petite rate ? Vivoter au son incessant des musiquettes, ces airs de clarinette qui te rendent folle et te font hoqueter. Et t'occuper des bêtes avec ça, donner de la viande aux chiens, du fourrage aux lamas, de l'herbe verte aux biquettes, des graines au perroquet moqueur et des carottes au grand cheval qui crève de chaud sous le cerisier rouillé – veaux, vaches, cochons, couvées ; c'est ça que tu veux ?

LA FILLE : J'ai peur des lamas.

L'AMANTE : Lama mordre toi !

LA MÈRE : Tout ça pourquoi ?

L'AMANTE : Les grands yeux du dompteur !

LA BELLE-MÈRE : Ne rougis pas, non ne rougis pas.

LA MÈRE : Pitié.

L'AMANTE : Sa voix caillouteuse, son cou crémeux, son torse presque glabre, sa peau dorée, ses bras noueux, son dos musculeux.

LA MÈRE : Ne me dis pas que tu te mets dans cet état pour ce rustaud entraperçu. *Toi je te vois.* Tu parles d'une déclaration. Bon sang, Pétra, ouvre les yeux : ce type ne t'a pas vue de ses yeux vue. Il ne te verra pas. Et quand bien même tes gesticulations poussives finiraient par te faire remarquer, que ferais-tu d'un gardien de bétail qui ne parle même pas français ?

L'AMANTE : Ce que tu peux être péteuse quand tu t'y mets.

LA MÈRE : Lucide.

L'AMANTE : Prout-Prout Pétra.

L'AMIE : Ça vaut pas la peine de laisser ceux qu'on aime pour aller faire tourner des ballons sur son nez.

L'AMANTE : Avec un dompteur au dos musculeux, peut-être bien que ça en vaudrait la peine, poulette.

L'AMIE : Ça fait rire les enfants, ça dure jamais longtemps, ça fait plus rire personne quand les enfants sont grands.

L'AMANTE : Je suis une petite fille. J'ai envie de rire.

LA MÈRE : Sois raisonnable, Pétra.

L'AMANTE : On avait dit *rire au cirque.*

LA MÈRE : Pense aux enfants.

LA FILLE : Je pense donc je suis.

L'AMANTE : J'y pense et puis j'oublie.

LA MÈRE : Tu n'as pas le *choix*.

L'AMANTE : Les enfants, les enfants, les enfants. J'en ai ma claque, l'encloquée.

LA MÈRE : Tu as des *responsabilités*.

L'AMANTE : Tes sacro-saintes responsabilités de mère. Mère. Mère. Mère. Merde. Tu n'as que ce mot à la bouche. Deux ans que tu nous bassines avec tes histoires de lait, de rot, de pet, de vaccinations recommandées, de mamelons irrités, de roséole, de pesées, de berceuses, de nombril infecté, de muguet, de premières selles dorées, de coliques nocturnes et de diarrhée. Ooooh tu cries dans le désert, ma petite mère. Y a plus personne pour t'écouter – même le clown, cet amour, le *tien*, cet homme qui est venu te chercher parce que tu l'as choisi et qui t'avait prévenue, souviens-toi – fatigue privations manque de temps temps qui passe –, cet homme en a soupé de tes croisades, tes histoires de mère sainte. Tu brasses du vent, Pétra. Tu ne sais plus faire que ça ; des moulinets avec tes bras.

LA FILLE : Ainsi font font font les petites marionnettes.

L'AMANTE : Tu es irrespirable.

LA FILLE : Il faut que tu respires.

L'AMANTE : Tu pompes l'air autour de toi.

LA FILLE : C'est demain que tout empire.

L'AMANTE : Inexorablement, tu fais le vide. Et m'est avis que ça va pas s'arranger avec la naissance du petit. Ce petit mâle qui se débat dans ton ventre et dont je te rappelle, à toutes fins utiles, que tu n'en voulais pas.

LA MÈRE : Je ne vois pas de quoi tu veux parler.

LA BELLE-MÈRE : La Mère, l'Immaculée, l'Innocente.

L'AMANTE : Tu as la mémoire courte, ma petite rate.

LA FILLE : J'ai la mémoire qui flanche.

L'AMANTE : Quand tu as su que ce serait un deuxième garçon, souviens-toi, tu as désiré qu'il disparaisse.

LA BELLE-MÈRE : Remember. Souviens-toi. Esto memor.

LA FILLE : J'me souviens plus très bien.

L'AMANTE : La gueule enfoncée dans ton oreiller, tu as pleurniché et prié qu'on t'accorde une fausse couche.

LA MÈRE : Tu mens.

LA BELLE-MÈRE : Y a des vérités qui ne sont pas bonnes à dire.

L'AMANTE : Tu as bu des alcools blancs et fumé des sans-filtres en espérant que ça le décroche.

LA MÈRE : Tu mens. Tu mens. Tu mens.

LA FILLE : Croix de bois croix de fer si je mens je vais en enfer.

L'AMIE : L'enfer est pavé de bonnes intentions.

LA BELLE-MÈRE : Tu es même *tombée* dans l'escalier.

LA MÈRE : Oh j'ai trébuché.

LA FILLE : Oh la menteuse, elle est amoureuse!

L'AMANTE : Chaque soir du premier trimestre – ces trois premiers mois si fragiles, déterminants – tu as récité ta petite prière putassière. Chaque soir, tu as souhaité la mort de ton mâle embryonnaire. *Tout ça pourquoi?* Parce que tu voulais une femelle. C'est tout. Vilain petit caprice: Pétra voulait une princesse bien à elle pour concurrencer de Marie la merveilleuse Alice. Chaque soir, tu as grommelé des incantations que Médée ne pourrait imaginer. Tu as jeté des mauvais sorts sur ton propre ventre. Le mauvais œil à ton innocente progéniture. Et chaque matin, comme si de rien n'était, mère éplorée, tu as repris tes airs de sainte-nitouche martyrisée.

PRÉCIPITATIONS

LA FILLE : Sainte-nitouche touche ma cartouche.

L'AMANTE : Tu sais ce qu'on fait aux petits rats, Pétra ?

LA FILLE : Je donne ma langue au chat.

LA BELLE-MÈRE : Réfléchis.

L'AMANTE : Que fait-on au raton qui naît rose et nu ?

LA FILLE : On l'attrape par la queue.

L'AMIE : Oui ! Le petit bout de la queue du rat qui gesticule.

L'AMANTE : Si tu veux.

LA MÈRE : Je ne veux pas.

L'AMIE : On le montre à ces messieurs.

LA MÈRE : Je n'ai jamais voulu ça.

LA BELLE-MÈRE : Ces messieurs me disent.

LA FILLE : Trempez-le dans l'huile.

LA MÈRE : Je ne vous entends pas.

L'AMIE : Trempez-le dans l'eau.

LA MÈRE : Je déteste les escargots.

LA FILLE : Un petit raton dans l'eau.

LA BELLE-MÈRE : Nage, nage, nage, nage, nage.

L'AMIE : La première fois qu'on nage.

L'AMANTE : Une chose est sûre.

L'AMIE : On ne le sait pas.

LA FILLE : Un petit raton dans l'eau.

L'AMANTE : Nage moins bien que les gros.

LA FILLE : Maman, les petits ratons qui vont dans l'eau ont-ils des jambes ?

LA BELLE-MÈRE : Mais oui ma grosse Pétra, sinon les rats ne nageraient pas.

LA MÈRE : Il nage, il nage le raton.

LA BELLE-MÈRE : Il est passé par ici !

L'AMIE : Il se sauve dans la nuit.

LA BELLE-MÈRE : Il repassera par là.

LA FILLE : Et toutes nagent après lui !

LA BELLE-MÈRE : Au bord de la rivière, on voit des oiseaux.

L'AMIE : Un raton sur la berge galope au bord de l'eau.

LA MÈRE : Il est si beau.

LA FILLE : Je l'ai attrapé.

L'AMANTE : Il est si beau.

L'AMANTE : Ne le relâchez pas !

LA FILLE : Il m'a mordu le doigt.

LA BELLE-MÈRE : Il est tombé dans l'eau.

LA FILLE : PLOUF !

L'AMANTE : Qu'est-ce que ce bruit ?

LA MÈRE : C'est un rat qui se noie.

L'AMANTE : Entends comme il crie !

LA FILLE : Ton rejeton.

LA BELLE-MÈRE : Ton fœtus.

L'AMIE : Oh priez pour lui !

LA MÈRE : Mon enfant.

L'AMANTE : L'avorton.

L'AMIE : Là !

L'AMANTE : Dans l'eau rose.

L'AMIE : Morose.

LA BELLE-MÈRE : Qui flotte comme un fétu.

L'AMIE : Le petit rat est mort ?

L'AMANTE : Vive le rat !

LA BELLE-MÈRE : Non.

L'AMANTE : Il bouge encore !

LA MÈRE : Je le tiens.

LA BELLE-MÈRE : Tu le tiens.

L'AMANTE : Par la barbichette.

LA FILLE : Tire sur sa bobinette !

PRÉCIPITATIONS

LA BELLE-MÈRE : La première.
L'AMANTE : Qui lâchera.
L'AMIE : Le petit rat.
LA FILLE : Aura une tapette !

11

Jamais le ciel ne fit si grand bruit.

Sous la vindicte d'une déité hystérique – dieu sait qui que quoi dont où, d'ailleurs, quelle émanation de quel univers, quelle pulsion, quelle particule, quelle pensée, quelle raison, quelle présence, quelle idée, quel désir, quel souvenir, quelle virgule œuvrant, articulant tout, là-haut, bien plus haut que la plus haute pointe du grand chapiteau – les nuages tournent comme un cyclone au ralenti. Et j'ai vraiment peur que ça tourne mal. J'évite de regarder l'orage pour ne pas tourner de l'œil (ou tomber dans le sien), mais je le sens au-dessus de ma tête, je le sais qui tourne fou, se resserre, s'agglomère, se contracte, se rapetisse et durcit jusqu'à former une panse compacte striée de vergetures orangées, prête à craquer dans un GRAND BANG et précipiter vers moi – n'importe quoi, des eaux chaudes, des lamas, des comètes, des sauterelles, des clarinettes, des caniches et des rats, des corbeaux, des cailloux, des crapauds, des cerceaux, des gravats. Qu'en sais-je, moi ?

Parée à toute éventualité (vraiment, je m'attends au pire),

je me précipite dans les graviers – à la recherche de la voiture.

Lodicarto Perdita – ce Paradis Perdu.

Heureusement, je repère très vite l'Audi Quattro de Marie qui fait comme une tache d'huile parmi les autres véhicules. Rampant ventre à terre, les sourcils froncés, mes longs doigts enfoncés dans la poussière – petite rate dératée, protégeant au mieux sa panse palpitante – je m'empresse de la rejoindre et m'y engouffrer pour échapper au déluge.

Lodicarto de Marie serait une arche d'un genre nouveau et je serais Noé – à ceci près que je suis une femme enceinte et que je suis seule ; comme seule une femme enceinte peut l'être.

L'an 37 de ma vie, le 17ᵉ jour du huitième mois de ma deuxième grossesse, en ce jour-là, toutes les sources du grand abîme jaillirent, et les écluses du ciel s'ouvrirent.

Sous le cerisier chétif qui ne l'abrite pas davantage de la pluie qu'il ne le protégeait tout à l'heure du soleil, Grand Cheval se met à hennir – et jamais, jamais cheval ne fit si grand bruit.

Terrifié par les roulements de tonnerre et les zébrures qui lacèrent le ciel à intervalles réguliers, il pousse un gémissement, une plainte à vous glacer le sang. Un hennissement rauque venu du fond du ventre, du plus profond des tripes – un cri puisé dans les mémoires d'une nature et d'un ancêtre demeurés vivants, sauvages. Plus noire que le ciel noir et bien plus en colère que lui, la bête de cirque (enfin de foire, de somme, peu s'en faut) fouette l'air de ses sabots usés et tire sur la corde bleue en polypropylène tressé sur laquelle on a déjà bien trop tiré. Sous les sabots affolés,

la roue tourne,

la corde cède.

L'animal cabré comprend qu'une occasion pareille – une telle tempête abattue sur le chapiteau qui l'a vu naître – il n'y en aura qu'une. Chassant comme une hésitation, un doute, une mouche qui pique, il secoue sa tête puissante, plusieurs fois, la rejette violemment en arrière jusqu'à ce que la longe élimée tombe à ses pieds telle une mue de serpent desséchée. Alors Grand Cheval ne se fait pas prier ; il rue pour se délier les pieds, il cabriole, fait des ronds de jambe, des petits pas de côté, sautille comme un poulain de retour dans son pré. Piaffant d'impatience, l'étalon s'apprête à négocier son échappée, il s'échauffe pour la course de sa vie, une dernière course contre la montre et la meute des monstres qui ne manqueront pas (il le sait) de s'élancer après lui. Quand un YAAAAAAAAH énorme et guttural retentit derrière lui, son sang ne fait qu'un tour, il se fige – ses oreilles couchées, ses yeux écarquillés, agrandis de blanc cru. Le canasson d'ordinaire calme et caressant voit rouge. Il ne se laissera pas faire, cette fois. Cette fois, on ne l'y reprendra plus. L'animal souffle, résolu. Il renâcle, gratte la terre de son pied droit, s'étire de toute sa longueur et bondit, sa tête projetée en avant, propulsée comme un boulet de canon. Il court, il court, le cheval lourd, il cavale, trotte et dérape dans les graviers, négociant les virages et les demi-tours quand il y est contraint, évitant de justesse les roulottes, les camions, la pataugeoire, affrontant sa peur de

PRÉCIPITATIONS

l'eau des rivières des hommes et du tonnerre, il franchit les obstacles mieux qu'il ne les a jamais franchis. Lançant un regard fiévreux aux bêtes qui demeurent là – les chiens hurlant à la lune, les shetlands tremblant l'un contre l'autre, les petites chèvres bêlant, se demandant si c'est la fin, la nuit, *dééééjààà?*, les lamas haineux geignant sur son passage – le cheval se fait la malle. La belle. Sa crinière ondulée se soulève et claque contre son encolure au rythme régulier de ses sabots qui martèlent la terre – tac tac tac tac tac tac tac, d'un staccato pétaradant plus fort plus dur qu'un tir de dynamite. Sous la menace du dompteur qui cherche à l'acculer, coincer son cou dans son lasso, le frison joue le tout pour le tout, il trace, allonge encore ses foulées, accélère, prend son élan et d'un bond fantastique – digne des plus nobles destriers ; Bayard et Bucéphale eux-mêmes salueraient un tel saut – parvient à s'élever au-dessus des voitures et atterrit à l'entrée du parking dont il s'enfuit en trottinant.
Au revoir cheval.
Ma voix résonne, soudain très triste.

Grand Cheval disparu au coin de la rue – le dompteur *mon dompteur* disparu derrière lui –, j'ai la sensation de n'avoir plus rien à faire ici. J'attends, je scrute le ciel qui remue, les nuages gris, l'horizon assombri. Des grêlons gros comme des petits oignons s'abattent sur le pare-brise et je songe aux saints de glace – tâchant en vain de m'en remémorer les prénoms, un dicton –, j'ai une pensée pour les courgettes et les tomates que le clown a plantées au début du mois de mai – beaucoup trop tôt, on n'est jamais trop

236

prudent – et qui ne résisteront pas à ce déferlement. *Au clair de lune. Tous les légumes. Étaient en train de s'abîmer, de se trouer, hé! Au potager, hé! Ils se trouaient, hey! Et par ces trous, leur sang coulait. Yeah.* Assise bien droite sur le siège conducteur d'une voiture qui ne m'appartient pas, sa clef de contact serrée entre les doigts, je réalise qu'une telle tempête – dans le ciel mon ventre et ma tête – il n'y en aura qu'une. Alors je me décide : j'enfonce la clef dans le démarreur, mon pied sur la pédale et je fais rugir le moteur.

Sitôt la voiture démarrée, la radio se branche en ondes courtes et diffuse dans l'habitacle un air que je reconnais immédiatement. Une musiquette qui s'entête, qui m'inquiète et qui me met en boîte. Cet air de clarinette se joue-t-il seulement dans mon crâne? Ou bien Sandman est-il dans la voiture, avec moi, derrière moi? Sa tête hirsute renversée sur le siège arrière, ses yeux noirs dardés dans mon cou, ses jambes étendues sur la banquette, ses longs doigts pianotant sur le morceau de bois mal dégrossi et néanmoins prodige, cette bluesette qui m'obsède et qui me rendra folle? Je me raisonne – *Ah, vous dirais-je maman, ce qui cause mon tourment.* Non, non. Je ne dirai rien. Strictement rien. Il n'y a rien à dire. Je sais *pertinemment* que c'est impossible – *ça* ne se peut pas, personne n'est entré avec moi dans l'habitacle, l'enchanteur n'est pas allongé dans la voiture de Marie. Cette hypothèse est ridicule. Une bouffonnerie. Pourtant, je vérifie – mieux vaut deux fois qu'une. Avec tout le sérieux qui me caractérise lorsque je soulève les carpettes pour prouver à Alban Alice Arthur qu'aucun monstre ne se cache là-dessous ni nulle part dans la chambre — Rien dans

PRÉCIPITATIONS

l'armoire, mon enfant, rien dans le tiroir, rien dans le miroir, rien dans le bac à jouet, mon coquet, rien sous le lit, mon joli, rien sous le tapis, mon pipi, je passe une main un peu partout. Mais pas n'importe quelle main : une main rapide, preste et prudente ne laissant à personne (fût-ce un enchanteur, un dompteur ou un clown aux dents blanches) la possibilité de la saisir au passage pour la piéger, la ferrer, la flatter, la serrer fort, l'embrasser, la menotter, la baguer, la caresser, la demander en mariage ou l'accaparer pour en faire faire Dieu sait quoi. Cette main, tout à moi, procède de ses cinq doigts à l'inspection minutieuse de l'espace qui est à sa portée : et rien. *Naturellement*, elle ne débusque rien ; rien à la surface des sièges arrière, rien sous les tapis de sol, rien dans la boîte à gants, rien sous les rétroviseurs-miroirs, rien sous les essuie-glaces, rien dans la console (sinon quelques vieux CD dans leurs boîtiers) et rien sous le siège passager à l'exception de l'extincteur. La main détendue se promène distraitement sous le siège conducteur quand. ERREUR ! Horreur. Tous les voyants virent au rouge. Il n'y a pas rien là-dessous, ce n'est pas rien ; la main bute contre un objet suspect, une chose lisse et satinée, pointue en son extrémité.

Une clarinette ?

Les cinq doigts saisis d'horreur se pétrifient.

J'ai littéralement froid aux yeux. Tout en moi se crispe, ma main, mes lèvres, ma langue, ma mâchoire, ma respiration, mon cœur, mes oreilles, ma raison et mon ventre en veux-tu en voilà.

Et,

Patatras !

238

PRÉCIPITATIONS

Patatras serait le petit nom affectueux de l'infecte petite contraction qui me plante. Patatras est plus affûtée, plus incisive et tranchante que la plus longue lame fourrageant les chairs tendres d'Hillary tout à l'heure. Patatras plante son drapeau dans mes entrailles, bien décidée à irriguer mon corps de douleurs pour le réduire en miettes. Patatras, la putride, progresse très rapidement du rien − l'immonde bouillon d'hormones dont elle est l'émanation (moi) − vers le tout douloureux (moi). Patatras ne se satisfera pas de mon utérus. Patatras veut tout : mes pieds plats, mes mollets droits, mes cuissettes ramollies, mes fesses affaissées, mon sexe désaffecté, mon dos bourrelé, mes épaules voûtées, mes aisselles velues, mes bras potelés, mes poignets cassés, jusqu'à mes mains, mes grandes mains dignes d'être racontées, la racine de mes cheveux et le bout de mes doigts surgelés. Patatras, la salope, me saborde. Patatras, la vicieuse, me mène la vie dure. Patatras me fait dansotter sur la crête de la souffrance − une telle gigue, j'en deviens folle −, elle tente à chaque instant de me faire glisser sur la mauvaise pente, valser du mauvais côté ; du côté des ressassements sordides de la décompensation. Patatras toute-puissante me met au pilori. Patatras me tient. Par le petit bout de ma queue de rate. Patatras m'observe − qui gesticule. La douleur est telle qu'elle en ferait débloquer plus d'une, j'en suis sûre. Je délire-expire-délire-expire-délire-expire-délire-délire-délire. Et l'inspiration ne manque pas. Recroquevillée sur le siège conducteur, cinq doigts enfoncés dans ma bouche − les cinq autres dans ma culotte tentant à tâtons de com-

PRÉCIPITATIONS

prendre ce qui en ressort – je ne peux m'empêcher d'imaginer qu'à l'abri de mon immense renflement se cache non pas *un* raton mais une portée tout entière de bestioles – onze, douze petits mammifères, roses et nus, gesticulants, griffus, aveugles et sourds, se poussant les uns contre les autres (ignorant qu'ils seront seuls au monde), jouant des coudes – enfin des papattes – contre la paroi lisse et robuste du sac gestationnel (moi), s'efforçant de le crever, de *me* crever, de *me* mettre à sac, pour plonger tête la première vers la sortie, l'issue de secours, la lumière au bout du tunnel, le petit trou, la trappe, l'ouverture, la bouche, la béance, en bas, juste après le col. PATATRAS — Que fait-on aux petits rats ? Patatras, ma maîtresse, me questionne et me presse. *Que fait-on aux petits rats ? Dis-moi, dis-moi, dis-moi !* Et sans prévenir, Patatras diminue d'un ton. Brave petite contraction qui brusquement s'essouffle reflue se dilue, Patatras desserre son étreinte sur mon ventre et disparaît comme elle est apparue.

La douleur s'est étirée, je crois, le temps de deux trois coups de tonnerre.

Une minute, ça peut être long quand on y pense – une éternité, la moitié d'une vie de mère, Marie, va savoir. Mais à présent, cette minute est abolie et la douleur avec elle. Je n'ai plus mal au ventre. Et il y a mieux que la cessation de la douleur : j'ai la réponse à la question ; je sais enfin ce que je veux faire, ce que je *dois* faire de mon raton.

C'est ça ma vie, Marie. D'une minute à l'autre, je passe du statut de mère à ramasser à la petite cuillère à celui de

240

femme résolue et décisionnaire. D'aussi loin que je me souvienne, j'ai subi ces revirements d'humeur – blanc noir noir blanc noir noir noir – cet éternel *come-back to black*. J'ai souvent eu l'impression d'avancer dans la vie comme sur un damier, pauvre pion sautillant-boitillant d'une case claire à une case sombre. Mais sans but, sans stratégie, sans le moindre désir ou espoir de victoire, sans avoir rien à y gagner ni aucun roi à protéger. Blanc noir blanc noir noir. Je suis dans le blanc à présent. Le Grand Blanc même, un rayonnement blanc qui m'aveugle et me laisse penser que je suis dans le bon, qu'il faut en profiter pour aller de l'avant – blanc blanc blanc. Je vais passer à l'action (à la fin) mais je veux d'abord en avoir le cœur net: je me penche (ménageant au mieux ma panse mi-endolorie mi-endormie) et passe une main sous le siège conducteur pour m'assurer que je n'ai pas rêvé. Et non, non-non-non, je n'ai pas tout inventé, je ne suis pas folle, Marie, je te l'avais bien dit, il y a bien là quelque chose. Blotti dans l'obscurité, l'objet lisse satiné et pointu n'a pas bougé d'un pouce. Je le caresse très doucement. Comme s'il était un petit animal acculé. Puis, n'y tenant plus, bravant un reste de terreur, je l'attrape par son extrémité et l'extrait de sa cachette. Et alors là
— Quelle ne fut pas ma surprise, madame!

S'il ne m'avait pas causé une telle terreur et s'il n'avait pas été à la source d'une minute si épouvantable – noire de noire, celle-là – je pourrais rire de cet objet qui se révèle à la fois saugrenu, symbolique et terriblement banal.

En guise d'épouvantail – en lieu et place de l'instrument

PRÉCIPITATIONS

tant redouté – c'est une vulgaire chaussure que je serre dans
ma main. Point de clarinette maléfique dissimulée sous le
siège mais un escarpin bleu verni vulgaire doté d'un talon
aiguille d'au moins quinze centimètres. Je me sens lamentable pour le coup. Je me déteste, comme je déteste immédiatement cet objet qui me rappelle à quel point Marie peut
se faire jolie et comme elle peut être attirante et sexy (parée
de faux ongles cramoisis et de souliers vernis) quand je suis
seulement terne. J'essaie de me remémorer quand, enfant,
femme, fille, dans quelle vie et pour qui, j'ai brillé – mais
non, non. Pas la peine de chercher. Je n'ai jamais été comme
qui dirait *lumineuse*. Je suis, moi, cette ampoule trouble et
couverte de chiures – sur le point de claquer sous le regard
indifférent d'un insecte fatigué – quand les Marie-Betty-
Hillary s'illuminent de leurs longs filaments colorés.

Noir, noir, noir.

J'hésite un instant sur le sort à réserver à cette chaussure
puis, sur un coup de tonnerre coïncidant avec un coup de
colère, j'entrouvre la portière et la balance loin dans les
graviers – songeant que le faux Louboutin vaut bien une
pantoufle de vair, même si je ne vaux pas cette souillon de
Cendrillon.

Débarrassée de la chaussure, curieusement soulagée d'un
poids immense, je me rassieds correctement, me rajuste,
rabats ma jupe chiffonnée sur mes genoux égratignés, règle la
position du siège et du rétroviseur central, enfonce la pédale
d'embrayage et enfin, enfin, je passe la première. Je n'avais plus
passé la première depuis la rencontre de la Yaris et du Hêtre.

242

PRÉCIPITATIONS

Dans un monde parfait, une version idéalisée de cette histoire, j'écrirais que Lodicarto démarre *sur les chapeaux de roues*. Mais dans ce monde, le mien – le tien aussi, Marie, va savoir –, les choses, toutes sans exception, sont poussives, mesquines et difficiles ; alors bien sûr, je ne mets pas assez de gaz. Le moteur qui devrait ronronner hurle de rage. Les pneus qui devraient accrocher les graviers patinent. Et la voiture qui devait s'avancer se cabre.

Et cale.

Et si c'est un départ, c'en est un faux.

Et c'est affreux.

Je fais bien trop de raffut sur la ligne. Je finirai par me faire remarquer – ce serait fâcheux.

Heureusement, je ne suis pas la seule à m'exprimer. Partout au-dehors, ça claque, ça grince, ça grogne, ça clignote, ça rouspète – on sent bien le dieu hystérique aux manettes

— Tu vas voirrr ce que tu vas voirrr, ma petite rrrrrrate !

C'est tout vu.

Le bruit est assourdissant.

Et pourtant, pourtant, à travers les renâclements du moteur, le fracas de la foudre, les claquements secs des toiles du chapiteau, les hurlements du vent, les gémissements des bêtes et les crépitements nourris de la pluie, je l'entends. *Lui.* Je l'entends qui se pointe et teinte en douce. Je le surprends qui perce au côté gauche, faible rumeur d'abord, bruit blanc se faufilant jusqu'à la membrane de mon tympan – percé. Crevé. Petit air grésillant, blanc, spectral, sans véritable tempo (oh lento, ultralento, lentissimo). Presque atone. Et qui n'est ni triste ni joyeux, seulement là. Las. Et peut-être un peu fade. Alors sur un air de fado, je chantonne — *Mãe adeus, adeus Maria.*

Bye-bye Marie.

Pétra est partie.

Bye-bye Betty,

Boop.

Bye-bye Hillary.

Pétra s'est enfuie.

Bye-bye les enfants.

Pétra est au volant.

Bye-bye.

Alice Arthur.

Alban.

Oh baby,

Maman met les bouts.

Poupoupidou. Booh !

Lodicarto toussote à l'entrée – mais c'est aussi la sortie – du parking de la résidence Les Bruyères. J'y suis presque. Je ne me suis jamais avancée aussi près de ce presque. Et je ne veux pas. Je ne veux pas me retourner. Je ne *peux* pas me retourner. Il ne faudrait pas courir le risque d'avoir des doutes à présent, des questions sans réponse, des errements, des regrets – c'est que je cours très mal, je n'ai jamais su courir, une catastrophe. Avant de partir *pour de bon* – sachant que les départs précipités sont toujours les meilleurs –, je me fais une faveur et jette un œil dans le rétroviseur. Ce regard en arrière, c'est vraiment tout ce que je peux me permettre, le seul écart autorisé. Petite largesse. Petit coup

PRÉCIPITATIONS

d'œil sur la petite glace réfléchissante où tremblote une petite silhouette. Tiens, tiens, tiens. Petit corps. Petite forme immobile, lointaine déjà et pourtant très présente malgré sa petitesse; reconnaissable entre toutes. Betty. *I want to be loved by you. Just you.* Betty Blue. Recroquevillée sous l'auvent d'une roulotte qui l'abrite des tirs obliques de la pluie, la danseuse prend la pause, le temps d'une cigarette – la sacro-sainte cigarette d'après son tour, la seule qui lui manquerait si un jour elle devait s'arrêter de fumer. Elle a enfilé une veste de training par-dessus sa robe à paillettes et troqué ses talons contre une paire de sabots en plastique, des mules qui laissent deviner ses chaussettes.

*

On dirait que je suis Thelma et Louise et Sailor et Lula tout à la fois. On the lost highway. On the road again. Finalement conduire c'est comme lire-écrire, boire-fumer ou patauger-pageoter dans les rivières, ça ne s'oublie pas (ou bien ça revient très vite); une main agrippée au volant, mes ongles plantés dans les sillons creusés par ceux acérés de Marie, mon autre main délicatement posée sur le changement de vitesse et mon pied suspendu au champignon, je roule. J'écrase. Après la première, je passe la deuxième illico. La troisième et la quatrième presto. Et je fonce. Grisée par la vitesse et plus givrée que les grêlons qui s'abattent par paquets de mille sur le pare-brise.

Pour étouffer au mieux la musiquette qui n'en finit pas de suinter dans ma mauvaise oreille – je sens poindre le bouchon au fond de mon conduit auditif et me demande en quelle mesure j'aurais pu, aurais *dû*, me laver les oreilles avant de m'en aller rire au cirque, les rincer à l'eau tiède, y laisser couler une ou deux gouttes d'huile d'olive, m'y enfoncer un bâtonnet de cire chaude, m'en extraire le petit air amer à la poire de lavement –, j'ai calé la radio sur une station bruxelloise qui passe de la musique électro. Je monte le volume sur un morceau bardé de percussions – des caisses claires et légères pour une dizaine de mots noirs, noirs, noirs. *Oh she's my girl, she loves to fight, but she's never been loved, she's never been loved.*

Je chante en chœur avec la voix synthétisée. Je chante comme j'ai toujours chanté – persuadée que si je suis une rongeuse-songeuse dans cette vie, j'ai dû être un oiseau dans une vie antérieure, un rouge-gorge Philomèle, petite bête au plumage gris souris et au cœur palpitant et robuste, enthousiaste, heureuse de lancer ses trilles dans la pluie, capable d'affronter les chaleurs du mois de mai et aimant à refaire le printemps avant chaque bel été.

Je chante – mais c'est un chant mécanique, sans élan. Quasi sans voix. Je chante pour oxygéner mon cerveau, pour me donner le change et pour me préparer à affronter le grand retour de Patatras dont je pressens (à une pression dans mon bas-ventre) qu'elle me prépare la deuxième vague, LA SCÉLÉRATE —— Tu vas voirrr ce que tu vas voirrrrr, ma petite rrrrrrate! Je chante parce que jamais je n'ai trouvé de meilleure façon de continuer à respirer.

PRÉCIPITATIONS

Tous les deux ou trois réverbères, je croise en sens inverse une voiture qui me fait des appels de phares pour me rappeler d'allumer les miens. Je peine un long moment à trouver le bouton d'allumage, je tripote au hasard, je klaxonne – au grand étonnement d'une conductrice qui klaxonne en retour –, j'active le dégivrage, les feux de détresse puis les antibrouillards et les grands phares avant de trouver la bonne position sur la bonne manette.

Lodicarto projette devant elle de longs faisceaux lumineux, fauves, froids. Passant de l'obscurité à la lumière dure, les hêtres qui bordent la route me paraissent vivants (ce qu'ils sont indéniablement), des hêtres humains, désœuvrés, ouvrant sur moi de grands yeux tristes et des gueules édentées et profondes, inclinant leurs têtes hérissées, ébouriffées de cheveux vert sombre, presque noirs, et tendant vers moi des bras trop nombreux, noueux, tordus, pour m'attraper ou me barrer le passage. Mais il n'est pas poussé l'arbre qui m'empêchera de passer. Il faut que je passe. Il faut que *ça* passe maintenant – *ça* me pousse là-dedans, ça frappe, TOC TOC TOC

— Qui est là ?
— Patatras !
— Pour quoi faire ?
— Pour jouer !
— Avec qui ?

PRÉCIPITATIONS

La Ripannoise d'un bout à l'autre, ce n'est rien d'autre que dix kilomètres en ligne droite. J'en grignote les cent derniers mètres au moment où Patatras, la bricolo-bricoleuse, resserre d'un cran l'écrou de ma douleur. Patatras, l'affamée, a les crocs. Patatras, la goulafre, veut se bâfrer. La gourmande en appétit veut s'en foutre plein les fouilles. Je le sens. À vue de nez – au vu de mon ventre déformé sous mon chemisier mouillé – il me reste une bonne minute avant que Patatras ne donne le premier coup de fourchette.

Je gare Lodicarto sans précaution – je l'arrête, la stoppe, l'abandonne où elle l'est, où je suis arrivée, pile où je veux, à cheval sur le trottoir de la rue Sans-Tambour dont pas un bruit ne sourd sinon les *chrchrchr* d'une chatte s'efforçant d'ouvrir à coups de griffes la chatière qui lui permettrait, si seulement elle pouvait s'y insinuer, de retrouver la maison et par-delà ses murs les mains d'un homme qui la caresserait jusqu'à ce qu'elle n'en puisse plus de ronronner. Excepté cette chatte obstinée, il n'y a personne dans la rue. J'ouvre la portière et m'extrais de la voiture en prenant garde à chacun de mes gestes – un faux pas pourrait m'être fatal, je ne peux risquer de tomber ici et d'y rester, étalée dans une flaque, dans l'oubli, les jambes écartées comme une souillon oublieuse. Dehors, la pluie tombe méchamment – je le savais mais suis surprise par l'intensité de cet effondrement liquide et froid. Très froid. Trop froid. Je suis trempée avant même d'avoir fait un pas. Mes sandalettes me gênent et mes orteils raidis glissent sur leur semelle intérieure en simili cuir. Ces chaussures – comme les autres – se révèlent sous la pluie d'une inutilité crasseuse. Je m'adosse à la voiture pour ôter

PRÉCIPITATIONS

mes huaraches et ce faisant me demande comment j'ai pu aimer un jour ces choses ; ces chausses, en quoi, pourquoi elles étaient si importantes. Elles sont là qui pendouillent dans ma main et j'hésite à les ranger sous le siège conducteur puis les balance au loin et les entends qui retombent dans une flaque. Mollement, sans éclat ni projection d'éclaboussures. Décidément, ces chaussures ne valent rien.

Pieds nus, je me sens mieux, étrangement soulagée d'un poids immense. J'avance à petits pas pressés et précis dans l'eau qui ruisselle. Je sais où je vais et par où y aller. C'est très simple. J'avance comme l'eau qui déborde des rigoles et dégringole des gouttières – je me précipite vers le point le plus bas, vers le fond, entraînée par ma masse. Grave. Gravide. Je me laisse aller. Roule ma boule. Traverse quelques flaques peu profondes – petits lacs à hauteur de petite rate en déroute dont certains, vaseux, sont agréablement doux et tièdes. Je passe devant la pharmacie Dupont, sa longue vitrine suspecte, toute baignée de lumière verte. Et sur la croix qui clignote en façade – vert noir vert noir vert, *ad nauseam* – je lis l'heure au temps du jour : à 17 h 42 ce 17 mai, il fait encore 27 degrés. L'après-midi suffocante est sur le point de se terminer. Et je me résigne sagement à cette fin de journée.

Il est enfin, déjà, trop tard.

Cette fois, ça y est. Il n'est plus temps de penser aux enfants qui sortent du chapiteau, fatigués, lessivés d'avoir trop ri et trop crié. Plus temps de penser à Alban, tournant

PRÉCIPITATIONS

de gauche à droite son visage de bébé puis pleurant, gémissant, glapissant, inquiet de ne retrouver ni Grand Cheval ni sa maman. Plus temps de penser à Marie qui galope dans le parking, l'arpentant dans un sens et dans l'autre, croyant devenir folle. Marie qui cherche son Audi sous la pluie et ne retrouve dans les graviers que son escarpin bleu verni. Marie, sa gueule déconfite, délustrée, décatie, délavée par la pluie.

Je ne pense pas que, peut-être, cette Marie au regard déconstruit interroge timidement l'un ou l'autre spectateur puis le dompteur *mon dompteur* et peut-être même Betty. N'auraient-ils pas vu une femme enceinte quitter le parking dans une Audi – elle ajoutera que la voiture est noire, neuve, elle insistera là-dessus : une Quattro noire, le tout nouveau modèle. Je ne pense pas que Betty, après y avoir réfléchi puisse soupirer et répondre que oui — Maintenant que vous le dites, j'ai vu une voiture, je sais pas si c'est une Audi, je sais pas si elle était noire, vous savez, sous la pluie et sans mes lentilles je vois rien ; je me souviens, la voiture a quitté le parking pendant ma pause, environ dix minutes avant l'entracte.

Je ne pense pas à Marie qui calcule et comprend rapidement que j'ai une heure d'avance. Que je suis déjà loin peut-être bien. Je ne pense pas aux enfants serrés sous l'auvent de la roulotte à bonbons et gaufrettes, se rassurant en suçotant mordillant une dernière sucette. À Marie demeurant sous la pluie, ses cheveux corbeau plaqués à son front, contre ses joues, Marie qui se demande quoi faire maintenant. Marie qui se ronge les sangs, s'inquiète, se crispe. Marie au bord du gouffre, acculée, atterrée, la raison altérée sans doute, qui se

PRÉCIPITATIONS

résout à contacter la seule personne au monde qu'elle n'envisageait plus d'appeler pour être secourue – son ex-mari qui décroche à la première sonnerie et dont elle sait qu'il n'a jamais hésité à répondre à l'appel (fût-il inopportun, inutile, impossible), elle ne peut rien lui reprocher de ce côté, c'est un homme qui a toujours répondu. — Allô Marie ?

En quelques mots saturés de colère, Marie qui lui annonce que Pétra est partie. — Dix minutes avant l'entracte, Pétra s'est tirée dans mon Audi.

Marie qui se retiendra in extremis d'insulter la disparue. Son ex-mari qui remâchera sans oser les poser les questions pressées entre ses dents serrées.

Après avoir raccroché, l'interlocuteur interloqué qui écrit un texto idiot pour la rassurer et les rassurer tous – je suis en route marie j'arrive – sans majuscule et sans ponctuation.

Je ne pense pas à l'homme qui s'exécute. Avec des gestes saccadés, parfait petit pantin s'engouffre dans sa voiture et se lance à 120 sur la route de province, excédant les vitesses et longeant sans la soupçonner la rivière devenue grosse qui déborde goulûment d'entre ses berges. Je ne pense pas au clown qui pense à Marie, qui pense aux enfants, qui pense à sa femme et qui lui téléphone plusieurs fois, qui téléphone à Pétra qui elle ne décroche pas – Pétra n'a pour ainsi dire jamais répondu. Je ne pense pas au clown qui soupèse l'absence de sa femme – soudaine mais réelle, concrète, une absence physique, matérielle, tridimensionnelle et dure, dressée devant lui comme un mur grossièrement jointoyé sur le point de s'ébouler. Le clown qui considère cette absence sous tous les angles, qui appréhende logiquement les possi-

PRÉCIPITATIONS

bilités (peu nombreuses, il est vrai) et se range en fin de
compte à l'hypothèse la plus tenable, la plus solide ; suppo-
sition la mieux cimentée selon laquelle Pétra serait partie
en urgence à la maternité sans prendre le temps (il faut lui
pardonner, elle ne sait pas ce qu'elle fait) de leur télépho-
ner – Pétra déteste le téléphone, ce n'est un secret pour personne. Je ne pense pas au clown qui conduit d'une main et
cherche de l'autre le numéro du service hospitalier puis qui
appelle et qui attend ; bien sûr ça sonne dans le vide, sur
fond d'une fugue de Bach une voix enregistrée, mécanique,
désincarnée, lui conseille de patienter, *toutes nos lignes sont
occupées, nous faisons tout notre possible pour vous répondre
dans les plus brefs délais*, ça grésille, ça crachote, enfin une
secrétaire médicale prend l'appel et débite d'une voix haut
perchée *maternité du Chirec Braine-l'Alleud bonjour*. J'évite
de penser au clown ; à sa voix étrangement colorée.

— Ma femme est arrivée chez vous en urgence.

Sa voix paniquée.

— Calmez-vous monsieur. Quel est le nom de votre
femme ?

— Weser.

— Pouvez-vous me l'épeler ?

— W.E.S.E.R.

La secrétaire qui pianote sur son clavier et épluche
méthodiquement la base de données.

— Non monsieur. Je ne vois pas.

— Weser, madame. Weser Pétra.

La même qui passe en revue les noms en W et tranche
d'une voix agacée.

PRÉCIPITATIONS

— Pas la peine de vous énerver, je vous certifie que nous n'avons reçu personne de ce nom-là.

C'est que je ne suis pas à l'hôpital. *Absolutely not, darling.* Je ne suis pas couchée les jambes écartées sur le lit ovale de la grande salle de naissance, *la belle salle* comme l'appellent pompeusement les sages-femmes, je ne suis pas pendue par les bras au solide espalier, pas agenouillée sur un tabouret, pas immergée dans la grande baignoire qui a vu naître notre premier bébé – oooh Alban. Je n'y suis pas. Je n'y suis pour personne et mon absence et ce qu'elle aura provoqué de remous dans la flotte et les têtes autour d'elle, je ne m'y attarde pas. Patatras la tisseuse est là pour détricoter une à une les pensées qui risqueraient de m'emporter par la foule, vers le monde. Patatras la trancheuse fauche le fil de mes idées et d'un coup sec je cesse de penser. Je suis *dépensée*, sans esprit, sans raison, amputée, écervelée, carencée sans doute (d'une abyssale carence en vitamines B) mais soulagée de laisser Patatras prendre la place, remplir mes vides, boucher mes brèches, mes trous, ma mauvaise oreille.

C'est une douleur sacrément commode qui m'accompagne et qui m'escorte — Donne-moi ta patte, petite rate, et prends la mienne. Une sacrée chance que cette souffrance qui me pousse dans le dos et me soulève au-dessous du sol comme le ferait une paire d'ailes sombres et fortes.

Patatras l'angélique me fait entrer dans la plaine du Fair Play.

Elle s'appuie de tout son poids contre le tourniquet rouillé, elle m'aide à avancer à petits pas pressés – un deux

PRÉCIPITATIONS

trois quatre, ne regarde pas en bas, un deux trois, regarde devant toi – et m'encourage à cheminer dans l'herbe folle moins folle que moi, à barboter dans la boue noire moins noire que moi et à poser mes pieds dans les feuilles et les merdes écrabouillées bien moins écrabouillées que moi.

Bras dessus bras dessous, j'entre avec Patatras, l'écrabouilleuse de bide, dans l'étroit sentier dissimulé par une haie de noisetiers plantés en rangs serrés. Et alors là, BOUM — Quelle ne fut pas ma surprise, madame! Je tombe. C'est-à-dire, non, comment dirais-je? Le ciel me tombe sur la tête quand je tombe nez à nez avec une bête dont la présence ici me paraît plus aberrante encore que la mienne.

— Un chien, madame, comme je vous dis.

Enfin, *une chienne*. Je préfère. Une bête famélique, étrangement familière. Une chienne au pelage jaune cuivré, luisant de pluie, aussi maigre que moi je suis grosse. Et déjà vieille, la carne, à en juger les poils gris qui garnissent le pourtour de son museau et l'intérieur de ses oreilles pointues – dont l'une, la gauche, est cassée, fendue en deux parties de la pointe à la racine.

L'animal squelettique erre sous la pluie, ses yeux bleus (aveuglés par la folie bien plus que par la cataracte) cherchant, fouillant l'obscurité qui s'est levée dans son propre crâne pour y retrouver quelqu'un ou quelque chose, une maison, un souvenir – un maître choyé-noyé, une niche, un bol rempli d'eau fraîche, un os à ronger, une petite rate à déloger de son terrier pour mieux la dévorer.

La chienne aboie, elle grogne, ronchonne, retrousse ses babines pour la forme. Qu'à cela ne tienne: il n'est pas né

254

PRÉCIPITATIONS

le canidé qui m'empêchera de me promener dans ces bois. Même si le loup y est – *surtout*, s'il y est déjà – j'avance, j'y vais, je crie —— Fous le camp d'ici ! – je hurle à la lune qui se lève pour signifier mon territoire et la bête s'aplatit, la vieille carne se soumet, elle courbe l'échine et fait profil bas devant moi.

J'aurais pu la faire fuir (j'en suis sûre) si Patatras, la traîtresse, ne m'avait jetée au sol d'un croc-en-jambe, un coup bas particulièrement tordu. Une morsure profonde, instantanément surinfectée. Je tombe cette fois. Je tombe pour de bon. Terrassée, je me tords et gesticule comme un asticot malencontreusement tombé hors du sac d'ordures. Clouée face contre terre, je ne vois plus la chienne mais la sens qui s'approche à petits pas feutrés, sa truffe desséchée traînée à ras du sol. Je l'entends qui flaire, renifle, s'emplit les naseaux de mon odeur de rongeur, petite rate en sueur, en travail. Je pue. Régurgite un peu de bile et gémis – ou bien, c'est la chienne ? Un cri s'étire tel un meuglement l'après-midi. Il me semble que la chienne pleure à gros bouillons – ou bien c'est moi, c'est mon ventre qui produit ces bruits, gargouillis de ruisseau, glougloutements vulgaires et inquiétants ? Peu importe. Je rampe. Centimètre après centimètre, me traîne. Me tire. Sur le dos, sur le flanc. Le dos. Le flanc. Effectue une lente reptation dans ce jardin de boue tandis que la chienne – soudain ragaillardie par le spectacle de mon avilissement, se sentant rajeunir et reverdir d'anciennes pulsions, des instincts de sauveuse – trottine dans le sentier merdeux, pleurnichant encore un peu et balançant la queue. Éparpillés à travers le chemin, des

255

détritus me montrent la voie et me prouvent (si besoin est) que d'autres ici sont passés, que d'autres avant moi ont vécu, bu, mangé, baisé, fumé, et joué le jeu dans ce sentier. Je suis ces déchets comme autant de petits cailloux blancs ; un tube de Pringles défoncé, un préservatif, un paquet de papier à cigarette, une canette de Jupiler écrasée et deux Subito fraîchement grattés, tous les deux perdants mais moins perdus que moi. Ces subsistances m'assurent que je suis dans le bon – même si la chienne semble penser le contraire. Plus j'avance, plus la croûteuse s'affole et s'agite, effectuant d'interminables allers-retours entre moi et l'entrée du sentier marqué d'un panneau et d'un mot inventé pour ceux de son espèce – CANISITE. La chienne gémit et mes geignements épuisés se fondent à ses geignements infondés et je la supplie de cesser de m'imiter, de me lâcher, de fuir, de disparaître de l'autre côté de cette haie de noisetiers, mais la têtue ne veut rien entendre, elle demeure à mes côtés, profitant de mes faiblesses et de mes yeux fermés pour me lécher une joue, renifler mes cheveux, flairer et laper comme elle peut les ruissellements de mon corps qui suinte, qui perd de l'eau, de l'huile, du liquide de moteur – et qui pourtant n'a rien à perdre. Mon corps vibre et renâcle, il se cabre parfois sous les assauts de Patatras, la régulière. Mais malgré ces raclées métronomiques – tictac tictac tictac font les petites contractions – ce corps ne s'arrête pas de fonctionner. Il bouge, il ne cesse de bouger et cette gesticulation perpétuelle le conduit *lento ultralento* où je veux aller et cela même si je ne sais plus où je suis, où j'en suis, qui je suis, où j'ai mal et pourquoi et comment, et puis

PRÉCIPITATIONS

comment je m'appelle et qui m'appelle maintenant, qui va
là? Le nez dans la boue, la boue dans la bouche, je continue
tout au bord de la Senne, en m'allant promener je glisse, roule
ma boule, ma bosse dans la mousse, me tire, me traîne dans
l'herbe et les orties, jusqu'à la presqu'île, presque submergée *j'ai trouvé l'eau si belle* le trou dans la clôture la clôture
aplatie ses piquets écartelés formant un V par lequel je dois
m'insinuer *j'ai trouvé l'eau si brune* les aulnes et les racines
du hêtre *que je m'y suis baignée.* Je m'y retrouve. J'y suis.
Et je suis seule enfin. La chienne a débarrassé le plancher.
Je l'ai entendue s'éloigner en hurlant – ou bien c'est moi
qui ai poussé ce cri déchirant? Je ne l'entends plus grailler.
J'entends le vent siffler comme s'il voulait me prévenir d'un
danger ou me chasser d'ici. J'entends le tonnerre gronder.
La pluie tomber. Et j'entends la rivière, son fracas, sa grosse
voix, cette voix qui contient la mienne et celle de tous les
autres et qui déferle maintenant, maternelle, qui tonne,
racle, rage, gronde, roule ses *rrrrrrrr* — Tu vas voirrrrr rrrrrrrr ce que tu vas voirrrrr, ma petite rrrrate. L'eau dégringole du ciel, elle jaillit des entrailles de la terre et de mes
propres brèches, j'ai de l'eau sale qui s'écoule en bouillon-
nant par mes yeux, ma bouche, mon nez, mon sexe béant
et mes oreilles bouchées – je suinte mon eau de vaisselle par
tous les pores. Sortie de son lit (et du mauvais pied, encore
bien), la rivière colérique se fait grosse, elle enfle, elle m'appelle, clapote, grignote le talus pour me cueillir, me mor-
diller les pieds, m'attraper, me saisir, m'entraîner vers la
bonde. Vers le fond. Oui. Tout au fond du lit. Des tiges de
laîche ploient et se balancent à la surface de l'eau comme

des cheveux. Je m'y accroche. Tout au bord de l'eau, où la berge et mes bornes s'abolissent, j'enlève mon chemisier, ma jupe, ma culotte maculée de sang et de boue et mon soutien-gorge abîmé (il lui manque une baleine) ; je les rassemble et les mets bien à l'abri dans le talus. Ensuite je me laisse glisser nue dans la boue nue ; petite rate de retour à la rivière, je m'immerge tout entière. L'eau brune bouillonne et tourbillonne. Abolitionniste, elle m'absout, me pardonne me délivre. Et ça secoue, j'ai la nausée, mais je ne crains rien. Si je crie, c'est seulement parce que Patatras, la concasseuse, s'en donne à cœur joie – et quand elle passe sur moi et me broie pareille à un rouleau compresseur, je crie sur les Hillary, les Marie, les mariées, les Betty, je crie sur mon dompteur, mes petits, mes amertumes, mon marasme, mes mauvaisetés de marâtre. Je crie sur mon amour – je l'appelle et lui parle, *il y a mille ans que je t'aime, jamais je ne t'oublierai.* Mais je suis lasse, vois-tu, contrite ou peut-être seulement triste. Sans plus de considération pour mon état, je m'allonge dans le lit à remous et laisse ma nuque ployer, ma tête pencher, mes genoux fléchir, mes bras baller et mes pieds s'enfoncer dans le sol vaseux si doux si mou si meuble.

Au moment de m'abîmer dans ma sombreur, je n'ai pas peur. Je m'étonne seulement que de l'eau chaude (étonnamment chaude) jaillissent cinq petits doigts d'une toute petite main — Donne-moi ta main et prends la mienne ?

Mais oui.
Mais oui.

12

À la pêche aux moules, moules, moules, je ne veux plus aller,
maman.

De la chambre à quatre lits où elle est enfin seule, Ida
entend les autres qui poussent la chansonnette comme
le bouchon dans l'oreille ; un peu loin. Les *autres*, ce sont
les pensionnaires de la résidence Les Bruyères, ceux de ses
congénères (patientant avec elle au seuil de la dégénéres-
cence) qui ont choisi de rester au réfectoire après le souper
soupe et tartines (un potage au cerfeuil, ce soir, une tasse
de café au lait qu'on aurait dit de la flotte, deux tranches de
pain sans croûte et un triangle de mimolette), pour assister
à la dernière activité de la journée, l'animation *On connaît
la chanson* de Monsieur Kim – le nouvel ergothérapeute,
petit nouveau fraîchement débarqué pour remplacer l'ani-
mateur plus âgé qui s'est mis en arrêt maladie il y a de ça
deux ou trois mercredis. Kim, intérimaire, asiatique très
sympathique et dynamique malgré son statut très précaire,
toujours disposé à se couper en quatre. Ida aime beaucoup
ce jeune homme affublé comme elle d'un prénom à trois

PRÉCIPITATIONS

lettres. Dès son arrivée dans la maisonnée, elle a apprécié sa poigne, la sagacité de son regard, sa vitalité – des qualités peu coutumières en ces lieux abritant des corps ralentis ; quand ils ne sont pas en sus désolés, dévastés, désertifiés, momifiés ou purement et simplement disparus ou arrêtés (comme la montre à son poignet). À la résidence Les Bruyères, Kim fait la différence et il s'en est fallu d'un cheveu pour qu'Ida demeure au réfectoire ce soir et qu'à la faveur de l'activité musicale elle s'intègre à la chorale et mêle sa voix de souris à celle des autres.

Les gens de la ville, ville, ville.

Ida n'est pas restée au réfectoire cependant. Elle s'est réfrénée au dernier moment – pensant qu'il était largement passé le temps de se raconter des histoires.

Du haut de ses quatre-vingt-sept ans, la dame qui se veut digne en dépit de nombreuses diminutions ne s'est pas laissée aller à l'impulsion qui lui soufflait de chanter, grailler avec les autres, fût-ce un dernier refrain enfantin – *ont pris mon panier maman.* Elle n'a pas plié. Elle s'est empressée plutôt de prier Isabelle – *son* aide-soignante (petite boulotte diabétique coutumière des comas), une gamine qu'elle s'est pour ainsi dire *attitrée,* seule âme qui vive dans cette maison qui n'essaie pas de discutailler le bout de gras, de la traiter comme un bébé, de la raisonner, de l'infléchir, de bouleverser le moindre de ses choix.

D'un signe de main, Ida a prié la jeune femme de l'aider à regagner sa chambre. Et sans pinailler, sans protester, Isabelle lui a proposé son bras potelé et elle a compté

260

PRÉCIPITATIONS

— Un deux trois quatre, Ida ne regarde pas en bas, un deux trois, regarde devant toi, on entre dans l'ascenseur, un deux trois, accroche-toi.

Les gens de la ville, ville, ville, ont pris mon panier maman.
Avant de quitter la chambre et d'y laisser Ida bouder sur ces autres qui chantent mal parce qu'ils ne s'écoutent pas chanter, Isabelle lui a passé un gant de toilette sur le visage puis elle lui a ôté ses pantoufles et ses mi-bas de contention couleur chair. Enchaînant des gestes précis, l'aide-soignante se pressait – c'est qu'elle avait encore le grand réfectoire à débarrasser et la vaisselle du soir à ordonnancer. Avant de disparaître dans le couloir exhalant cette entêtante odeur d'urine, de mazout et de produits pharmaceutiques, Isabelle a demandé à Ida si elle souhaitait regarder la télé. Et contrairement à ses habitudes, la ronchonne a accepté — Il est 19 heures, je vous mets le JT. Ida a acquiescé. Isabelle a zappé sans s'attarder puis elle s'est éloignée en faisant claquer la semelle de ses sabots contre le carrelage jaune moucheté.

À la pêche aux moules, moules, moules.
Ida n'a jamais aimé le journal télévisé mais regarde à présent les sujets se succéder – *comme dans la vie*, a-t-elle songé, dans le plus pur désordre. Sans la moindre logique, sans espoir de faire sens ou faire lien ou faire monde, sans transition, sans fond, sans forme, sans foi, sans rien. La journaliste – petite brunette outrageusement fardée, tirée à quatre épingles – introduit une page spéciale consacrée à l'éclosion en Europe centrale d'une épidémie virale particulièrement

PRÉCIPITATIONS

létale chez les nourrissons et l'octogénaire se sent réconfortée à l'idée que le temps puisse avoir des ratés et précipiter dans le néant des individus nés presque un siècle après elle.

Immédiatement après l'hécatombe de bébés, la présentatrice introduit une série de reportages plus légers où il est question des élections – et Ida songe qu'elle doit encore établir sa procuration – d'un match victorieux du RC Liège, de la tenue d'une exposition Louboutin à Villa Empain, des bienfaits de l'hippothérapie auprès d'enfants à besoins spécifiques et de la revalorisation touristique des Hautes-Fagnes. Arrive enfin le dernier sujet, introduit par la brunette comme s'il était le clou d'un spectacle. L'histoire étrange et sordide – quoique la journaliste la décrive comme *absolument incroyable, étonnante, digne d'un conte de fées* – d'une femme sur le point d'accoucher qui serait *tombée* (la cause de cette chute reste à élucider) dans une rivière et aurait été *miraculeusement* sauvée avec son nouveau-né.

Je ne veux plus y aller maman.
Ida regarde d'un œil distrait le reportage qui ne dit ni n'éclaire pas grand-chose.
Gros plan sur l'entrée d'une plaine de jeux.
Gros plan sur l'entrée d'un sentier et un panneau indiquant CANISITE.
Gros plan sur trois hommes vêtus de gilets mauves réfléchissants œuvrant inutilement à la remise en place de piquets écartelés et d'un treillis aplati.
Gros plan sur la rivière coulant de l'autre côté de cette

PRÉCIPITATIONS

clôture rafistolée. Vient ensuite l'interview d'un riverain qui dit n'avoir rien vu ni entendu le soir de l'accident sinon, à un moment, les hurlements d'une chienne, les miaulements d'une petite chatte et bien sûr les grondements de l'orage particulièrement violent. La reporter qui couvre l'affaire brosse alors le topo – la Senne, les villages que cette rivière traverse, une brasserie et ses bières – puis elle présente *la miraculée* — Jeune femme dont nous tairons l'identité et dont on ignore à l'heure actuelle pour quelle raison elle a décidé de se promener au bord de la rivière alors que le pays entier était passé en alerte orange. S'intègrent ici des images du fameux orage (ou de n'importe quel orage s'abattant sur n'importe quelle rivière dans n'importe quel pays). La journaliste évoque ensuite les circonstances de ce qu'elle qualifie de *sauvetage extraordinaire* — Mais là encore, nous manquons d'éclaircissements, nous attendons des précisions. D'après le témoignage des forces de l'ordre arrivées rapidement sur les lieux de l'accident, il semblerait que la jeune femme et son bébé aient été *repêchés*, littéralement *sauvés des eaux* par un enfant. Un jeune garçon à vélo qui dit avoir été attiré au bord de la Senne par les hurlements d'un chien errant. L'enfant aurait d'abord sorti de l'eau le bébé tout juste né avant d'aider la jeune femme à se hisser sur la berge. C'est donc grâce à l'intervention *providentielle* de ce garçon – n'ayons pas peur des mots – qu'un horrible drame a pu être évité. On ignore encore tout des circonstances qui ont poussé cette personne à se promener par soir de gros orage au bord de la rivière en crue mais.

PRÉCIPITATIONS

Les gens de la ville, ville, ville.
Ida n'écoute plus.
Les catastrophes ne l'intéressent pas lorsqu'elles sont évitées de justesse.

Ont pris mon panier, maman.
Observant des fourmis besogner sur le parking de la résidence Les Bruyères – les unes s'efforçant de faire monter dans un van un cheval noir récalcitrant, les autres s'affairant au rangement des cages et des roulottes et au démâtage du grand chapiteau bleu – Ida s'endort.

13

Minimum six semaines d'hospitalisation dans ce service de maternologie, on me dit.

Minimum six semaines.

On me dit c'est une maladie, madame. C'est un désordre psychiatrique.

Fut un temps (pas si lointain), les médecins parlaient de psychose puerpérale. Ils préfèrent parler aujourd'hui de psychose périnatale. Quoi qu'il en soit de son nom, cette maladie affecte le plus souvent les primipares durant les premiers jours qui suivent l'accouchement.

Mais elle peut survenir avant, madame, elle peut survenir chez n'importe quelle mère absolument n'importe quand.

On me dit la maladie associe des délires centrés sur la naissance de l'enfant à un état confuso-onirique.

Vos cauchemars sont typiques, on me dit.

On me dit les multipares sont rarement concernées par cette pathologie mais malheureusement ça peut leur arriver, madame ; *tout* peut arriver.

On me dit vous n'êtes pas une criminelle.

Pas une meurtrière.

On me dit arrêtez de vous comparer à Médée et Lhermitte – on me dit Médée n'a jamais existé, Médée est un fantasme, une histoire de mère vengeresse et vous n'avez jamais cherché à vous venger. On me dit Médée est un mythe et Lhermitte et bien d'autres mères meurtrières auraient pu, auraient *dû* être secourues avant d'en arriver à de telles *extrémités*.

Je me dis que peut-être le drame de Nivelles aurait pu être évité, Geneviève avait écrit des lettres, on le savait, il aurait fallu lire entre ses lignes, il s'en serait fallu d'un cheveu – une chienne, peut-être – pour faire la différence.

On me dit tous les jours et plusieurs fois par jour, vous n'êtes pas une mauvaise mère, non.

Pas une mauvaise mère, non.

On ajoute mais – car il y a toujours un mais. *Mais* on ne peut pas vous laisser sans surveillance. Vous devez être prise en charge. Il est nécessaire, impérieux, madame, que vous soyez prise *en considération*.

On me dit le trouble dont vous souffrez laisse des séquelles qu'il s'agit de ne pas négliger à présent, à présent il faut s'assurer que tout revienne dans l'ordre, dans votre corps, que tout soit apaisé dans votre tête, que vos obsessions et hallucinations disparaissent. On me demande si j'entends encore suinter la musiquette dans ma mauvaise oreille, parfois je réponds non mais ce n'est pas honnête, parfois je dis oui la musiquette s'entête, elle m'inquiète.

On me dit ne vous inquiétez pas, vous êtes sous traitement, la musiquette disparaîtra.

Avec le temps, on me dit.

Avec le temps, va.

On me dit nous devons nous assurer que ce qui vous est arrivé – *l'accident* – n'est pas le symptôme d'un trouble structurel plus ancien. On me dit l'hypothèse de la schizophrénie est cependant peu vraisemblable. Les pronostics sont bons. On me dit bientôt vous rentrerez avec votre fils à la maison, vous rentrerez avec votre bébé auprès de votre petit garçon. En attendant, vous devrez demeurer ici.

Ici ma vie est réglée comme du papier à musique.

Durant la nuit, le bébé se repose à la nurserie pour que je puisse dormir moi aussi – on me dit le sommeil est très important, madame, le sommeil est la clef de voûte de votre rétablissement.

Matin midi et soir, bien sûr, on me nourrit.

Je reçois des plateaux, des plats chauds à midi, des tartines, du yaourt, du café, de l'eau, une pomme une orange un kiwi, un jus de fruits. J'engloutis mon petit déjeuner puis *ma* sage-femme – vieille femme qui me répète souvent qu'elle n'est pas plus sage que moi, pas plus sage – débarrasse le plateau, débarrasse le plancher, et revient quelques minutes plus tard avec le bébé qu'elle me met au sein.

Les tétées sont surveillées.

Toutes les tétées sous surveillance.

La sage-femme s'assied dans le fauteuil vert à accoudoirs et feuillette un magazine féminin (plus féminin que moi), de temps à autre elle lève la tête et nous fixe tous les deux de ses petits yeux – on me dit nous devons être sûrs que tout se passe bien, que votre bébé est correctement arrimé à votre

PRÉCIPITATIONS

sein – et je pense que ces mots-là ne riment à rien. Toutes les heures, le bébé boit puis repart. Bientôt, le bébé restera avec moi. On me dit il faut d'abord s'assurer que vous soyez reposée, on me dit que je suis extrêmement fatiguée.

Anémiée même.

Carencée, d'une abyssale carence en vitamines B.

Pour cette raison, je ne peux recevoir aucune visite.

Les visites à ce stade sont interdites. On me dit seul votre *mari* est autorisé à venir. Le père, madame. Le père, bien sûr. Le père vient. C'est lui qui organise le bain du matin et les soins quotidiens du bébé. Chaque jour, le père dénude sa poitrine et s'enfonce dans le fauteuil placé contre la fenêtre pour y faire une séance de peau à peau avec son petit – on lui répète que le peau à peau est *extrêmement* important ; alors le père s'applique.

On a demandé au clown d'apporter des objets symboliques et bien-aimés, de sorte que la chambre hospitalière ne soit pas impersonnelle ; désincarnée. Il faut recréer un petit nid douillet. Le nid doit être rempli d'objets auxquels Pétra puisse s'agripper comme à une rampe de sécurité. Des objets stabilisateurs – comme des rochers, des racines, si vous voulez. Objets-pierres-d'achoppement. Objets-pierres-angulaires. Objets-repères pour la mère.

Le jour où l'on m'a sortie du lit de la rivière pour m'allonger dans celui-ci, le clown m'a apporté une lampe de chevet équipée de mon modèle d'ampoule préféré, une Philips lighting ronde qui déverse autour d'elle cette lumière blanche et banale dont j'ai grand besoin. Le lendemain il m'a apporté mon vieux petit Huawei fêlé que je n'ai pas daigné allumer.

268

PRÉCIPITATIONS

Ensuite, il m'a offert une nouvelle paire de huaraches – un modèle en cuir marron tressé – à chausser le jour où je sortirai. Il m'a apporté une dizaine de bouquins qui demeureront fermés parce qu'ici comme ailleurs c'est la meilleure chose qu'ils aient à faire. Et il y a cinq jours, il est entré dans la chambre en déclarant qu'il était grand temps de passer *aux choses sérieuses*. J'ai eu si peur en découvrant l'étui velours, vous ne pouvez pas savoir.

Toute la sainte journée, on m'a seriné que je devais me réconcilier avec mon instrument. Souvenez-vous du temps où cette clarinette n'était pas l'instrument d'un malheur.

Allons, allons, madame. Ne faites pas l'enfant.

Hier, le clown m'a apporté mon coussin-licorne et des dessins d'Alice Arthur Alban qu'il a affichés sur le placard, à côté d'un miroir carré de douze centimètres de côté. Et ce matin, il a débarqué avec un petit paquet rectangulaire recouvert d'un papier d'emballage rouge et froissé (de toute évidence récupéré) et entouré d'un ruban en tissu bleu frappé LEONIDAS en petites majuscules argentées. Je lui ai demandé si c'étaient des pralines. J'ai chuchoté *c'est pas bon pour ma ligne*. Il a répondu que je devais ouvrir le paquet et qu'alors je saurais. Et moi bien sûr, j'ai obéi. Je me suis exécutée. En composant des gestes d'une lenteur calculée, j'ai saisi le ruban et je l'ai dénoué. Ensuite, j'ai attrapé une languette de papier et tiré d'un coup sec, provoquant un long *chrchrchr* qui m'a fait frissonner, une déchirure telle que j'ai songé qu'elle se produisait dans ma propre tête. Et tandis que je palpais l'objet dissimulé (et le reconnaissais sans l'ombre d'une hésitation) mes mains se

PRÉCIPITATIONS

sont mises à trembler. Et quand absolument fébrile je l'ai libéré du papier qui le retenait prisonnier, c'est mon cœur qui s'est emballé.

— Ma tasse.

Caressant le visage de mon père (son front luisant barré d'une cicatrice dorée), je me suis liquéfiée.

Le clown, lui, n'a pas bronché.

— Tu l'as réparée.

— J'ai fait ce que j'ai pu.

— Les Japonais ont un mot pour ça, je crois.

— *Kintsugi*.

— Tu penses qu'on peut faire ça avec les filles ?

— Faire *ça* quoi ?

— Les étanchéifier, colmater leurs fêlures avec de l'or.

J'aurais voulu que le clown me rassure de sa voix ordinaire. Mais la porte de la chambre a claqué contre le mur et ma sage-femme a déboulé dans nos pieds avec la joie forcenée de l'animal domestique qui pénètre l'intimité tant convoitée de son maître.

La vieille piaffait et jappait – transportant sur son épaule mon raton qui se tortillait et pleurait. La chambre minuscule s'est emplie à ras bord de bruits qu'elle ne pourrait longuement contenir. On étouffait. J'ai demandé au clown de m'ouvrir la fenêtre. Mais les fenêtres du service de maternologie (comme celles des maisons hébergeant retraitées, aliénées) sont fermées à clef.

Mesure de sécurité.

Le clic-clac régulier des sabots en caoutchouc rythmait

270

PRÉCIPITATIONS

les hurlements de mon enfant et l'infirmière a déboutonné ma blouse en chantant. *Au feu la mémé, y a le bébé qui hurle. Au feu la mémé, ton bébé doit téter.*

Composition : Entrelignes (64)
Achevé d'imprimer
par CPI Firmin-Didot
à Mesnil-sur-l'Estrée, en décembre 2021
Dépôt légal : décembre 2021
Numéro d'imprimeur : 167287

ISBN : 978-2-07-295009-4/Imprimé en France

396538